안개
미궁

안개
미궁

초판 1쇄 인쇄 | 2023년 4월 14일
초판 1쇄 발행 | 2023년 4월 21일

지은이 | 전건우
펴낸이 | 박영욱
펴낸곳 | 북오션

주　소 | 서울시 마포구 월드컵로 14길 62 북오션빌딩
이메일 | bookocean@naver.com
네이버포스트 | post.naver.com/bookocean
페이스북 | facebook.com/bookocean.book
인스타그램 | instagram.com/bookocean777
유튜브 | 쏠쏠TV·쏠쏠라이프TV
전　화 | 편집문의: 02-325-9172　영업문의: 02-322-6709
팩　스 | 02-3143-3964

출판신고번호 | 제 2007-000197호

ISBN 978-89-6799-760-1 (03810)

안개미궁

전건우 장편소설

Bookocean

안개
미궁

차 례

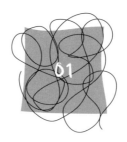

01

Stage 1

여자의 새빨간 입술이 달싹거렸다. 입술은 곧 말을 만들어냈다.

"이 단어를 기억해요. 안개…… 미궁…… 그리고…….."

얼굴이 뭉개졌다. 코가 부러지고 눈알이 튀었다. 잘 익은 입술은 피를 뿌리며 납작하게 터져 버렸다.

"헉!"

유민욱은 짧은 비명을 토하며 눈을 떴다. 사방이 어두웠다. 싸늘한 공기가 몸을 스치고 지나갔다.

'여기가 어디지?'

눈을 감았다 떴다. 의식은 조금 또렷해졌지만 자신이 어디에 있는지는 도무지 알 수 없었다.

천천히 일어나 몸부터 살폈다. 손가락과 발가락을 움직여 보고 머리도 좌우로 흔들었다. 무지근한 두통이 느껴질 뿐 사지는 멀쩡했다. 묶인 곳도 없었다. 이번에는 고개를 돌려 주위를 둘러봤다. 두터운 어둠이 둘러싸고 있었다. 팔을 움직여 어둠 속을 휘저었다.

아무것도 닿지 않았다.

"좋아. 다친 곳은 없고 난 갇히지도 않았다."

민욱은 혼잣말을 했다. 그런 후 곧, 그것이 자신의 오랜 버릇이라는 사실을 깨달았다. 상황을 점검하고 분석하는 것.

"내 이름은 유민욱."

다시 한번 중얼거렸다. 생각나는 것은 거기까지였다. 이름 하나. 나머지 기억, 자신의 직업이 무엇이며 이곳이 어디인지, 그리고 왜 여기에 있는지 따위는 하나도 떠오르지 않았다.

민욱은 일단 움직이기로 하고 조심스레 일어났다. 발밑에서 삐걱, 하는 기분 나쁜 소리가 울렸다.

'나무…… 인가?'

그때였다. 어둠 속 어딘가에서 또 다른 소리가 들렸다.

"으으으."

여자가 내는 신음이었다.

"누구시죠? 괜찮으세요?"

어둠이 워낙 짙은 탓에 소리가 들리는 위치는 물론이고 얼마나 떨어져 있는지도 가늠하기 어려웠다. 민욱이 내지른 소리는 길게 뻗어가지 못하고 곧 흩어졌다. 마치 어둠이 집어삼키기라도 한 것처럼. 그래도 효과는 있었다.

"저기요. 여, 여기가 어딘가요?"

민욱은 소리의 근원을 파악하기 위해 온 신경을 집중했다.

"대답 좀 해 주세요. 아무것도 안 보여요!"

여자는 거의 비명을 지르다시피 했다.

"진정하세요. 제가 그리로 가고 있습니다."

겨우 소리의 방향을 잡은 민욱은 더듬거리며 걸음을 옮겼다.

"누구죠? 불…… 불 좀 켜 주세요!"

여자는 공황에 빠진 듯했다.

"제발!"

"됐어요. 이제 괜찮습니다."

여자가 비명을 지르려는 찰나 민욱이 어깨에 손을 얹었다. 여자는 숨을 몰아쉬었을 뿐 다행히 발버둥을 치지는 않았다. 민욱의 손바닥을 타고 여자의 떨림이 전해졌다.

"누, 누구세요?"

"제 이름은 유민욱입니다. 그쪽은요? 이름 기억하세요?"

여자는 한참 만에 대답했다.

"수영…… 이수영."

"다른 건 기억나는 게 없습니까?"

"없어요. 모르겠어요."

이수영이라는 여자의 목소리가 물기를 잔뜩 머금은 채 가라앉았다. 필사적으로 울음을 참고 있는 것이리라. 민욱은 수영의 어깨를 잡은 손에 힘을 줬다.

"일단 침착해야 합니다. 저도 이름만 기억할 뿐 이곳이 어디인지 전혀 알 수가 없습니다."

수영이 민욱의 손을 꼭 잡았다. 거의 동물적인 행동이었다.

"아무래도 실내 같은데……."

민욱이 거기까지 말했을 때였다.

"왜 실내라고 생각하는 거요?"

또다시 낯선 목소리가 들려왔다. 이번에는 멀리 떨어지지 않은 곳이었다.

"누구십니까?"

민욱이 물었다.

"미안, 미안. 놀라게 할 생각은 없었어. 나도 방금 정신을 차렸는데 당신들 목소리가 들리기에 그만. 흐흐흐."

굵고 탁한 목소리의 남자였다.

"선생님께서도 어떤 상황인지 모르시나 보군요."

민욱의 말에 남자가 웃음을 터트렸다.

"크크크. 한 가진 확실하지. 우린 좆 됐다!"

"하아. 더럽게 시끄럽네. 젠장."

이번에도 다른 목소리였다.

"뭐? 너 누구야?"

첫 번째 남자가 발끈했다.

"잠깐만요. 지금은 우리끼리 싸울 때가 아닌 것 같습니다."

민욱이 재빨리 끼어들었다.

"저…… 저희들도 방금 깨어났습니다."

점잖게 느껴지는 남자 목소리가 들려왔고 그것을 신호로 또 다른 사람들이 하나둘 말을 쏟아내기 시작했다.

민욱은 적잖이 충격을 받았다.

'도대체 몇 명이나…….'

어림잡아 열 명 남짓이었다. 그 정도 인원의 사람들이 정신을 잃고 있다가 한 공간에서 깨어났다. 그리고…… 다들 아무것도 기억하지 못한다.

불길한 기운이 무의식 저편에서 뭉게뭉게 몰려왔다. 머릿속에 먹구름을 찢으며 내리꽂히는 번개의 이미지가 떠올랐다.

"우리 교통사고라도 난 걸까요? 아니면 건물이 무너졌다거나."

수영이 민욱을 향해 속삭이듯 물었다. 두 사람은 그때까지도 딱 붙어 있었다.

"모르겠습니다. 수영 씬 혹시 다친 곳이 있습니까?"

"아뇨. 그냥 머리만 좀 아파요."

"저도 마찬가지입니다."

민욱은 천천히 대답했다.

"젠장. 핸드폰이라도 있었으면."

누군가가 그렇게 말하는 소리를 듣는 순간 민욱의 머릿속에 어떤 생각이 퍼뜩 스치고 지나갔다.

"여러분, 혹시 소지품 가지고 계세요? 핸드폰이건 지갑이건, 뭐든 말입니다."

민욱의 말에 웅성거리던 소리가 딱 그치고 이내 부스럭거리는 소리로 바뀌었다.

"없어."

"나도."

"젠장."

"도대체 이게 뭐야!"

사람들은 마구 소리를 지르기 시작했다. 민욱은 애써 냉정을 유지하며 상황을 정리했다.

'모두 정신을 잃었다가 깨어났다. 서로가 누구인지는 모른다. 이름 이외의 다른 기억은 없다. 다치지는 않았다. 소지품은 모두 사라졌다.'

몇 번이고 정리해 봐도 마땅한 가설이 떠오르지 않았다.

"우리…… 죽은 걸까요?"

수영이 두려움에 떠는 목소리로 물었다. 민욱은 수영을 안심시키려다가 멈칫했다. 죽음. 어쩌면 그것이 가장 타당한 가설일지도 모른다.

그때였다.

팟!

아무런 예고도 없이 불이 켜졌다.

"으악!"

누군가가 비명을 질렀다. 불은 형광등이나 백열등이 아니었다. 연극 무대에서나 쓸 법한 스포트라이트였다. 민욱으로부터 몇 미터 떨어진 공간에 강렬한 빛을 내뿜는 스포트라이트가 쏟아져 내렸다.

"저 저게 뭐야?"

걸걸한 목소리의 첫 번째 남자가 신음처럼 내뱉었다. 민욱 역시 똑같이 묻고 싶었다.

스포트라이트 아래에는 한 사람이 무릎을 꿇고 앉아 있었다. 평범한 외모의 빼빼 마른 남자였다. 안경을 쓰고 있었는데 고개를 푹 숙인 탓에 코에 걸린 상태였다. 길게 기른 머리카락이 커튼처럼 얼굴을 가리고 있었다.

"저거 봐. 묶여 있어."

또 다른 누군가가 말했다. 스포트라이트 아래 무릎 꿇은 남자는 양손을 뒤로 돌린 채 묶여 있었다. 그 끝은 쇠사슬에 연결돼 있었다.

"이것 보세요. 제 말 들립니까?"

민욱이 물었지만 남자는 미동도 하지 않았다.

"이게 도대체 무슨 요지경이여."

첫 번째 남자가 또 투덜댔다. 민욱은 눈을 가늘게 뜨고 남자와 그 주위 풍경을 찬찬히 살폈다. 덕분에 몇 가지 사실을 알 수 있었다.

지금 자신들이 있는 곳은 통나무로 만든 건물이었다. 남자 뒤의 벽면이 그렇게 말하고 있었다. 창문은 없다. 천장은 낮고 서까래가 놓여 있다. 굵은 뼈대와 같은 서까래 사이사이로 어둠이 뒤척이고 있었다. 그 뒤에 누군가 몸을 숨긴 채 지켜보고 있을 것만 같았다.

'건물이라면 어딘가에 입구가 있을 거야.'

민욱은 문을 찾으려고 이리저리 고개를 돌렸지만 스포트라이트 주위를 빼고는 여전히 깜깜했다.

그때, 또다시 이상한 소리가 들렸다. 쇠를 긁는 것 같은 소리였다. 뒤이어……

- 게임에 오신 걸 환영합니다. 스테이지 1을 시작하겠습니다.

기계음이 뒤섞인 차가운 여자 목소리가 쩌렁쩌렁 울려 퍼졌다. 사람들은 모두 얼어붙었다. 민욱도 마찬가지였다.

게임? 스테이지 1?

너무나 비현실적인 이야기에 정신을 차릴 틈이 없었다. 여자의 목소리는 계속됐다.

– 스테이지 1의 난이도는 이지(easy). 매우 쉽습니다. 여러분 전방에 보이는 남자는 늑대인간이라고 추정되는 인물입니다. 만약 남자가 늑대 인간이라면 늑대로 변하기까지 정확히 3분 남았습니다. 늑대로 변하면 남자는 쇠사슬을 끊고 여러분을 공격할 것입니다. 여러분에게는 두 가지 방법이 있습니다. 남자가 늑대로 변하기 전에 죽이거나…….

그 말과 동시에 처음보다는 조금 작은 스포트라이트 하나가 더 켜졌다. 이번에는 묶인 남자 바로 앞을 비췄다.

"저것 봐. 칼이야!"

누군가가 말했다. 여자였다. 칼뿐만이 아니었다. 그곳에는 도끼 며 곤봉까지 다양한 무기가 놓여 있었다.

– 남자 뒤에 있는 딥 히니의 문을 통해 이곳을 탈출하는 것입니다. 선택은 여러분의 몫입니다. 남자를 죽이거나, 아니면 그냥 탈출하거나. 단, 선택에 따른 책임 역시 여러분이 지게 됩니다. 그럼, 행운을 빌겠습니다. 굿 럭!

여자의 말은 거기서 끝났다.

누구 하나 입을 열지 않았다. 황당함과 당혹감이 정확히 반반씩 섞인 미묘한 공기가 통나무집을 맴돌았다.

"하하. 알겠다! 젠장. 이거 몰래카메라야. 누가 찍고 있는 거라고."

첫 번째 남자에게 다짜고짜 욕을 해댔던 그 젊은 남자가 말했다.

"몰래카메라라고 하기엔 수상한 점이 너무 많아요."

이번에는 앳된 남자아이 목소리였다.

"아오, 머리 아파! 하여간 남자들이 뭘 좀 해 봐요."

한 여자가 히스테리 가득한 목소리로 외쳤다.

"왜 남자가 나서야 하는데? 이런 일에는 꼭 남자 운운하더라."

젊은 남자가 발끈해서 소리를 질렀다.

"야! 입조심해. 좆도 아닌 게 까불지 말고."

처음 듣는 목소리였다. 말투에서 거만함이 묻어나는 남자였다.

"뭐? 너 누구야?"

"자, 자. 진정들 하세요. 우리끼리 싸워 봐야 아무것도 해결이 안 됩니다."

결국 민욱이 나섰다.

"어이, 형씨. 당신이 뭔데 아까부터 이래라 저래라 명령이야?"

방금 전의 거만한 말투의 남자가 따지고 들었다.

"지금은 그런 걸 따질 때가 아닌 것 같습니다. 빨리 결정을 해야 하지 않을까요?"

그 점잖은 목소리의 남자였다.

"아니 그러니까, 이게 진짜라는 증거가 어디 있냐고? 막말로 꿈을 꾸는 걸 수도 있잖아. 아니면 아까 누구 말처럼 텔레비전……."

민욱을 향해 날선 반응을 보였던 남자가 다시 입을 열었을 때였다.

"크으으으."

묶여 있는 남자가 돌연 거친 신음을 토해냈다.

"아!"

수영이 비명을 질렀다. 남자가 사지를 버둥거리며 입에서 침을 흘리는 모습이 똑똑히 보였다. 척 보기에도 심상치 않은 상태였다.

"지, 진짜야? 진짜 늑대인간이라고?"

"그런 게 어디 있어?"

그런 게 어디 있느냐고 소리치는 남자의 목소리도 떨리기는 마찬가지였다.

"잠깐만 기다리세요."

민욱은 그렇게 외치고는 묶여 있는 남자를 향해 달렸다. 축 늘어져 버둥거리고 있는 남자에게서는 시큼한 땀 냄새와 함께 정체 모를 악취가 풍겼다.

'늑대인간이라고?'

여자의 황당한 이야기를 받아들인다고 해도, 남자가 진짜 늑대인간인지 확인해 볼 방법은 어디에도 없었다. 대신에 민욱은 남자 뒤에 있다는 문을 살폈다.

'있다!'

문은 정말로 있었다. 겨우 한 사람이 통과할 정도의 작은 문이었다. 역시 나무로 만들어졌다. 민욱은 문을 힘껏 밀었다.

끼이익.

경첩이 부딪치는 소리가 들리며 문이 반쯤 열렸다. 찬바람이 쏟아져 들어왔다.

"문이 열렸어요. 빨리……."

"크아아아아!"

민욱의 외침은 남자의 울부짖음에 막혀 버렸다. 묶여 있는 남자가 격렬하게 몸을 떨기 시작했다. 악취가 더 심해졌다. 남자가 쓰고 있는 안경이 조명을 받아 맹수의 눈처럼 번득였다.

"우와아!"

누군가가 비명을 질렀다.

"빨리 나가."

"도망가!"

사람들은 마구 소리를 질러대기 시작했다.

14

"치리리 ㅈ이짜! ㅈ이고 마음 편히 나가는 ㅅ어."

첫 번째 남자가 외쳤다. 그가 칼을 집어 드는 모습이 보였다. 덩치가 무척 크고 우락부락한 인상의 남자였다.

"안 돼요!"

민욱이 큰 소리로 말렸다.

"저 양반 말이 맞아요. 설령 이게 다 쇼라고 해도 사람을 죽이면 돌이킬 수 없을 겁니다. 그냥 차례차례 조용히 나가는 게 좋아요."

점잖은 목소리의 남자가 거들었다.

"쇼면 더 죽여도 되잖아!"

- 30초 남있습니다.

여자의 목소리가 혼란을 잠재웠다.

"빨리 나갑시다. 오세요."

민욱이 문 앞에서 소리쳤다. 사람들이 차례차례 달려왔다.

"으아아아아!"

묶인 남자는 금방이라도 쇠사슬을 끊을 듯 발버둥 쳤다. 언뜻 보인 눈은 완전히 뒤집혀서 흰자가 드러나 있었다. 팽팽하게 당겨진 근육이 울룩불룩 솟아올랐다. 땀으로 번들거리는 벗어젖힌 상체에 검은색 털이 돋아나기 시작했다.

순간, 민욱의 가슴속으로 싸늘한 감각이 스치고 지나갔다.

장난이 아니다! 쇼도, 몰래카메라도 아니다!

"서둘러요."

한 명, 두 명, 사람들이 민욱을 지나쳐 잰걸음으로 빠져나갔다. 마지막은 그 덩치 큰 남자였다. 여전히 한 손에 칼을 든 채 민욱을 힐끔 노려봤다.

"당신도 빨리 나오쇼."

남자의 말에 민욱은 고개를 끄덕였다.

"잠깐만요!"

수영의 목소리가 들렸다. 곧 아름다운 얼굴의 여자가 겁에 질린 표정으로 모습을 드러냈다.

"어서!"

민욱은 손을 내밀었다. 그 순간 사슬에 묶인 남자가 수영의 다리를 움켜쥐었다.

Stage 2

"아악!"

수영의 비명이 귀를 찢을 듯이 울렸다. 남자는 묶여 있던 손을 푼 상태였다. 아니, 풀었다기보다는 뜯어냈다는 표현이 더 어울릴 상황이었다. 쇠사슬과 연결된 가죽 끈이 너덜너덜 뜯겨 있었다.

남자는…… 더 이상 인간이라 할 수 없는 모습이었다. 안경이 떨어져 나간 얼굴은 온통 털로 뒤덮였다. 코와 입은 한데 뭉쳐 주둥이처럼 툭 튀어나왔다. 귀도 비죽 길어졌다. 제일 무시무시한 것은 털이 수북하게 난 거대한 손과 그 끝에 칼날처럼 튀어나온 손톱이었다. 바로 그 손이 수영의 가느다란 발목을 잡고 있었다.

"수영 씨!"

민욱은 수영의 팔을 잡아당겼다.

"아악!"

수영은 고통에 찬 비명만 지를 뿐 제자리였다. 민욱이 아무리 힘을 줘도 마찬가지였다.

"헉헉."

인간의 모습을 완전히 벗어난 그것은 수영의 다리를 쥔 채 숨을 헐떡였다. 눈은 허옇게 뒤집혀 번들거리고 송곳니가 날카롭게 튀어나왔다. 근육이 팽팽해지면서 부풀어 오른 등을 숙이고 목을 길게 빼고 있었다. 그것은 반대편 손으로 자신을 옭아매고 있는 쇠사슬 반쪽을 잡아당기느라 정신이 없었다. 그 일을 마친 다음에는 맛있는 식사를 할 생각인 듯했다.

민욱은 온 힘을 실어 그것의 옆구리를 발로 찼다. 그것이 굼뜬 동작으로 민욱을 향해 고개를 돌렸다. 조금 전까지 하얗게 뒤집혔던 눈동자는 이제 새빨갛게 변했다. 완전히 늑대인간으로 변하기는 했지만 사람의 얼굴이 조금은 남아 있었다.

민욱은 홀린 듯 늑대인간을 바라봤다. 어딘지 낯이 익었다.

"크르르르."

늑대인간이 내지르는 위협적인 소리에 민욱은 정신을 차렸다. 무기가 될 만한 것을 찾아 재빨리 주위를 둘러봤다. 늑대인간의 앞쪽에 아까 봤던 무기들이 놓여 있었다. 도끼가 제일 먼저 눈에 들어왔다. 무기를 얻으려면 수영의 손을 놓고 늑대인간의 앞쪽으로 돌아가야 했다.

'젠장.'

이러지도 못하고 저러지도 못하는 상황이었다. 민욱은 다시 한번 늑대인간의 팔을 주먹으로 때렸다. 마치 바위를 친 것 같았다.

"그냥 도망가세요. 빨리."

지금껏 비명을 지르던 수영이 민욱을 향해 매섭게 외쳤다. 여전히 겁에 질린 얼굴이었으나 결연한 의지를 읽을 수 있었다.

"안 됩니다."

"한 사람이라도 살아야죠. 전 틀렸어요!"

민욱의 심장이 철렁 내려앉았다. 쇠가 우그러지는 소리가 들린다 싶더니 늑대인간의 한쪽 팔을 잡아매고 있던 쇠사슬이 덜렁거리기 시작했다.

"포기하지 마!"

민욱이 소리쳤다.

그때였다.

"비켜!"

민욱을 밀치며 덩치 큰 남자가 뛰어 들어왔다.

"이 새끼. 죽어라!"

남자는 크게 외치며 들고 있던 칼을 휘둘렀다. 정글도라고도 부르는 마체테였다.

쉬익.

칼은 늑대인간의 팔을 내리그었다. 시뻘건 피가 사방으로 튀었다.

"캬아아아!"

늑대인간이 비명인지 포효인지 모를 소리를 내질렀다. 동시에 수영을 잡고 있던 손이 느슨해졌다.

"빨리."

민욱은 수영을 홱 잡아당겼다. 거의 쓰러질 듯 앞으로 끌려온 수영을 부축한 채 민욱은 문을 빠져나왔다. 뒤이어 덩치 큰 남자도 허둥지둥 밖으로 나왔다.

"다들 저기 있소."

남자가 칼로 한 곳을 가리켰다. 커다란 나무 그늘 아래 모여 선 사람들의 모습이 보였다. 핏빛 보름달이 사람들을 똑똑히 비추고 있었다.

민욱과 남자는 수영을 부축해 나무를 향해 달렸다.

"무슨 일이 있었습니까?"

민욱 일행이 도착하자 60대로 보이는 인상 좋은 남자가 물었다. 그가 바로 점잖은 목소리의 주인공이었다.

"진짜였어. 진짜로 늑대인간이었다고!"

덩치 큰 남자가 흥분한 목소리로 외쳤다.

"에에? 설마······."

머리를 샛노랗게 염색한 젊은 남자가 그렇게 말했을 때였다.

"쿠오오오오!"

귀를 찢는 포효와 함께 늑대인간이 밖으로 튀어나왔다.

"히익."

화장을 진하게 한 여자가 비명을 삼켰다.

"쉿! 조용히 해요."

민욱이 작지만 날카롭게 외쳤다. 늑대인간은 밤하늘을 향해 길고 섬뜩한 포효를 뿜어냈다. 듣는 것만으로도 다리에 힘이 풀리는 끔찍한 소리였다. 늑대인간은 방금까지 사람들이 있었던 커다란 통나무집 안으로 다시 고개를 들이밀었다.

쿵. 쿵.

냄새를 맡으며 쿵쿵대는 소리가 멀리 떨어진 나무까지 똑똑히 들렸다.

"우릴 찾고 있어."

덩치 큰 남자가 말했다.

"숨을 곳을 찾읍시다."

민욱은 주위를 둘러봤다. 나무 뒤쪽으로는 작은 실개천이 흐르고 있었다. 그 너머는 움푹 팬 지형이었다.

"저기로."

민욱은 조용히 실개천 건너편을 가리켰다. 사람들은 말없이 고개를 끄덕였다.

"크으. 크으."

늑대인간은 짧고 위협적인 소리를 내며 주위를 두리번거렸다. 아직까지 나무 쪽으로는 고개를 돌리지 않았지만 사람들을 발견하는 것은 시간 문제였다.

민욱은 최대한 몸을 낮춘 채 길게 뻗은 나무 그늘 사이로 이동했다. 다행히 키 큰 나무가 제법 조밀하게 자라 있었다.

"일단 여기서 상황을 지켜봅시다."

전부 이동해 낮은 지형 아래 몸을 숨긴 뒤 민욱이 입을 열었다. 늑대인간은 여전히 포효를 흘리며 통나무집 주위를 배회했다.

"젠장. 진짜였을 줄이야."

노란머리 남자가 텅 빈 눈으로 중얼거렸다. 민욱은 다닥다닥 붙어 모인 사람들을 둘러봤다. 자신을 포함해 모두 열 명이었다. 하나같이 공포에 질려 떨고 있었다. 그것은 민욱 역시 마찬가지였다.

"갔다."

잠시 후 포마드를 발라 머리를 빗어 넘긴 남자가 나지막이 말했다. 그는 계속 통나무집 쪽을 바라보고 있었다.

"정말?"

진한 화장의 여자가 남자에게 되물었다. 민욱도 고개를 돌려 확인했다. 늑대인간은 사라지고 없었다. 대신에 멀리서 예의 그 무시무시한 포효가 들려왔다.

"하아. 죽는 줄 알았네."

중학생으로 보이는 소년이 눈을 감고 가슴을 쓸어내렸다.

"이게 도대체 무슨 일인지 누구 아는 사람 없소?"

덩치가 자세를 고쳐 앉으며 말했다.

"아저씨, 그걸 알면 우리가 이러고 있겠어요?"

포마드가 혀를 쯧쯧 차며 말했다.

"뭐? 싸가지 없는 것이."

덩치의 손에는 아직 칼이 들려 있었다. 칼은 달빛을 받아 번들거렸다. 칼끝에서 늑대인간의 피가 뚝뚝 떨어져 내렸다. 포마드는 칼을 보고는 이내 입을 다물었다. 한동안 침묵이 이어졌다. 달빛이 형형한 밤이었다. 공기가 제법 쌀쌀했다. 초목이 우거진 산속이었다. 다른 정보는 아무것도 없었다.

"음…… 이럴 게 아니라 우리 서로 자기소개라도 하면 어떻겠습니까? 그러다 보면 기억이 떠오를지도 모르고."

60대 남자가 한참 만에 입을 열었다.

"니미. 엠티도 아니고 자기소개는……."

포마드가 작게 중얼거렸을 뿐 딱히 반대하는 사람은 없었다.

"그럼, 제가 먼저 하겠습니다. 제 이름은 이부국. 서울의 한 대학에서 교수로 일하고 있습니다. 그리고 이 사람은 제 아내입니다."

자신을 이부국이라고 밝힌 60대 남자는 옆에 앉아 있는 병약한 인상의 여자를 가리켰다.

"허양자입니다."

역시 60대 전후로 보이는 여자는 자기 이름을 말하며 고개를 숙였다.

"전 유민욱입니다."

민욱이 짧게 말했다.

"흥. 영웅 양반이시구먼. 난 박광현이오. 트럭을 몰지. 몬스터 트럭이라고 아는가 몰라. 흐흐."

덩치 큰 남자의 이름은 박광현이었다.

"저는 이수영입니다. 방과 후 교사를 하고 있어요."

"안녕하세요? 저는 박영민입니다. 중학교 3학년입니다."

수영의 옆에 앉은 소년이 말했다. 똘똘하고 당찬 말투였다.

"난 현상철. 일단 피자 배달을 하긴 하는데 사실은 우리 조직 넘버 투야. 그러니 무시하지 말라고."

노란머리는 그렇게 말하며 바닥에 가래를 뱉었다.

이제 남은 사람은 포마드와 그 옆의 여자, 그리고 어두운 표정의 긴 머리 사내뿐이었다. 포마드는 못마땅한 표정을 지으며 느릿느

릿 입을 열었다.

"하아. 내가 이런 사람들하고 왜 이런 짓거리를 하고 있는지는 모르겠는데……. 내 이름은 나도열. 딱히 하는 일은 없는데 돈은 넘쳐납니다. 내년에 할아버지한테 회사 하나를 물려받거든요. 히히. 그리고 이쪽은 내 거."

나도열은 음침한 미소를 지으며 옆의 여자를 향해 새끼손가락을 들어 보였다.

"야, 인사해."

멍하니 앉아 있는 여자의 옆구리를 도열이 쿡 찔렀다.

"아! 아파."

여자는 눈을 흘긴 뒤 말을 이었다.

"어……. 저는…… 하민영이고…… 무슨 일을 하냐면…… 그냥 대학생이에요."

하민영은 툭 내뱉듯 말하고는 입을 닫았다. 마지막으로 남은 긴 머리 남자는 끝내 입을 열지 않았다. 멍한 표정으로 사람들을 바라볼 뿐이었다. 눈에 초점이 없었다.

"어이, 형씨. 입 없어?"

광현이 화가 난 목소리로 말했지만 사내는 묵묵부답이었다. 그저 광현을 향해 고개를 돌릴 뿐이었는데 그 동작도 무척 부자연스러워 보였다.

"아니, 이 양반이. 대답을 해야……."

벌떡 일어나려는 광현을 민욱이 말렸다.

"그냥 두시죠. 사정이 있겠죠."

광현은 씩씩거리며 자리에 앉았고 다시 한번 침묵이 찾아왔다. 아마 서로의 얼굴과 이름을 머릿속에 넣어가며 꼭꼭 잠긴 기억의 문을 두드리고 있으리라. 민욱은 그렇게 생각했고 그 역시 같은 작업을 하고 있었다.

하지만 별다른 소득이 없었다. 다른 사람들도 마찬가지인 모양이었다. 곧 실망 섞인 한숨이 들리기 시작했다.

"뭐라도 좋으니까 생각나는 사람 없소?"

광현이 걸걸한 목소리로 물었다.

"그러는 아저씨는요, 뭐 떠오르는 거 없으세요?"

민욱이 물었다.

"몰라. 대가리가 캄캄해."

광현은 고개를 절레절레 저었다.

"내 이럴 줄 알았다니까."

도열이 비웃음을 흘리며 말했다.

"야! 넌 아가리 좀 다물고 있어라. 확 그어버리기 전에."

광현이 칼을 들고 도열을 위협했다. 일순간 분위기가 험악해졌다.

"잠깐. 기억이 안 떠오르면 일단은 지금이 어떤 상황인지 먼저 의논해 봐야 할 것 같아요."

영민이 두 사람을 말리고 나섰다.

"오! 꼬맹이가 제법인데?"

민영이 웃으며 말했다.

"영민이 말이 맞습니다. 이상한 일이 한두 가지가 아닙니다. 늑대인간이라는 저것도 그렇고, 그 이상한 여자 목소리……."

부국이 말을 꺼내자 기다렸다는 듯 다시 그 목소리가 들려왔다.

- 첫 번째 스테이지를 모두 무시히 통과하셨습니다. 축하합니다. 이제 두 번째 스테이지를 시작하겠습니다.

"뭐?"

"야! 너 누구야?"

"조용히 좀 해 봅시다."

민욱이 소리를 지르는 광현과 상철을 말렸다.

- 스테이지 2 역시 간단합니다. 세 가지 중 하나를 선택하시면 됩니다. 여러분 앞에는 두 갈래 길이 펼쳐져 있습니다.

여자의 말이 떨어지기가 무섭게 울창한 숲을 가운데 두고 양쪽으로 갈라진 두 길이 모습을 드러냈다. 원래부터 있었던 건지, 아니면 방금 만들어진 건지 도무지 알 수 없었다.

"하! 이젠 놀랍지도 않네."

나도열이 떨리는 목소리로 말했다.

- 오른쪽 길은 광명의 길, 왼쪽 길은 암흑의 길입니다. 둘 중 하나를 골라 가시면 됩니다. 세 번째 선택지 또한 유효합니다. 움직이지 않고 지금 그 자리에 앉아 밤을 맞이하는 것입니다. 자, 1분의 시간을 드리겠습니다. 행운을 빌겠습니다. 굿 럭!

"뭐가 이렇게 빨라?"

광현이 소리쳤다.

"아무것도 선택을 하지 않으면 어떻게 될까요?"

수영이 민욱에게 속삭였다. 민욱 역시 비슷한 생각을 했다. 하지만 짧은 순간에 모험을 할 수는 없었다.

"어서 정하죠. 장난하는 것 같지는 않은데."

민영이 입술을 뜯으며 말했다.

"난 남아 있겠어. 저 여자한테 놀아나는 것 같아 기분 나빠."

도열이 팔짱을 낀 채 피식 웃었다.

"움직일 거면 서둘러요. 몇 초 안 남았어. 난 광명인지 뭔지 아무튼 저 길로 갑니다. 어두운 건 질색이니까."

상철이 제일 먼저 튀어나갔다.

"우, 우리도 광명이네."

부국과 양자가 뒤를 따랐다.

"같이 갑시다."

광현 역시 오른쪽 길을 향해 달렸다.

민욱은 수영과 눈빛을 교환했다. 둘 다 광명이었다.

"자기야, 빨리."

민영이 도열을 향해 다급하게 외쳤다.

"난 안 간다니까! 너도 여기 있어."

"형, 빨리 피해야 해요. 절 믿고 빨리요!"

영민이 도열의 손을 잡고 마구잡이로 당겼다.

"아니. 이 새끼가 왜 이래?"

"여기 있으면 죽어요!"

수영과 함께 걸음을 옮기던 민욱은 멈칫했다. 이제 십여 초밖에 남지 않은 듯했다.

"젠장."

민욱은 달려가 영민과 함께 도열을 잡아당겼다.

"왜들 이래?"

"말 좀 들어!"

도열은 두 사람에게 끌려서 구덩이를 빠져 나왔다.

"내 맘대로 하겠다는데 너희들이 뭔 상관이야!"

도열이 핏대를 세우며 소리를 질렀다. 그 순간 공기를 가르는 쉬이익, 하는 소리가 들렸다.

"조심해요!"

수영이 비명을 질렀다.

쾅!

커다란 소리와 함께 흙먼지가 자욱하게 일었다. 땅이 부르르 떨렸다. 구덩이 근처에 서 있던 네 사람은 충격파에 모두 쓰러졌다.

"히익."

도열이 풍선에서 바람이 빠져나가는 것 같은 소리를 냈다. 민욱은 상체를 일으켜 방금까지 구덩이였던 곳을 바라봤다. 집채만 한 바위 하나가 구덩이에 떨어져 있었다. 조금이라도 늦었다면 네 사람은 바위에 깔려 온몸이 터진 채로 즉사했으리라.

민욱의 팔뚝에 소름이 돋았다. 민영이 훌쩍훌쩍 흐느끼기 시작했다.

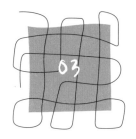

Pause 1

　나도희는 사진을 들여다보고 있었다. 탁자 위에 놓인 작은 액자
에는 노부부의 다정한 한때가 새겨져 있었다. 남편은 사람 좋아 보
이는 부드러운 미소를 지으며 아내의 어깨에 팔을 둘렀다. 모자를
쓴 아내는 안색이 나쁘기는 했지만 그래도 환하게 웃는 표정이었
다. 두 사람의 뒤에는 각양각색의 꽃들이 피어 있었다.

　사진 맨 밑에 찍힌 날짜는 일주일 전을 가리켰다.

　일주일 전 일요일, 두 사람은 이 사진을 찍어 인화를 했고 액자
로 만들었다. 그리고 실종됐다.

　'도대체 어디로 간 걸까?'

　나도희는 볼펜 끝을 잘근잘근 씹으며 생각했다. 단서는 아무것
도 없었다.

　이부국과 허양자.

　30년 넘게 부부로 지내 온 두 사람은 어느 것 하나 부족함이 없
는 사람들이었다. 빚쟁이를 피해 도망칠 필요도, 누군가에게 원한

을 사 블레딩힐 이게도 없는 사람들.

나도희에게 조사를 의뢰해 온 사람은 이부국과 허양자의 하나뿐인 아들이었다.

부모님과 연락이 닿지 않아 걱정이 된 아들은 직접 집으로 찾아왔다. 집은 당연히 빈 상태였다. 차도 없었다. 처음에는 여행이라도 간 거라 생각했다. 경찰도 마찬가지 의견이었다. 그렇지만 일주일이 지나도록 두 사람은 연락이 없었다. 경찰의 수사는 미적지근했다. 참다못한 아들은 민간조사원인 나도희를 찾았다.

"역시 별건 없는데요."

전도출이 옆으로 다가왔다. 그는 나도희의 조수 겸 조사원이었다.

"싹 다 뒤졌어?"

"가스레인지 후드까지 떼 봤어요. 아무것도 없어요."

"너 나오면 하나에 한 대씩이다."

도희는 으름장을 놓기는 했지만 도출의 말이 사실일 거라 생각했다. 장난기 많은 조수이기는 해도 도출은 꽤 능력 있는 조사원이었다.

"증발…… 한 게 아닐까요?"

도출이 말했다. 증발은 업계에서 쓰는 용어였다. 완전히 실종된 사람. 영원히 찾지 못하는 케이스.

"아직 속단하긴 일러. CCTV를 보면 이 양반들이 어딘가로 떠났다는 증거는 나오잖아."

도희가 말했다. 그 말 그대로였다. 아파트 CCTV에는 지난주 월요일 아침, 부국이 운전하는 SUV 차량이 아파트를 빠져나가는 모습이 똑똑히 찍혔다. 집 안에서도 두 사람이 어딘가로 떠났다는 단서가 발견되었다. 응당 있어야 할 트렁크가 자취를 감추었고 옷장에도 손을 댄 흔적이 보였다.

"설마 자살은 아니겠죠?"

도희 역시 그 생각을 안 해 본 것은 아니었다. 하지만······.

"자살할 사람들이 갈아입을 옷을 가져가진 않겠지."

무엇보다 동기가 부족했다. 두 사람은 경제적으로도 부유했고 부부간 금슬도 좋았다. 아들과의 사이도 원만했다.

"갑갑하네요."

"일단 사무실로 돌아가자고. 일주일 간 사건 사고도 조사해 보고."

도희가 말했다.

두 사람은 늦은 점심을 먹고 사무실로 돌아왔다.

나도희가 운영하는 '광명 민간조사 사무실'은 변두리 주택가의 오피스텔 4층에 있었다. 개업을 한 지 이제 2년 남짓 지났지만 실종 사건 전문으로 알려지면서 꽤 많은 고객이 찾았다.

실종자, 그중에서도 6개월 안에 귀가하지 않거나 행방을 찾을 수 없는 장기 실종자의 수는 해마다 늘어나고 있다. 경찰 인력으로는 그들을 모두 찾는 게 사실상 어려웠다. 도희는 그 틈을 파고들었다. 실종자 중 대부분은 자기 발로 직접 집을 떠난 사람들이었고 나머지는 사고에 의한 실종이었다. 사냥개처럼 진득하게 추적을 하면 찾지 못할 것도 없다. 그것이 전직 경찰이자 지금은 민간조사원으로 이름을 날리고 있는 나도희의 생각이었다.

"어?"

도희와 도출은 계단을 올라 사무실로 향하고 있었다. 낡은 오피스텔에는 엘리베이터가 없었다. 도희는 매번 계단을 오를 때마다 돈을 벌어 사무실을 옮기리라 다짐했다. 이를 부득부득 갈면서.

도출이 낸 소리에 도희도 고개를 들었다.

"누가 있는데요?"

도출의 말이 맞았다. 광명 민간조사 사무실 앞에 여자가 서 있었다. 60대 후반쯤으로 보이는 초라한 외모의 여자였다.

"어떻게 오셨습니까?"

도희가 영업용 미소를 지어 보이며 물었다.

올해 서른둘인 도희는 매력적인 인상이었다. 강력계에 있을 때는 동료 형사들에게 수도 없이 고백을 받았다. 누구 하나 성에 차지 않았다. 그가 인정하는, 그리고 관심을 가지는 남자는 딱 한 명뿐이었다.

"아! 부탁을 드릴 게 있어서……."

여자는 도희를 향해 힘없이 웃어 보였다. 도희의 미소는 다른 이의 경계를 풀게 만드는 묘한 매력을 가지고 있었다.

'흠. 의뢰인이란 말이지.'

도희는 여자를 사무실로 안내했다. 책장과 책상, 그리고 소파와 냉장고 하나가 전부인 단출한 사무실이었다. 일을 하는 사람도 도희와 도출 둘뿐이었다.

"아들이…… 며칠째 집에 안 들어와서요."

여자는 소파에 앉자마자 입을 열었다. 목소리가 떨렸다.

"자, 진정하시고 차근차근 말씀해 보세요."

여자는 도희의 눈을 똑바로 바라본 뒤 크게 숨을 쉬었다. 때마침 도출이 차가운 물을 내왔다. 선풍기가 팔랑팔랑 돌아갔다.

"아들이 실종됐는데 경찰에서는 도와주질 않아요."

"아드님이 성인인가요?"

"네. 올해 스물다섯."

그렇다면 경찰의 입장도 이해할 만했다. 성인의 실종은 일단 가출로 본다. 그것도 남자라면 더욱더 그렇다.

"아드님은 무슨 일을 하시나요?"

"이것저것. 최근까지는 피자 배달을 했어요."

"피자 배달……."

"네. 지난주 일요일 밤에 어딜 간다고 집을 나간 후에 들어오지 않아요."

지난주 일요일.

도희는 흘끔 조수를 바라봤다. 도출 역시 도희를 향해 의미심장한 눈빛을 보냈다.

"전화는 해 보셨나요?"

"꺼져 있어요. 내내."

"평소에도 자주 그렇게 집을 나가셨나요?"

돌연 여자의 표정이 변했다. 눈에는 눈물이 그렁그렁했지만 아주 날카로운 표정으로 도희를 노려봤다.

"경찰하고 똑같은 걸 묻는군요. 저희 아들이 파출소를 들락거리고 말썽을 피우긴 했지만 이런 걸로 제 속을 썩이지는 않아요."

"알겠습니다. 그럼 이번이 처음이라는 거죠?"

"네."

여자는 입술을 지그시 깨물며 대답했다.

'하아.'

도희는 속으로 한숨을 쉬었다. 이 여자의 아들은 십중팔구 어떤 여자 엉덩이에 코를 박고 잠들어 있을 것이다. 세상의 모든 아들들은 엄마가 생각하는 것보다 훨씬 골칫덩이들이다.

"벌써 일주일이 지났어요. 전 너무 걱정이 돼서……."

결국, 여자가 눈물을 흘렸다. 도출이 얼른 티슈를 내밀었다. 이런 점에서는 도희보다 도출이 훨씬 유능했다.

"걱정하지 마세요. 저희들이 잘 찾아보겠습니다."

도출이 웃으며 말했다. 도희는 그런 도출을 향해 눈을 흘겼다.

왜 네 맘대로 사건을 맡고 지랄이야?

"감사합니다. 감사합니다."

여자는 연신 고개를 숙였다.

"그런데 아드님께서 어딜 간다고 했다면서요? 그게 어디인지 혹시 기억 안 나세요?"

이번에는 도출이 물었다.

"그게 저……. 무슨 안개 어쩌고 했는데 제가 알아들을 수 없는 말이라서……."

"아드님이 혹시 교회, 아니 어떤 종교 같은 걸 믿고 있었나요?"

도희가 물었다. 그는 사이비 종교가 관련되어 있을지도 모른다고 생각했다. 거의 희박한 확률이지만. 여자는 고개를 저었다.

"그런 거 안 믿어요."

"자주 어울리는 친구들한테는 연락을 다 해 보셨어요?"

이번에도 고개를 저었다. 아들의 친구가 누구인지 여자는 모르고 있었다.

"알겠습니다. 일단 아드님 사진이 있으면 한 장 주시고 인적사항 간단하게 말씀해 주세요. 좀 알아보고 조사를 할 수 있을지 없을지 연락드리겠습니다."

도희가 말했다.

"네에."

여자는 거의 꺼질 듯한 목소리로 대답하며 핸드폰으로 찍은 사진 한 장을 내밀었다. 머리를 개나리색으로 염색한, 어딜 봐도 양아치 같은 남자가 잔뜩 인상을 구기고 있었다.

"상철이에요. 현상철."

여자가 말했다.

"어떻게 생각하세요?"

여자가 돌아간 후 도출이 물었다. 도희는 의자에 머리를 파묻고 눈을 감았다.

"알잖아. 실종도 뭐도 아니야."

"그러면요?"

"여자한테 눈이 팔려 여행이라도 갔을 거야. 아니면 사이비 종교 집회에서 춤이라도 추고 있겠지. 그것도 아니면······."

"피라미드 사업하는 놈들한테 잡혀 있거나?"

도출이 도희의 말을 받았다.

"그렇지. 이제 너도 머리가 좀 돌아가는구나."

"그런데 엄마가 자기 아들은 그럴 애가 아니라고 하는 게 좀 걸리지 않아요?"

"누구든 엄마는 자기 새끼가 제일 믿음직하다고 말해."

"그래도······."

"짜샤. 엉뚱한 데 미련 갖지 말고 이부국 부부 실종 사건이나 해결해 보자고. 아까 그 아주머니한테는 사건 못 맡는다고 연락드리고."

"네."

도출은 고개를 끄덕이며 혼자 중얼거렸다.

"······ 스물다섯이나 먹었는데 그냥 안개를 보러 간다는 게 영 이상한데······."

"잠깐!"

도희가 소리쳤다.

"깜짝이야! 왜 소릴 질러요?"

도출은 얼이 빠진 표정으로 상사를 바라봤다.

"방금 뭐라고 했어?"

"스물다섯이요."

"그거 말고."

"영 이상하다고요."

"아니. 그거 말고!"

"그럼 뭐요? 안개?"

"그래!"

도희는 의자에서 벌떡 일어났다. 어떤 예감이 척추를 타고 머릿속까지 찌르르 흘러들었다.

안개.

안개.

안개…….

분명히 어디선가 그 단어를 들었다. 그것도 비교적 최근에.

물음표가 뾰족한 갈고리가 되어 도희의 주름진 뇌 어딘가에 콱 박혀 대롱거렸다. 예감이자 본능이 경고의 소리를 높이고 있었다.

생각을 해! 생각을 하라고!

"안개…… 안개…… 안개."

도희는 사무실을 서성이며 중얼거렸다.

또각또각.

도희의 하이힐이 바닥을 때릴 때마다 경쾌한 소리가 울려 퍼졌다. 도출은 숨을 죽이고 자신의 상사를 바라봤다. 이런 순간에 도희를 건드리면 안 된다는 사실은 익히 알고 있었다. 지금껏 수많은 시행착오를 겪으며 체득한 것이었다.

"안개…… 안개가 끼고…… 그걸 또…… 예보……. 맞다!"

도희는 또 한 번 소리를 질렀다. 도출은 흠칫 놀라 한 발 물러섰다. 하지만 늦었다.

짝!

도희의 손바닥이 도출의 등을 강하게 후려쳤다.

"아!"

도출은 외마디 비명을 지르며 오징어처럼 몸을 배배 꼬았다. 참을 수 없는 아픔이 몰려왔다.

"그놈의 추리 좀 평범하게 할 수 없어요? 꼭 사람을 때리고 말이야."

도출은 울먹거렸다. 그러거나 말거나 도희는 신이 나서 외쳤다.

"생각났어. 안개 말이야."

"뭔데요?"

도출은 퉁명스레 물었다.

"이부국 교수, 기상학과야. 정교수인데다 전문 분야가 안개라고 했어."

"에? 정말이요?"

"그래. 아들한테 직접 들었어."

"그런데 그게 무슨……."

"같은 날 세 사람이 실종됐어. 근데 똑같은 키워드가 등장한 거야. 바로 안개지."

"우연일 수도 있잖아요. 아깐 별거 아니라고 했으면서."

"우연인지 아닌지는 지금부터 조사해 보자고."

도출은 고개를 절레절레 저었다. 도희가 저렇게 흥분 상태일 때는 아무리 말려도 소용이 없었다. 그리고 꼭 안 좋은 사건이 터졌다.

그야말로 안개에 쌓인 것 같은 사건이……

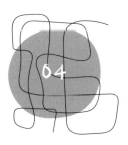

Stage 3

사람들은 모여 앉아 숨을 골랐다. 조금 전의 충격과 공포가 아직 가시지 않았다. 먼저 오른쪽 길로 접어든 사람들도 커다란 바위가 구덩이를 덮친 모습을 똑똑히 봤다.

"무슨 이상한 실험 아닐까요? 왜, 영화에 보면 그런 거 나오잖아요."

민영이 여전히 벌벌 떨면서 말했다. 눈물 때문에 마스카라가 번져 있었다.

"설마. 정말로 그런 일이 가능하려고……."

부국이 혼잣말처럼 중얼거렸다.

"이상하고 이해 안 되는 일투성이에요. 우리 하나하나 따져보죠. 그래야 해결법을 찾을 것 같습니다."

민욱이 말했다.

"난 여자 목소리가 제일 거슬려. 도대체 어디서 들리는 거야?"

광현이 말했다.

"저 위쪽이죠."

상철은 가운뎃손가락을 들어 하늘을 가리켰다. 밤하늘에는 때마침 구름이 몰려들고 있었다.

"상식적으로 생각해 봅시다. 목소리가 우리 모두에게 들리려면 스피커 같은 게 있어야 해요. 근데 이건 그냥 말 그대로 하늘에서 내려옵니다. 이걸 어떻게 설명해야 합니까?"

부국이 모두를 향해 물었다.

"좆나, 그럼 늑대인간이 날뛰는 건 설명이 가능하고?"

"어이. 뺀질이. 말 좀 곱게 쓰자고."

광현이 도열을 향해 말했다.

"말이 안 되는 건 바위도 마찬가지입니다. 갑자기 하늘에서 뚝 떨어졌어요."

민욱이 말했다.

"저…… 아까 영민이는 알고 있었던 것 같아요. 그치? 바위가 떨어질 거, 알고 있었지?"

수영이 영민을 향해 조심스레 물었다. 모두의 시선이 중학생 소년에게로 쏠렸다. 영민은 주위를 한 번 둘러본 후 천천히 고개를 끄덕였다. 흥분한 탓인지 얼굴이 빨갰다.

"바위가 떨어진다는 건 몰랐어요."

"야! 너 이 새끼 똑바로 대답해. 네가 우릴 이 지경에 빠트린 거 아냐?"

도열이 소리쳤다.

"이 자식이!"

광현이 도열의 얼굴을 걷어찼다.

"꺄아!"

민영이 비명을 질렀다.

"그만해요. 그만 좀 해요!"

민욱은 간신히 광현을 말렸다. 광현은 멧돼지처럼 씩씩거리다가 자리에 앉았다.

"아이고. 내가 여길 나가기만 해봐."

도열은 그렇게 말하며 코피를 닦기는 했지만 더 이상 떠들지는 않았다.

"자, 계속해 보게."

부국이 분위기를 살핀 뒤 영민에게 말했다. 영민은 주뼛거리며 말을 이었다.

"하지만 무슨 일이 생길 것 같았어요. 아니, 꼭 그럴 거라 생각했어요. 플레이어를 죽일 무슨 일이."

"플레이어?"

민욱이 되물었다.

"네. 전 이게 게임이라고 생각해요."

영민이 대답했다.

"젠장."

상철이 낮게 뇌까렸다.

"무슨 일인지는 모르겠는데 우린 지금 게임을 하고 있는 거예요. 탈출 게임…… 다들 아시죠? 바로 그런 거예요. 생각해 봐요. 게임 속에서는 현실에서 불가능한 일도 막 벌어지잖아요. 우리한테 뭘 선택하라고 하는 여자 목소리도 게임이라면 설명이 가능해요. 그러니까 프로그램 같은 거죠. 그리고……."

이름처럼 영민해 보이는 중학생 소년은 침을 꿀꺽 삼킨 뒤 사람들을 둘러봤다.

"…… 올바른 선택을 하지 못한 플레이어는 삭제되는 거죠. 프로그램에 의해."

'게임이라.'

민욱으로서는 선뜻 받아들일 수가 없었다. 게임 속이라니, 말도 안 되는 이야기였다. 차라리 실험일지도 모른다던 민영의 말이 더 설득력 있었다. 하지만 영민에게서 '게임'이라는 단어를 듣자마자 께름칙한 느낌 하나가 마음속에서 몽글몽글 피어올랐다.

무언가가 기억날 듯 민욱의 뇌를 살며시 자극했지만 거기까지였다. 짙은 안개에 휩싸이기라도 한 것처럼 머릿속에는 아무것도 떠오르지 않았다. 민욱은 예사롭지 않은 분위기를 통해 다른 사람들도 비슷한 생각을 하고 있다는 사실을 깨달았다.

받아들이기는 힘들지만 '게임'이라는 사실만은 '이해'하고 있다.

"도대체 왜, 그리고 누가?"

광현이 허탈하다는 표정으로 중얼거렸다. 순간, 어김없이 그 소리가 들려왔다.

- 스테이지 2도 모두 무사히 통과하셨군요. 축하합니다.

이제는 누구 하나 소리를 지르지 않았다. 대신에 가만히 귀를 기울인 채 여자의 말을 듣고 있었다. 모두의 얼굴에는 하나같이 공포심이 떠올라 있었다.

- 스테이지 3부터는 난이도가 조금씩 올라갑니다. 아무쪼록 모두 살아남길 바랍니다.

민욱은 주먹을 불끈 쥐었다. 처음으로 분노가 밀려왔다.

- 스테이지 3 역시 선택의 문제입니다. 여러분이 광명의 길을 따라가다 보면 빛의 숲을 만나게 됩니다. 그곳에서 여러분은 일행 중 한 명을 버려야 합니다. 과연 누구를 버릴지 선택해 주세요. 가장 쓸모없는 사람을 버리는 게 좋겠죠. 행운을 빌겠습니다. 굿 럭!

굿 럭!

소름 끼치도록 차가운 그 말 한마디만을 남긴 채 여자의 목소리
는 또다시 하늘 위로 사라졌다.

누군가, 보이지 않는 존재가 자신들의 목숨을 좌지우지하고 있
었다. 그것도 게임이라는 잔인한 방법으로.

민욱은 두려움과 분노가 교차하는 심정으로 하늘을 올려다봤다.
무심히 뜬 보름달과 서서히 조여 오는 구름. 하늘에도 답은 없었다.

"우리가 저 목소리의 지시를 따르지 않는다면 어떻게 될까?"

민욱이 영민을 향해 물었다. 아까 스테이지 2에서도 궁금했던
것이었다.

"맞아! 괜히 겁먹었잖아. 저 여자가 하는 말 같은 건 무시하고 그
냥 다른 쪽으로 가자고요. 밑으로 계속 가다보면 마을이건 뭐건 나
오겠지."

상철이 침을 튀기며 말했다.

"아뇨. 그건 아마 안 될 거예요."

영민이 고개를 저었다.

"왜?"

"게임은 프로그래밍이 되어 있지 않은 행동은 용납하지 않아요.
만약 지시를 따르지 않는다면 그 자리에서 소멸될 거예요."

"젠장."

그 후로 또 말이 없어졌다. 영민의 말이 사실인지 확인해 볼 만
큼의 용기를 가진 사람은 아무도 없었다.

"그렇다면 어서 이동합시다."

부국이 그렇게 말하며 일어섰다. 흘러내린 안경 탓인지 처음 봤
을 때보다 십 년은 더 늙어 보였다. 사람들은 묵묵히 노교수의 말
에 따랐다. 딱히 다른 대안이 있는 것도 아니었다.

그때였다.

한마디도 하지 않던 긴 머리 남자가 벌떡 일어났다. 그 동작 역시 지극히 부자연스러웠다. 아무런 예비 동작 없이 누군가가 잡아당기기라도 한 것처럼 쑥 일어난 것이다.

'로봇, 아니 인형 같잖아…….'

민욱이 그렇게 생각한 순간 그 남자가 더듬더듬 입을 열었다.

"나, 나는 갈 거야."

처음 듣는 남자의 목소리는 기괴했다. 감정도 전혀 실려 있지 않았다.

"간다니? 어딜 간다는 겁니까?"

민욱이 물었지만 남자는 대답하지 않았다. 대신에 몸을 빙글 돌려 지나왔던 길을 바라봤다. 먹구름이 보름달을 야금야금 잠식하면서 밤하늘이 부쩍 어두워졌다. 바위가 떨어졌던 장소는 이미 어둠 속에 묻혔다.

"나는 갈 거야."

남자는 또다시 말했다. 똑같은 목소리와 똑같은 어투로.

"아까 영민이가 한 말 들었잖소. 그 말이 진짜라면 지시를 따르지 않는 건 진짜 위험한 일이 될 겁니다."

부국이 말리고 나섰다.

"아, 그냥 내버려둬요."

광현이 말했다.

"그래도……."

민욱이 남자를 붙잡기 위해 다가갔다. 그 순간 남자가 고개를 홱 돌렸다. 민욱은 멈칫했다. 남자는 웃고 있었다. 창백한 남자의 얼굴에 면도칼로 그어놓은 듯한 미소가 번졌다.

"아!"

수영이 외마디 소리를 질렀다. 남자가 달리기 시작한 것이다. 일행이 방금 전 걸어왔던 길을 거슬러서.

"저, 저거!"

상철이 어둠 속을 가리켰다. 컴컴한 어둠이 도사리고 있던 숲속에서 무언가가 번쩍 하고 빛났다. 동시에 반투명의 막이 생겨났다. 이쪽 길과 저쪽 길을 가로막으며. 그리고……

"으악!"

상철이 비명을 지르며 펄쩍 뛰어올랐다.

파파팟!

막에 부딪친 남자가 엄청난 소리와 함께 타올랐다. 불꽃이 튀었다. 남자는 소리조차 내지 못하고 몸을 덜덜 떨었다. 뒤이어 새빨간 불꽃이 남자를 집어삼켰다. 수영은 민욱의 팔을 꽉 잡으며 눈을 감았고 민욱 역시 말없이 고개를 돌렸다.

"우욱."

허양자는 토하기 시작했다.

"젠장."

광현이 중얼거리며 바닥에 침을 뱉었다.

"저렇게 되는 거야? 지시에 따르지 않으면 우리도 저렇게 되는 거냐고?"

도열이 뒤집어진 목소리로 외쳤다. 누구 하나 대답하지 않았다. 새까맣게 그을린 채 쓰러진 남자는 몇 번 더 꿈틀거리다가 이내 잠잠해졌다.

"젠장. 교도소야 뭐야?"

상철은 입술을 깨물며 주먹을 꼭 쥐었다.

"빨리 움직이는 게 좋겠습니다."

부국이 말했다. 모두 고개를 푹 숙인 채 걸음을 옮겼다. 사람들의 마음속에는 비로소 확실하고 뚜렷한 공포심이 자리 잡았다. 죽음에 대한 공포심이.

"조심해서 일어나요."

민욱은 수영을 향해 손을 내밀었다. 수영은 말없이 그 손을 잡고 일어났다.

"다리는 괜찮아요?"

"네."

대답을 하기는 했지만 수영은 비틀거렸다.

"어디 좀 봐요."

괜찮다는 수영의 말을 무시하고 민욱은 그의 다리를 살폈다. 늑대인간이 쥐었던 자리에 선명하게 손자국이 남아 부어 있었다. 무시무시한 힘이었다.

"이대로 빨리 걷는 건 무리니까 제 옆에서 천천히 따라오세요."

민욱은 조용히 걸음을 옮겼다. 마음이 복잡했다. 거짓말 같은 이 상황을 점점 진짜처럼 받아들이고 있다는 사실도 못마땅했다.

기억상실, 생면부지인 열 명의 사람, 늑대인간, 여자 목소리, 바위, 그리고 비참하게 죽어간 남자…… 어느 것 하나 현실적인 게 없었다.

그리고 또 하나.

민욱은 이름 말고는 아무것도 떠오르지 않아 미치도록 답답했다. 다른 사람들은 자기가 무슨 일을 하고 있는지 이야기했다. 옆에서 걷고 있는 수영은 방과 후 교사라고 했다.

'나는…… 나는……'

아무리 머리를 쥐어짜도 생각나는 게 없었다. 이런 상황이 결코 낯설지 않다는 불길한 느낌만이 어렴풋이 떠오를 뿐이었다.

"괜찮으세요?"

수영이 물었다.

"네?"

"얼굴을 찡그리고 계셔서요."

"아…… 잠시 딴생각을 하느라."

"아깐 정말 고마웠어요. 인사도 못 드렸네요."

"아닙니다. 천만다행이었어요."

"전 사실 포기를 했거든요."

수영은 설핏 미소를 지었다.

"이름과 직업 말고는 아무것도 기억나지 않으세요?"

민욱이 물었다.

"네. 마치 그 부분만 빼고 지우개로 지운 것 같아요."

'지우개라.'

정말로 게임 속이라면 충분히 가능한 일일 것이다. 그렇다면 한 가지 궁금증이 남는다. 사람들을 이 게임에 밀어 넣은 작자는 왜 기억을 삭제해야 했을까? 왠지 그 부분에 답이 있을 것 같았다.

"우왓!"

앞쪽에서 누군가가 탄성을 질렀다. 민욱과 수영은 서로를 마주본 뒤 걸음을 서둘렀다. 절뚝거리는 수영을 민욱이 부축했다.

눈앞에 펼쳐진 광경은 충분히 감탄할 만했다. 빽빽한 침엽수림 전체가 환하게 빛나고 있었다. 나뭇가지는 물론이고 나뭇잎 하나하나에도 크고 작은 광원이 자리를 잡아 새하얀 빛을 내뿜었다.

"크리스마스트리 같잖아."

민영의 말 그대로였다. 나무들은 온몸에 전구를 감고 있는 것 같았다.

"빛의 숲이라……. 이걸 말한 거군."

부국이 안경을 슬쩍 올리며 감탄 어린 표정으로 말했다.

"이것 좀 보세요. 전부 벌레들이에요!"

어느새 나무 가까이 다가간 영민이 광원 하나를 가리키며 소리쳤다.

"벌레? 너 어른들 놀리면…… 으악!"

상철이 놀라서 엉덩방아를 찧었다. 광원이 정말로 날아올랐기 때문이다.

"우와."

영민이 탄성을 질렀다. 날아오른 벌레는 날개를 활짝 펴고 너울너울 움직였다. 그러자 다른 벌레들도 날아올랐다. 생김새는 나방과 흡사했지만 훨씬 컸다. 게다가 환하게 빛을 내고 있었다.

"빛나는 나방이라니, 이런 건 처음 보는구먼."

부국이 말했다.

"언제까지 감탄만 하고 있을 거요? 여기서 뭘 해야 된다고 했잖아."

광현이 못마땅하다는 듯 혀를 찼다.

"뭐 어때요? 잠시 쉬어가는 거죠."

민영은 그렇게 말하며 나방을 향해 손을 내밀었다. 근처를 날고 있던 커다란 나방 한 마리가 민영의 손가락에 내려앉았다. 빛을 내뿜는 채로 날개를 접었다 폈다 하는 나방의 모습은 신비롭게 보였다.

"조심해. 또 가루가 묻었느니 어쩌니, 징징거리지 말고."

도열이 퉁명스레 한마디를 던졌다. 그 순간 민영이 짧은 비명을 질렀다.

"아!"

"왜?"

도열이 물었다.

"물었어."

"뭐?"

"얘가 날 물었다고. 으. 아파!"

민영은 얼굴을 잔뜩 찡그리며 주춤주춤 뒤로 물러났다. 나방들이 다시 날아올랐다. 아까보다 숫자가 훨씬 많았다. 그 수는 점점 늘어났다.

"으아. 어떡해! 내 손 좀 봐."

민욱은 민영을 향해 고개를 돌렸다. 나방에게 물린 손가락이 퉁퉁 부어 있었다. 눈 깜박할 새였다. 게다가 물린 곳을 시작으로 시퍼런 독이 거미줄처럼 퍼져나가는 중이었다.

"조심해요!"

민욱이 소리쳤다.

나방들이 달려들었다.

"으악!"

민영이 비명을 질렀다.

"젠장."

상철의 욕도 들렸지만 다른 곳에 신경을 쓸 여력이 없었다. 민욱은 눈앞으로 날아드는 나방을 후려쳤다. 또 다른 나방이 어깨에 붙었다. 한 손으로 재빨리 떼어냈다.

깍깍깍깍.

나방은 미친 듯이 날뛰면서 이상한 소리를 냈다. 민욱은 순간 자기 눈을 의심했다. 나방의 눈 아래쪽에 입이 달려 있었다. 입안에는 날카로운 이빨이 가득했다. 이빨들이 마구 부딪치면서 그 소름 끼치는 소리가 났다.

깍깍깍깍.

"민욱 씨!"

수영의 목소리가 들렸다. 민욱은 본능적으로 머리를 홱 돌렸다. 날카로운 통증이 뺨을 스치고 지나갔다. 먹잇감을 놓친 나방이 피로 물든 이빨을 드러내며 민욱의 눈 바로 앞에서 날갯짓을 하고 있었다. 그때마다 온몸이 환하게 타올랐다. 민욱은 그 나방을 낚아채 땅에 내동댕이친 뒤 발로 밟았다.

수영이 민욱 곁으로 달려왔다. 온몸이 땀에 젖어 있었다.

"뺨이……."

"지금은 여기서 도망칠 생각만 합시다."

뺨이 팽팽하게 부어오르고 있다는 사실은 굳이 확인하지 않아도 알 수 있었다. 통증 또한 엄청났다.

"이 새끼들! 이 새끼들!"

광현이 마구잡이로 칼을 휘둘렀다. 나방의 수는 줄어들지 않았다. 마치 하나의 거대한 손이라도 되는 것처럼 허공에서 똘똘 뭉쳐 사람들을 향해 덮쳐 왔다. 민욱은 주위를 둘러봤다. 다친 것은 자신만이 아니었다.

"이대로는 안 돼요! 다들 앞으로 달려요."

고개를 돌린 그 순간, 민욱은 빛의 숲 끝 쪽이 어둠에 휩싸여 있다는 사실을 깨달았다.

'이 괴물 나방들은 숲 밖으로 나갈 수 없는 걸지도 모른다!'

민욱은 도박을 걸어보기로 했다.

"도망쳐요."

민욱은 수영의 손을 잡고 달렸다. 그것을 본 다른 사람들도 달리기 시작했다. 윙윙거리는 날갯짓 소리가 귀를 찢을 듯 크게 들렸다.

출구가 바로 앞이었다. 예상대로 침엽수림이 끝나는 지점에는 나방이 날아다니지 않았다.

"조금만 더!"

민욱은 소리쳤다. 거기까지였다. 한 덩어리로 뭉친 나방들이 깍깍깍깍, 소리를 내지르며 출구를 막아 버렸다. 붕붕대는 날갯짓에서 풍압이 느껴질 정도였다.

"니미럴. 틀렸어."

광현이 중얼거렸다. 그때 도열이 웃음을 터트렸다. 나방의 날갯짓 소리를 뚫고 밤하늘에 울려 퍼질 정도로 큰 소리였다.

"크크크. 알았어. 알았다고!"

48

민욱은 도열을 노려봤다. 드디어 미쳤구나!

"다들 아까 그 여자 말 잊었어?"

도열은 목소리를 높였다. 치켜 뜬 눈이 희번덕거렸다. 이마는 땀으로 번들거렸다.

"선택하라고 했잖아. 누구를 버릴지. 그게 바로 이런 뜻이었어."

도열은 그렇게 말한 후 민영을 홱 밀어버렸다.

Stage 4-1

"왜? 내가 잘못했다는 거야, 응? 누가 말 좀 해봐. 그 잘난 입들로 좀 떠들어 보라고!"

도열은 방 안을 서성이며 고래고래 소리를 질렀다. 입에서 침이 튀었다. 나방에 물려 퉁퉁 부은 얼굴과 그의 번득이는 눈빛이 묘하게 잘 어울렸다. 사람들은 아무 말도 하지 않았다. 아니, 하지 못했다.

민욱은 벽에 머리를 기댄 채 눈을 감았다. 욱신거리는 통증과 함께 불과 몇 분 전 장면이 생생하게 떠올랐다.

도열에게 밀려 바닥에 넘어진 민영은 텅 빈 눈으로 모두를 바라봤다. 그 눈빛 속에는 아무것도 들어 있지 않았다. 마치 자신의 운명을 예감이라도 한 듯 초연한 분위기마저 느껴졌다.

나방이 민영에게로 일제히 달려든 것은 불과 몇 초 뒤였다.

푸드득, 하고 하늘이 뒤집히는 듯한 소리가 들리더니 곧 수천 마리의 나방이 민영을 환하게 덮었다.

"으아악!"

민영은 비명을 질렀다.

"이때야! 이때라고!"

도열은 그 말을 남긴 뒤 뛰기 시작했다. 민영을 뜯어먹느라 다른 사람에게 관심을 기울이는 나방은 한 마리도 없었다.

"젠장."

상철이 욕을 내뱉은 뒤 도열의 뒤를 따랐다.

민욱은 나방에 뒤덮인 민영을 바라봤다. 그는 고통을 못 이겨 몸부림치고 있었다. 도무지 인간의 것이라고는 생각도 할 수 없는 신음과 비명이 흘러 나왔다. 민욱은 마른침을 삼킨 뒤 수영을 돌아봤다.

"가요. 갑시다!"

민욱의 목소리가 갈라졌다.

"하지만……."

수영은 눈물을 글썽이고 있었다.

"시간이 없어요. 지체하고 있다간……."

저놈들이 우리에게 달려들 거요.

민욱은 뒷말을 속으로 삼켰다.

수영은 입술을 깨문 뒤 민욱의 손을 잡았다. 두 사람은 입구를 향해 달렸다. 심장이 터질 것 같았다. 그것이 두려움 때문인지, 분노 때문인지, 혐오감 때문인지 알 수가 없었다.

숲을 벗어나자 풀로 뒤덮인 제법 평탄한 지형이 나왔다. 어딘가에서 물이 흐르는 소리도 들렸다.

민욱은 다른 길로 접어들자마자 뒤를 돌아봤다. 나방들은 아직까지 민영에게서 떨어질 줄을 모르고 있었다. 민영을 둘러싸고 게걸스레 먹어치우는 소리가 숲 너머까지 생생하게 들렸다.

나방들은 점점 더 환하게 빛났다. 그야말로 빛의 무덤이었다.

사람들은 더 이상 숲이 보이지 않게 되어서야 걸음을 늦췄다.

"헉헉."

민욱은 숨을 몰아쉬었다. 수영은 아예 민욱 옆에 매달려 있는 상태였다. 더 심각한 쪽은 부국과 양자 부부였다. 맨 뒤에 처진 그들은 눈에 띄게 지쳐 보였다.

"젠장. 좆같네, 정말!"

광현은 애꿎은 바닥을 걷어찼다.

"누구냐고! 빨리 나와서 한판 붙자. 이런 더러운 수 쓰지 말고 빨리 나와!"

하늘을 향해 한껏 소리를 질렀지만 돌아오는 건 바람 소리뿐이었다. 광현은 곧 조용해졌다. 대신에 시무룩한 표정으로 걷기만 했다.

뚜렷한 목적지도 없이 광활한 평원을 얼마나 더 걸었을까, 영민이 앞쪽을 가리키며 소리쳤다.

"저기 지붕 같은 게 보여요!"

민욱은 영민 곁으로 다가갔다. 정말이었다. 삼백 미터 정도 떨어진 거리에 집이 한 채 서 있었다. 아까의 통나무집과는 달리 이층 양옥처럼 보였다.

"일단 저기서 좀 쉬죠."

민욱이 말했다.

"그래요. 혹시 우리를 도와줄 사람이 있을지도 모르죠."

부국이 그렇게 말했지만 아무도 동의하지 않았다. 그런 게 없다는 사실은 이제 모두 알고 있었다.

몇 분 후 사람들은 집에 도착했다. 집에 가까워질수록 처음 봤던 것과는 달리 무척 기괴한 형태의 건축물이라는 사실을 깨달았다. 시멘트로 지어진 이층집이기는 했지만 뼈대만 있을 뿐이었다. 방들은 많았지만 창문이나 방문은 어디에도 없었다. 전체적인 모양

○ 신빨이있나. 즉, 농양은 텅 비고 그 수위를 불러싸고 방이 나 있
는 형태였다.

"꼭 덫 같아요."

민욱은 집으로 들어서면서 수영이 했던 말을 똑똑히 들었다.

그도 역시 비슷한 생각을 했다.

마치 제단(祭壇) 같다고…….

민욱은 다시 눈을 떴다.

집에 들어오고 한 시간 정도가 지났다. 시계는 없었지만 왠지 알
수 있었다. 민욱은 또 한 번 자신의 직업에 대해 의문을 품었다. 어
쩌면 자신은 매우 엄격하고 체계화된 훈련을 받은 사람일지도 모
른다, 민욱은 그렇게 생각했다.

"난 잘못하지 않았어. 게임에서 시키는 대로 했단 말이야! 크크크."

도열은 포기하지 않고 계속 외쳤다. 누구 하나 말리지 못했다.
광현마저 눈을 감고 애써 외면하고 있었다.

"다들 내 덕에 목숨 부지하고 있는 줄 알아. 알겠어?"

도열의 목소리는 뻥 뚫린 천장을 통해 밤하늘까지 올라갔다.

"맞습니다. 당신의 결단 덕분입니다."

부국이 조용히 입을 열었다. 그와 양자는 집에 도착한 이래 한마
디도 하지 않고 정신을 잃은 듯 쓰러져 있었다. 부국이 몸을 일으
킨 것은 불과 몇 분 전이었다.

"뭐?"

도열이 부국을 향해 고개를 획 돌렸다.

"당신 덕이라고요. 그래서 감사하고 있습니다. 지금은 정상적인
상황이 아니에요. 이럴 때일수록 과감한 결단과 상황 파악이 필요
한데 우린 모두 그걸 잊고 있었습니다. 당신만이 그런 능력을 가지
고 있었죠. 그러니……."

부국은 자꾸만 내려가는 안경을 추어올리며 도열을 똑바로 바라봤다.

"…… 너무 자책하지 마세요."

도열은 모래성이 무너지듯 서서히 주저앉았다. 눈빛이 흔들렸다. 땀에 젖은 머리카락이 이마 위로 내려와 치렁거렸다.

"자책…… 자책…… 나…… 난……."

거기까지 말한 뒤, 도열은 흐느끼기 시작했다. 작지만 처량한 울음소리였다.

민욱은 고개를 돌려 창문이 사라진 틈으로 바깥을 바라봤다.

'비겁한 인간은 나야.'

그 순간, 나방이 민영에게로 날아가 시야가 훤히 트였을 때, 민욱은 미치도록 기뻤다. 나방들이 가능한 한 오래오래 민영을 잡아먹길 바랐다. 민욱은 몰려오는 혐오감을 견디며 입술을 질끈 깨물었다. 비릿한 피 맛이 느껴졌다. 날카로운 통증도 느껴졌다.

'나는 살아남았다.'

민욱은 그 사실을 온몸으로 깨달았다. 기쁘기도 하고 서글프기도 한 생존이었다.

"우리 여기서 밤을 보내는 거야?"

잠시 후 광현이 거칠한 목소리로 물었다. 도열의 울음은 어느새 잦아들었다.

"글쎄요. 상황을 조금 더 지켜볼까요?"

민욱은 그렇게 말하며 하늘을 힐끗 바라봤다. 벌써 두 시간째 아무런 지시도 내려오지 않았다. 어쩌면 오늘의 게임은 이것으로 끝난 걸지도 모른다. 하지만 누구 하나 그 말을 입 밖으로 꺼내지는 않았다. 그랬다가는 왠지 여자의 그 차가운 목소리가 다시 들릴 것 같았다.

사람들은 아무 말도 하지 않은 채 한 시간을 더 흘려보냈다. 양자와 상철은 꾸벅꾸벅 졸기 시작했다.

"다행히 상처가 가라앉고 있어요."

수영이 작게 속삭였다. 민욱도 마침 느끼던 참이었다. 나방에게 물린 뺨과 팔의 부기가 서서히 빠지는 느낌이었다. 더불어 통증도 덜해졌다.

"이쯤 되면 마음을 좀 놓아도 되겠지?"

광현이 다시 물었다. 그는 활기를 찾은 모습이었다. 칼을 든 모습이 듬직해 보이기도 했다.

"그렇지 않을까요?"

민욱이 대답했다.

"에라, 모르겠다."

광현은 바닥에 벌렁 드러누웠다. 긴장감이 옅어지자 마음에도 여유가 생겼다. 다른 사람들도 마찬가지인 모양이었다. 어느새 눈을 뜬 상철이 입을 열었다.

"우리 조금이라도 여유가 있을 때 생각해 보자고요. 우리한테 왜 이런 일이 벌어졌을까요?"

그의 말에서 '젠장'이 빠지자 아주 어색하게 들렸다.

"난 아직도 게임이라는 걸 믿을 수 없어."

광현이 누운 채로 말했다.

"그럼 아저씬 뭐라고 생각하세요?"

"몰라. 좌우지간 난 안 믿어. 난 말이야, 귀신이고 외계인이고 이딴 거 다 안 믿어. 믿는 건 내 몸뚱이뿐이야. 게임? 좆까지 말라고 해. 내가 태어나서 지금껏 해 본 게임이라곤 잘난 핸드폰으로 몇 번 두드려 본 게 단데 이런 나를 게임에 처넣을 바보가 어디 있어? 그래. 설령 그런 미친놈이 있다고 쳐. 근데 무슨 수로 우릴 이렇게 했느냐 이거야."

무슨 수?

민욱의 머릿속 어딘가에서 기억 하나가 또 꿈틀거렸다.

"그럼 박광현 씨께서는 이곳이 어디라고 생각하십니까?"

부국이 물었다.

"나요?"

광현이 고개만 번쩍 들어 부국을 바라봤다.

"사후세계. 우린 몽땅 죽은 몸들이라 이거요. 이를 테면 지옥인 거지. 지옥불이 아니라 바로 여기서 벌을 받고 있다, 이 말이오."

"하! 귀신도 안 믿는 분이 사후세계는 또 믿어요?"

상철이 코웃음을 치며 말했다.

"내 맘이거든!"

"어이. 그쪽은 어떻게 생각하시오?"

광현이 이번에는 민욱을 향해 물었다.

"그게…… 확실하진 않지만 저 역시 게임은 아닐 것 같다고 생각합니다."

"거 봐!"

광현이 크하하 웃었다.

"그렇다고 사후세계는 아니고요."

민욱 역시 웃으며 덧붙였다.

"무슨 남자가 이랬다저랬다 해."

광현이 입술을 비죽 내밀었다.

"우리가 죽었다는 증거는 어디에도 없어요. 실제로 우린 통증도 느끼고 힘들다는 느낌도 받잖아요."

민욱이 말했다. 그러자 광현이 슬그머니 일어났다. 그는 조금 전과 달리 진지한 표정이었다.

"내가 왜 사후세계라고 생각하는지 말해 줄까?"

모두 귀를 기울였다.

"생각해 봐. 누구 배고픈 사람 있어? 목마른 사람은?"

"이!"

수영이 낮게 소리를 질렀다. 충격을 받기는 민욱도 마찬가지였다. 그랬다. 지금까지 몇 시간이나 지났지만 배고픔을 느끼지 못했다. 충격으로 허기를 느끼지 못할 수는 있겠지만 적어도 목은 말라야 했다.

"젠장. 뭐야? 아무도 없는 거야? 난 나만 그런 줄 알았잖아!"

상철이 울상을 지었다.

"죽었다고? 우리가 죽었다고? 그럼 민영이는 뭐야? 죽었는데 또 죽은 거야?"

얼빠진 표정으로 내내 잠자코 있던 도열이 갑자기 외쳤다. 목소리에 광기가 서려 있었다.

"아니요. 잠시만, 잠시만 있어 봐요."

민욱은 벌떡 일어나 사람들을 향해 손을 들어 보였다. 무언가, 어렴풋이 생각이 날 것 같았다. 통증은 느끼지만 배고픔과 갈증은 느끼지 못한다. 너무나 익숙한 상태.

'나는…… 나는 이런 경험을 많이 했어!'

- 스테이지 3에서 살아님은 여러분, 축하합니다.

"으악!"

하늘에서 들려온 소리에 광현이 비명을 질렀다. 그야말로 기습공격이었다. 기억을 더듬던 민욱은 망연자실하여 하늘을 올려다봤다.

- 잠시 쉬셨으니 스테이지 4를 시작하겠습니다. 스테이지 4는 여러분의 협동심을 알 수 있는 순서입니다. 이름 히여 누구를 실릴 것인가? 지, 괴연 여러분은 선택의 순긴이 있을 때 누구를 실릴까요? 부디 살아님는 쪽이 되시기를 비립니다. 행운을 빌겠습니다. 굿 럭!

"젠장."

이번에는 민욱도 참지 못하고 소리를 질렀다.

"죽이기 다음은 살리기인가? 크크크."

도열이 허공을 향해 고개를 젖히고 웃었다.

"그, 그런데 뭘 어떻게 한다는 거야?"

광현이 일어나 주위를 두리번거렸다. 기다렸다는 듯 땅이 울기 시작했다.

크르르릉.

사람들이 밟고 선 대지가 마구 출렁거렸다.

"지진이다!"

상철이 새된 소리를 내질렀다.

크르르릉.

크르르릉.

땅은 먹잇감을 앞에 두고 포효하는 맹수처럼 울어댔다. 진동 때문에 더 이상 서 있을 수가 없었다.

"뭐든 잡아요."

민욱이 수영을 향해 외쳤다. 영민이 넘어지며 바닥을 구르는 게 보였다.

"영민아!"

땅이 왼쪽으로 기울었다. 사람들의 몸이 쏠렸다. 다음 순간, 땅이 크게 출렁이며 오른쪽을 향해 확 뒤집어졌다.

"윽!"

민욱의 몸이 튕겨져 하늘로 붕 떠올랐다. 팔을 뻗었지만 잡을 만한 것이 없었다.

'큰일이다.'

본능적으로 몸을 둥글게 만 상태로 민욱은 바닥에 떨어졌다.

"크윽."

나법을 썼지만 엄청난 통증이 온몸을 휘감았다. 성신이 아득해졌다. 의식을 부여잡기 위해 발버둥 쳤지만 소용없는 일이었다. 눈앞이 빠르게 어두워졌다. 귀가 멍했다. 모든 감각이 둔해졌다. 머릿속에 물감을 풀어 넣어 휘휘 저은 것처럼 형형색색의 기억들이 마구 뒤섞였다.

누군가의 비명이 들린 것도 같았다. 아니, 누군가'들'의 비명이었다. 단어 몇 개가 무작위로 떠올랐다.

…… 안개.

…… 게임.

그리고…….

…… 다이빙.

다이빙?

차가운 감촉이 얼굴에 느껴졌다. 얼굴뿐만이 아니었다. 다리에도, 등에도, 팔에도 느껴졌다.

"…… 씨!"

목소리가 파편이 되어 조각조각 들렸다.

민욱은 다이빙이라는 단어를 사력을 다해 부여잡았다. 거기에, 그 단어에 해답이 있는 것 같았다.

"…… 민욱 씨!"

무언가가 코를 비집고 들어왔다. 숨이 막혔다. 차가웠다.

"일어나요. 민욱 씨!"

수영의 목소리가 무의식의 경계를 뚫고 화살처럼 날아들었다.

"헉!"

민욱은 눈을 떴다. 차갑고 끈적끈적한 물이 얼굴을 덮쳤다. 물은 코와 입안으로 쏟아져 들어왔다.

"잡아요! 손을…….."

수영의 목소리가 또다시 들렸다. 민욱은 손을 뻗었다. 수영의 부드러운 손이 민욱의 손을 잡았다. 민욱은 나머지 팔을 들어 커다란 시멘트 덩어리 위에 올렸다.

"조심해요. 자, 올라와요."

한 손으로는 수영을 잡고, 다른 한 손으로는 시멘트 덩어리를 짚은 채 민욱은 물속에서 자신의 하체를 끌어올렸다.

간신히 정신을 차린 뒤, 민욱은 주위를 둘러봤다. 사방에 시커먼 물이 가득했다. 사람들은 각각의 시멘트 덩어리 위에 섬처럼 떠 있었다. 물 가운데에는 소용돌이가 일고 있었다.

소용돌이는 시시각각 커졌다.

Pause 2

나도희는 강남경찰서로 들어섰다. 실로 오랜만의 방문이었다. 건물의 구조는 물론이고 구석구석에서 풍기는 퀴퀴한 곰팡내까지 생생하게 떠올랐지만 강력계 형사로 지내던 때가 딱히 그립지는 않았다.

"그때는 왜 그렇게 아등바등했는지……."

껌을 질경질경 씹으며 중얼거렸다. 그는 1층 방문자 대기실에 앉아 잠시 옛 기억을 떠올렸다.

얼음마녀.

그것이 강력계 시절 나도희의 별명이었다. 그는 강력계에서 가장 험하다는 3반에서도 독종 중의 독종으로 꼽혔다. 예쁜 얼굴만 보고 덤벼든 범죄자들이 수도 없이 나가떨어졌다. 유도, 가라테, 태권도 등으로 단련된 나도희에게 웬만한 남자들은 상대도 되지 않았다. 그가 3박 4일 동안 한숨도 자지 않고 잠복한 끝에 유명 폭력 조직의 중간보스를 검거한 일은 강남서 강력반 내에서 아직까지

전설처럼 내려오고 있다.

"선배, 혼자 뭘 그렇게 웃고 있어요?"

나도희는 히죽거리던 걸 멈추고 서둘러 추억에서 빠져나왔다. 경찰대학 후배이자 같은 강력 3반 소속이었던 박철우가 고개를 갸웃거리며 서 있었다.

"어이, 박 마담. 많이 늠름해졌는데?"

호탕하게 웃으며 나도희가 말했다.

"선배도 참! 그렇게 부르지 말라니까."

박철우는 주위를 살핀 뒤 나도희 맞은편에 앉았다.

"요즘은 안 우냐?"

"안 울어요, 안 울어!"

신입 형사 시절 툭하면 눈물을 흘려 마담이라는 별명이 붙었던 박철우였다.

"그나저나 곤란한 부탁 좀 그만해요."

박철우는 얼굴을 찡그렸다.

"야! 우리 사이에 이 정도 부탁은 할 수 있지. 너 말이야, 저기 이태원 참새한테 칼침 맞았을 때 구해 준 게 누구냐? 그리고 또 뭐냐, 굴다리 살인사건 현장에서 네가 지문 막 남겨가지고……."

"알았어요, 알았어요!"

박철우는 허둥지둥 나도희의 입을 막았다.

"알았고, 고마운 건 고마운 건데 이번 일은 진짜 골치 아팠다니까요. 강력계 일도 아니고."

"그래서 이 누나가 직접 왔잖아. 고맙다고 인사도 할 겸."

나도희는 환하게 웃으며 테이블 위에 박카스 한 박스를 올려놓았다.

"지겹도록 먹는 박카스는 무슨……."

"도로 가져가?"

"놔둬요."

"그럼 빨리 자료나 넘겨."

박철우는 다시 한번 주위를 살핀 후 아무렇게나 접은 A4 용지 몇 장을 내밀었다.

"야! 파일에 딱 넣어서 잘 좀 가져오지. 이게 뭐냐?"

나도희가 투덜댔다.

"이것도 온갖 눈치 보면서 겨우 출력해 온 거라니까 그러네."

"알았어. 미안해."

나도희는 종이를 펼쳤다. 날짜와 장소, 그리고 사람 이름 등이 정리되어 있었다. 종이 맨 위에는 '실종 신고 리스트'라는 글자가 굵은 고딕체로 찍혀 있었다.

"말씀하신 것처럼 지난 일주일 동안 전국에서 들어온 실종 신고를 모조리 정리해 놓은 거예요. 그중에는 이미 귀가한 사람들도 있을 거고, 아무튼 전 이제 모르겠으니까 선배가 알아서 해요."

박철우가 나도희 쪽으로 얼굴을 바싹 들이밀며 속삭였다.

"오냐. 내가 잘 보고 정의 구현을 위해서 쓸게."

나도희는 그렇게 말하며 박철우의 뺨을 톡톡 두드렸다.

"이 사람이 진짜! 요즘은 이런 것도 성희롱이라는 거 몰라요?"

박철우가 발끈했다.

"그럼 신고라도 하든지. 난 간다."

나도희는 실종 신고 리스트를 가방에 넣고 자리에서 일어났다.

"선배, 아직 애인 없죠?"

대기실에서 나가려는 나도희를 향해 박철우가 물었다.

"없다. 왜?"

나도희는 얼굴을 찡그렸다.

"어떤 남자가 애인이 될지 참 불쌍하다 싶어서요."

"이게 확!"

나도희는 덩치가 산만 한 박철우를 향해 손을 들어 을러 보인 후 발걸음을 옮겼다.

'쳇! 시원찮은 남자들만 가득한 걸 나보고 어쩌라고.'

그렇게 생각하며 밖으로 나오는 나도희의 머릿속에 한 남자의 얼굴이 떠올랐다. 도희는 머리를 흔들어 남자의 얼굴을 지워버린 후 선글라스를 꼈다.

눈부신 햇살이 경찰서 주차장을 달구고 있었다.

전도출은 화면이 켜지기 시작한 모니터를 바라보며 생각에 잠겼다.

'정말 두 사건이 관계가 있을까?'

대학교 교수인 이부국과 피자 배달부 현상철 사이에는 하늘과 땅만큼의 차이가 있었다. 도출이 조사한 바에 따르면 둘 사이에는 그 어떤 공통점도 없었다. 물론 허양자와 현상철 사이도 마찬가지였다.

두 건의 실종 사건을 이어주는 것은 '안개'라는, 말 그대로 희뿌연 단어 하나뿐이었다. 그마저도 나도희의 추측, 아니 직감에 지나지 않았다.

지이이잉.

손목에 찬 스마트워치가 진동했다. 네모난 디지털 액정에 '보스'라는 한 단어가 떴다.

'양반은 못 되는군.'

도출은 쓴웃음을 지으며 나도희에게서 걸려온 전화를 받았다.

"야! 너 지금 어디야?"

나도희의 얼굴이 뜨는가 싶더니 카랑카랑한 목소리가 곧바로 튀어나왔다.

"어디긴 어디에요. 현상철 그 친구 집이지."

"오케이. 열심히 일하고 있군. 난 또 몰래 게임이라도 하고 있는 줄 알았지."

"게임은 무슨. 조금 전까지 이부국 교수 집에서 컴퓨터 접속 기록 조사하다가 이제 막 여기 왔어요. 근데 지금 운전 중이에요?"

나도희의 갸름한 얼굴 뒤로 운전석이 보였다.

"응. 나 지금 완전 대박 사건을 찾았거든. 그래서 삼청동으로 가는 중이야."

"운전 중에 영상 통화를 하면 어떡해요?"

도출은 얼굴을 찡그렸다. 이런 면에서 나도희는 덜렁이에다가 구제불능이었다.

"짜샤. 잔소리 좀 그만해. 그나저나 너, 내가 뭘 찾았는지 궁금하지 않냐?"

"궁금해요, 궁금해."

도출은 현상철의 컴퓨터에 인터넷 창을 띄우며 대충 맞장구를 쳤다.

"일주일 동안 전국에서 실종 사건 들어온 거, 그 리스트를 조사하는데 와아, 이건 뭐 거짓말 조금 더 보태서 수백 건이 넘는 거야! 난 쭉 이 일 하면서도 이 정도로 실종 사건이 많은 줄 몰랐다니까, 정말. 이러다 우리 부자 되는 거 아닌가 몰라."

도희는 신나게 떠들었다. 그는 자랑하고 싶은 일이 있으면 수다쟁이가 된다. 도출은 고개를 절레절레 저었다.

"그래서요? 그 수백 건 중에 눈에 확 띄는 사건을 찾았다 이거잖아요."

빠앙!

귀를 찢는 경적 소리와 함께 도희의 얼굴이 화면에서 홱 사라지는 가 싶더니 이윽고 고함이 들려왔다.

"이 자식아! 운전 똑바로 해!"

"어휴. 운전 좀 살살 하라니까."

도출은 또 한 번 고개를 저었다. 형사 시절 별명은 얼음마녀였다는데 도출이 보는 나도희는 '불꽃'에 가까웠다.

"야! 넌 어떻게 된 애가 사장님 말씀을 확 끊어? 자꾸 개기면 잘라 버린다."

"네, 네. 죄송합니다. 궁금하니까 빨리 말씀해 주세요, 사장님."

도희는 못마땅하다는 표정으로 쯧, 혀를 한 번 찬 후 말을 이었다.

"네 말대로 눈에 확 띄다 못해 아예 머릿속에 꽉 박히는 실종 신고가 하나 있더라고. 너 거국그룹 알지?"

도출은 나도희의 말을 들으며 현상철의 인터넷 접속 기록을 확인했다.

"우리나라 사람 중에 거국그룹 모르는 사람이 어디 있어요? 이 스마트워치도 거기 제품인데. 아! 현상철 컴퓨터도 거국그룹에서 만든 거네요. 근데 거기가 왜요?"

"흐흐흐. 듣고 놀라지 마."

매력적인 인상의 나도희지만 유독 웃을 때만큼은 푼수처럼 보였다. 도출은 코까지 킁킁거리며 득의양양하게 웃는 보스를 보며 속으로 혀를 찼다.

"놀랄 준비되어 있으니까 빨리 말해 주세요."

"거국그룹 회장의 손자가 실종됐다는 신고가 접수됐어."

"네?"

정말로 놀라고 말았다. 도출은 손목을 들어 스마트워치를 눈앞까지 대고는 다시 물었다.

"실종이라고요?"

"야! 얼굴 너무 들이밀지 마. 부담스럽잖아."

"그게 중요한 게 아니고, 정말 실종이에요? 단순 가출이 아니고? 걔 원래 사고 많이 치기로 유명하잖아요. 망나니라고 소문이 자자하던데."

"거국그룹 손자, 재벌 3세 나도열, 연예인하고 스캔들 터져, 도박하고 마약 사건에 연루돼, 잊을 만하면 또 폭행까지, 열거하자면 한도 끝도 없는 양아치지. 근데 잘 생각해 봐. 이런 사고뭉치가 지금까지 말없이 사라진 적이 수두룩할 거 아냐. 그런데 이번에는 신고를 했다 이거지. 그것도 실종 신고를. 냄새가 나지 않냐?"

"그, 그래요. 진짜로 나도열인가 하는 인간이 실종됐다고 쳐요. 근데 사장님이 그 사건에 왜 관심을 가져요?"

"ㅎㅎㅎ."

도희는 또 푼수처럼 웃었다. 무슨 꿍꿍이가 있는 것 같은데 도출로서는 이 괴팍한 보스의 마음을 도무지 읽을 수 없었다.

"감이야, 감. 여자의, 아니 뛰어난 수사관의 육감이라 할 수 있지!"

육감이라는 말에 도출은 정신이 번쩍 들었다. 안개 하나로 이부국과 현상철을 엮는 무리수를 둘 때도 있지만 나도희의 육감은 종종 놀라울 정도로 잘 들어맞았다.

이부국 교수 부부와 현상철의 실종 사건을 한데 엮어 조사하던 중에 또 하나의 실종 사건이 나도희의 이목을 끌었다. 그리고 특유의 육감이 발동해서…….

"혹시 세 사건이 서로 관련 있다고 보시는 건가요?"

도출은 흥분해서 자기도 모르게 큰 소리로 외쳤다.

"뭔 소리야?"

나도희가 뚱한 얼굴로 되물었다.

"아니, 방금 사장님 육감이…….."

"육갑하고 있네. 내 말은 돈이 될 것 같은 느낌이라 이거지!"

"돈…… 이요?"

"그래, 돈! 생각해 봐. 귀하디귀한 손자가 실종됐는데 거국그룹 회장이 경찰한테만 맡겨 놓겠어? 유명한 민간조사원들 다 동원해서 찾겠지. 바로 이럴 때 스페셜리스트인 내가 나타나는 거지. 그래서 손자를 찾기만 하면 거금이 굴러들어오고 우린 드디어 엘리베이터 있는……."

싱글벙글 웃는 도희를 보며 도출은 작게 한숨을 쉬었다.

"저기요, 사장님."

"응. 왜?"

"저 지금 일하는 중이거든요. 돈이 아주 조금밖에 안 될지 몰라도 일단 이 두 사건 해결해야죠. 하하."

도출은 애써 웃어 보였다.

"짜식. 열심히 일하는 척하기는. 그럼 끊는다."

도출의 심드렁한 반응에 실망을 했는지 도희의 목소리는 금세 냉랭해졌다.

"사장님."

"끊는다니까, 왜?"

"그 육감이라는 거…… 진짜 믿어도 되겠죠? 이부국과 현상철 사건, 사장님 육감대로 서로 관련이 있는 거 맞겠죠?"

나도희는 주먹으로 운전대를 내리치며 소리를 질렀다.

"야! 그건 육감이 아니라 추리라니까 자꾸 그러네. 추리라고, 추리!"

도출은 얼른 종료 버튼을 눌렀다. 스마트워치 속에서 도희가 튀어나와 당장이라도 등짝을 후려칠 것만 같았다.

"아니, 그러니까 안 된다니까요!"

인터폰에서 짜증 섞인 목소리가 흘러나왔다. 나도희는 CCTV를 향해 최대한 전문가다운 표정을 지어 보였다.

"분명 제가 도와드릴 일이 있을 겁니다. 아까도 설명 드렸다시피 전 민간조사원 나도희로……."

"경찰이 와도 안 돼요. 외부인은 출입할 수 없어요!"

목소리는 단호했다. 경비업체 직원인 모양인데 아무래도 단단히

수의를 받은 것 같았다. 슬슬 짜증이 올라오는 걸 참으며 나도희는 다시 방긋 웃었다.

"나도열 씨께서 실종됐다는 사실을 알고 찾아왔어요. 제가 도움을 드릴 수 있을 것 같은데."

인터폰에서는 한참 대답이 없었다. 잠시 후 방금과는 다른 굵은 목소리가 들려왔다.

"그런 일 없습니다."

"네?"

예상외의 대답에 도희는 당황했다.

"도련님 실종 신고, 그거 운전기사가 착각을 해서 잘못 신고한 겁니다. 그러니 그냥 돌아가세요."

"저기요. 실종 사건은 초기 단계에 적절한 수사를 해야……."

뚝!

인터폰 연결음이 끊겼다. 동시에 도희를 향하고 있던 CCTV도 지이잉, 방향을 틀었다.

"흥! 이거나 먹어라."

도희는 CCTV를 향해 마지막으로 가운뎃손가락을 들어 보인 후 돌아섰다. 예상했던 것보다 훨씬 더 어려웠다.

'정말로 잘못 신고한 건가, 아니면 숨기는 건가…….'

나도희의 육감은 후자 쪽이라고 강하게 말하고 있었지만 아무리 초인종을 눌러 봐야 들여보내 줄 것 같지 않았다.

도희는 슬쩍 뒤를 돌아봤다. 삼청동의 고급 주택 단지에서도 가장 규모가 큰 대저택이 철옹성처럼 버티고 서 있었다. 담장 위로 삐죽 솟은 날카로운 쇠창살을 보자 아찔해졌다.

"그래. 깨끗하게 단념하자, 나도희."

혼잣말을 중얼거리며 돌아섰을 때였다. 뒤에서 잔뜩 주눅 든 목소리가 들려왔다.

"저……. 잠시 이야기 좀 할 수 있을까요?"

도희는 뒤를 돌아봤다.

감청색 정장을 입은 멀끔한 남자가 서 있었다. 20대 후반쯤으로 보이는 잘생긴 남자였다.

"누구시죠?"

도희는 미소를 지으며 물었다. 남자는 금방이라도 울 것 같은 표정이었다. 이런 남자는 톡 건드리기만 해도 술술 털어놓기 마련이었다.

"여기서는 좀……."

남자는 그렇게 말하며 고갯짓으로 슬쩍 CCTV를 가리켰다.

"그럼 따라오세요."

도희는 남자와 함께 50미터쯤 내려가 골목 모퉁이에 세워 둔 자신의 승용차에 올라탔다.

"자, 이제 말해 봐요."

차에 타자마자 쉴 틈을 주지 않고 물었다.

남자는 도희의 당당한 태도에 주눅이 들었는지 눈을 내리깔았다. 도희는 이 남자가 오랫동안 누군가의 명령을 받아왔던 사람일 거라 짐작했다.

"저…… 전 도련님의 운전기삽니다."

남자가 천천히 입을 뗐다.

"역시!"

"네?"

"아, 아뇨. 계속하시죠."

도희는 속으로 미소를 지으며 안경을 추어올렸다. 나도열의 운전기사라니, 대어가 걸려든 거나 마찬가지였다.

"정말로 도움을 주실 수 있나요?"

운전기사는 미심쩍다는 표정으로 나도희를 바라봤다.

"기사님께서 이렇게 서방 같이 차에 타고 있다는 사실 자체가 절박한 상황이라는 거 아닌가요? 그렇다면 저라는 지푸라기라도 잡으셔야 할 텐데요."

운전기사는 말이 없었다. 가만히 생각에 잠긴 표정이었다.

"물론 저는 그 이상입니다. 아마 기사님도 저에 대해 조사를 하고 오셨겠죠? 인터넷에 검색만 해 봐도 저희 사무실이 나오니까요. 저를 믿어주신다면, 저도 최선을 다해 도와드리겠습니다."

'물론 받을 건 다 받고! 흐흐.'

도희는 속으로 생각하며 운전기사의 표정을 살폈다. 시시각각 복잡하게 변하는 것이 거의 다 넘어온 듯했다.

"제가 조사를 하면 기사님께서 아무런 잘못을 하지 않았다는 사실도 꼭 밝혀내겠습니다."

그 말이 결정타였다. 운전기사는 촉촉한 눈망울로 도희를 바라봤다. 간절함이 뚝뚝 묻어났다.

"정말로 전 아무 잘못이 없어요. 도련님이 따라오지 말라고 했거든요. 그래서 전 근처에 내려드렸을 뿐이에요. 사실 그런 경우가 제법 있었어요. 작년에 마약 사건 터져서 검찰에 다녀오신 후에는 아무도 믿질 못하겠는지 저한테도 비밀로 하고 어딘가에 다녀오실 때가 많았어요. 이번에도……."

"알겠습니다. 자, 제가 조금만 정리를 할게요. 나도열 씨가 기사님께도 목적지를 말하지 않고 어딘가에 갔고 그 후에 실종이 됐다고 말하고 있는 거죠?"

"네. 맞아요. 아무리 전화를 걸어도 전화기는 꺼져 있고 위치 추적도 안 되더라고요."

"위치 추적?"

의외의 말이었다.

"도련님이 하도 사고를 치니까 도련님 핸드폰에 몰래 달아놨어요. 회장님 명령으로……."

운전기사는 고개를 푹 숙이며 대답했다.

"호오. 반려견 잃어버렸을 때를 대비해서 목에 걸어주는 추적기 같은 건가 봐요?

도희의 말에 운전기사는 처음으로 슬쩍 미소를 지으며 고개를 끄덕였다.

"그래서 제가 얼른 신고를 했어요. 나중에 그것 때문에 엄청 깨지긴 했지만."

"정확히 언제쯤이에요? 그러니까, 나도열 씨를 목적지 근처에 내려준 게. 그리고 그 근처라는 게 어디죠?"

"지난주 월요일 저녁이었어요."

'월요일이라…….'

뭔가 찜찜했다.

"내려드린 곳은 북한산 초입이었고요. 누가 데리러 온다고 했어요."

"그럼 돌아올 때는 어떻게 한다고 했죠?"

"본인이 전화를 하겠다고, 그러니 신경 끄라고 했는데 아무튼 무척 신난 표정이었어요. 그래서 전 도박이라도 하러 가시는 줄……."

"평소에도 그런 적이 많았나요?"

"아뇨. 최근에는 회장님 감시가 워낙 심해서 거의 집하고 학교만 왔다 갔다 했어요."

"혹시 여자를 만난 건 아닐까요?"

"그건 아니에요. 그때 여자친구분이랑 같이 있었거든요."

"여자친구?"

"네. 하민영이라고 사귄 지 꽤 된 여자친구가 있어요. 몇 번 사귀다가 헤어지기를 반복했는데 그분이 연예인 지망생이고 얼굴도 예쁘다 보니 도련님이 꽤 마음에 들어 하셔서……."

"그럼 그 하민영이라는 사람도 같이 실종된 거네요?"

"그렇죠."

도희는 생각에 잠겼다. 예상외의 전개였다. 처음에는 그저 술이나 마약에 절어 있는 재벌 3세를 찾아내면 되는 일인 줄 알았는데……. 게다가 월요일에 실종됐다는 사실도 마음에 걸렸다.

"뭔가 평소와는 다른 게 없었나요? 아니면 나도열 씨와 그 하민영 씨라는 분이 나눈 대화 중에서 혹시 마음에 걸렸던 거라도?"

도희는 운전기사를 똑바로 바라봤다.

"경찰에도 진술을 했지만 별다른 건 없었어요. 그냥 여느 때하고 똑같았어요. 평소보다 그 얘기를 조금 더 많이 하기는 했는데……."

"그 얘기라니요?"

"게임이요, 모바일 게임. 도련님하고 그 여자친구분이 즐겨 하던 게임이 있었어요. '안개 미궁'이라고."

"안개 미궁?"

도희는 자기도 모르게 마른침을 삼켰다.

안개라는 단어가 또 떠올랐다. 미처 예상하지 못했던 지점에서. 마치 먹잇감을 낚아채려고 진흙 속에 엎드리고 있던 심해어처럼.

컴퓨터를 조사하던 전도출은 따분함에 하품을 했다. 현상철의 컴퓨터는 그 나이를 감안했을 때 지극히 정상적이고 평범했다. 수백 개의 야동 파일과 수많은 게임들, 그리고 불법으로 다운로드 받은 영화와 만화 등이 가득했다.

방문 기록도 비슷했다. 죄다 성인 사이트나 게임 관련 사이트였다. 한 가지 흥미로운 것은 몇 개의 아이디를 돌려가며 뉴스나 인터넷 커뮤니티 게시물에 악성 댓글을 달았다는 사실이었다.

컴퓨터만 놓고 봤을 때 현상철은 피해의식에 젖어 있는 전형적인 20대 백수 청년이었다.

도출은 마지막으로 현상철의 검색어 기록을 조사했다. 해킹으로 알아낸 현상철의 아이디와 비밀번호를 이용해 포털사이트에 접속하자 최근 검색어들이 주르르 떴다.

제일 먼저 눈에 들어온 것은 실종 전날인 일요일에 검색을 한 '딥 게임'이라는 검색어였다.

"이야. 딥 게임에도 관심을 가졌어? 보기완 다르네."

도출은 고개를 갸웃했다. 일부 마니아들 사이에서, 그것도 돈이 많아야 즐길 수 있는 '딥(Deep) 게임'에 현상철이 관심을 가졌다니 의아한 일이었다.

'하긴 뭐, 뉴스에도 나오고 그랬으니까.'

도출은 최근에 화제가 됐던 '딥 게임'과 관련된 사고 뉴스를 떠올렸다. 몰래 '딥 게임'을 즐기던 20대가 뇌사에 빠졌다는 뉴스였다.

"어디 보자…… 또 다른 건 없나?"

도출은 '딥 게임' 밑으로 나열된 검색어들을 하나하나 눈여겨봤다. 여자 연예인 노출, 유명 AV의 품번, 남자 헤어스타일, 싸움 잘하는 법, 탈모 예방, 그리고…….

"안개 미궁?"

도출은 검색어를 보며 중얼거렸다. 어딘가에서 본 적이 있는 검색어였다. 도출은 필사적으로 기억을 더듬었다.

"아!"

손바닥으로 자신의 이마를 때린 도출은 서둘러 스마트워치에 접속해 저장해 둔 이부국 교수의 컴퓨터 자료를 불러냈다.

바로 거기 있었다.

이부국 교수의 최근 검색어 중 하나가 '안개 미궁'이었다.

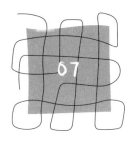

Stage 4-2

시멘트 덩어리는 빙글빙글 도는 소용돌이에 맞춰 금방이라도 뒤집힐 것처럼 출렁거렸다. 민욱은 수영을 끌어안고 최대한 자세를 낮춘 채로 상황을 살폈다.

나도열과 이부국이 같은 시멘트 위에 올라가 있었다. 현상철과 박영민도 마찬가지였다. 박광현과 허양자만이 각각 홀로 시멘트 덩어리에 올라 불안한 눈으로 이리저리 살피는 중이었다.

검은 물의 가운데 부분, 소용돌이의 정중앙 바로 위에는 정사각형 모양의 평평한 시멘트 조각이 둥실 떠 있었다.

민욱은 그 조각의 바로 위 허공에 '7'이라는 숫자가 홀로그램처럼 떠올라 있는 것을 발견했다.

"모두 괜찮아요?"

민욱이 물었다. 소용돌이의 귀를 찢는 용트림을 이기려면 힘껏 소리를 질러야 했다.

"괜찮거나 말거나 이건 뭘 어쩌란 거야?"

박광현 역시 소리를 질렀다. 모두 공황에 빠진 상태였다.

"여보!"

이부국이 아내를 불렀지만 허양자는 머리를 감싸 쥔 채 부들부들 떨고만 있었다. 물보라가 일어 그나마도 똑똑히 보이지 않았다.

"저기…… 저기로 가야 하는 건가 봐요."

이수영이 허공에 떠 있는 시멘트 판을 가리켰다. 수영 역시 잔뜩 겁에 질린 표정이었다.

"맞아요. 그게 이번 스테이지를 클리어하는 방법인 것 같아요."

민욱은 고개를 끄덕였다. 문제는 시멘트 판 위로 올라갈 방법이었다. 수면에서 판까지의 높이는 고작 몇 센티미터 정도였지만 소용돌이 때문에 다가갈 수가 없었다. 무턱대고 수영을 했다가는 소용돌이에 휘말려 갈가리 찢겨나갈 게 뻔했다.

"저 위로 올라가면 될 것 같은데 방법 좀 찾아봐!"

광현 역시 판을 가리켰다. 이제 모두 무뚝뚝하게 떠 있는 시멘트 판을 바라보고 있었다. 아무리 간절하게 기다려 봐도 동아줄은 내려오지 않았다.

"냅다 뛰면 얼추 닿지 않을까?"

상철이 말했다.

"여기서 저기까지가 몇 미턴데, 말이 되는 소리를 해!"

광현이 말을 받았다.

"그럼 어쩌라고, 젠장!"

"모두 진정들 하고……."

민욱이 거기까지 말했을 때였다.

쿠르릉!

거대한 기계 장치가 움직이는 듯한 소리가 나더니 검은 물이 거세게 요동쳤다.

"으악!"

사람들은 비명을 지르며 바닥에 납작 엎드렸다.

"꽉 잡아요."

민욱은 미끄러지려는 수영의 손목을 낚아챘다. 시멘트 바닥이 널을 뛰면서 물이 사방으로 튀었다.

다음 순간, 모든 것이 잠잠해졌다. 방금까지 요동치던 물이 거짓말처럼 숨을 죽였다. 소용돌이도 사라졌다. 잔물결만이 깨진 시멘트의 상처를 핥을 뿐이었다.

"뭐야? 어떻게 된 거야?"

광현이 소리쳤다. 모두 일어나 짐승의 눈알처럼 검디검은 물을 바라봤다. 두려움과 당혹감이 교차하는 얼굴이 그 물에 비치고 있었다.

"끝난 거야?"

상철이 중얼거렸다.

"아니야!"

잠잠하던 나도열이 소리를 질렀다. 물에 젖어 앞으로 내려온 머리카락이 이마를 반쯤 가리고 있었다.

"이 새끼들이 여기서 끝낼 리 없어! 저기로, 저기로 건너 가야해!"

아무도 도열의 말에 반대하지 않았다. 물을 헤집는 소용돌이는 사라졌지만 사람들의 마음속에 자리 잡은 불안이라는 이름의 소용돌이는 점점 더 커지기만 했다.

"나…… 난 수영을 못해요!"

양자가 울음을 터트리며 주저앉았다.

"저도 못해요."

영민도 겁에 질린 목소리로 말했다.

"난 갈래. 난 갈 거야!"

도열은 그렇게 외치며 물속으로 뛰어들었다. 그는 능숙한 솜씨로 헤엄을 치기 시작했다.

"수영 씨는 어때요?"

민욱이 수영을 향해 물었다.

"전 할 수 있어요. 민욱 씨는요?"

"아마도……. 아니, 할 수 있어요."

물에 빠졌을 때 '다이빙'이라는 단어와 함께 떠오른 기억 몇 조각이 진실이라면, 자신은 수영을 잘하는 정도가 아니라 매우 능숙했다.

"각자 알아서 살 길을 찾자고!"

광현 역시 물로 뛰어들어 어설프게나마 헤엄을 쳤다. 한 손에는 여전히 칼을 들고 있었다. 그 사이 도열은 시멘트 판에 도착했다.

"히히. 살았어. 난 살았다고!"

판의 가장자리를 잡고 힘겹게 위로 올라간 도열이 미친 듯이 웃으며 외쳤다. 민욱은 도열이 판 위로 올라가자마자 홀로그램 숫자가 '7'에서 '6'으로 바뀐 것을 놓치지 않았다.

"우리도 빨리 가요."

수영이 말했다. 민욱은 고개를 끄덕였다.

"여보, 내가 갈 테니까 기다려!"

부국은 아내를 향해 말하며 물속으로 들어갔다. 덜덜 떠는 모습으로 봐서 부국 역시 수영에 능숙한 건 아닌 것 같았다. 민욱은 그 모습을 보며 입술을 깨물었다.

"잠깐만요. 우리 이렇게 하죠."

"영웅 놀이 좋아하는 형님이 또 나섰네! 히히."

민욱은 도열의 노골적인 야유를 무시하고 말을 이었다.

"수영을 잘 못하는 분들을 위해서 인간 띠를 만드는 겁니다. 물이 얼마나 깊은지는 모르겠지만 우리가 서 있는 곳에서 저 판까지는 그리 멀지 않습니다. 지금 남아 있는 사람들끼리 손을 잡아서 서로서로 돕기만 하면 모두 저 위로 올라갈 수 있습니다. 위에 계신 문늘노 솜 노와수시고요."

민욱은 광현을 바라봤다. 어느새 판으로 올라간 광현은 물에 흠뻑 젖은 채로 씩 웃으며 말했다.

"그 정도야 뭐. 어서들 오라고!"

"귀찮게 뭐 하러 그래요? 살 사람은 살고, 죽을 사람은 죽는 거지. 쯧!"

상철이 불만 섞인 목소리로 투덜거렸다.

"상철 씨라고 했죠? 여기가 어딘지, 우리가 왜 이런 고생을 하고 있는지는 모르겠지만 서로 도와야 빠져나갈 수 있단 건 확실해요. 상철 씨도 알잖아요, 네?"

민욱은 상철의 눈을 똑바로 바라봤다. 말끝마다 욕을 해대는 이 노란머리 청년 역시 입을 꾹 다문 채 떨고 있었다. 두려운 것이리라. 민욱 역시 두려웠다. 미칠 정도로.

"에이, 젠장. 뭐든 빨리 좀 해요."

상철은 그렇게 말한 후 옆에 서 있던 영민의 어깨를 툭 쳤다.

"야! 너 등신처럼 버둥거리지 말고 나 잘 잡고 따라와야 한다."

영민은 고개를 끄덕이는 것과 동시에 상철의 손을 꼭 잡았다.

"수영을 못 하시는 분들은 절대 당황하지 말고 몸에 힘을 빼세요. 제가 한 분씩 끌어당기겠습니다."

민욱은 말을 마친 후 물속으로 들어갔다. 수영이 민욱의 뒤를 따랐다. 두 사람은 서로 손을 잡은 채 가까이 있던 상철과 영민에게로 헤엄쳐갔다. 그 둘도 이미 물속에 들어와 있었다.

"자리를 바꾸죠."

민욱은 수영과 상철의 손을 잡게 한 다음 자기가 영민을 붙들었다.

"겁내지 말고 나한테 몸을 맡겨."

"네."

영민은 덜덜 떨면서도 차분하게 행동했다. 문제는 허양자였다. 네 명이 다가갔을 때까지도 양자는 물로 들어오지 못하고 시멘트 덩어리 위에서 울고만 있었다.

"미안합니다. 아내가 수영을 전혀 못 해요. 물 공포증이 있어서."

부국은 안타까운 얼굴로 아내를 돌아봤다.

"사모님, 일단 물에만 들어오세요. 그럼 제가 책임지고 안전하게 옮겨드리겠습니다."

민욱이 말을 했지만 양자는 초점이 나간 멍한 눈으로 고개를 저을 뿐이었다.

"여보, 나 좀 봐. 다들 도와주신다고 하잖아. 겁낼 것 없어. 내가 지킬게. 내가 지켜줄게."

부국은 물속에서 팔을 뻗어 아내의 손을 꼭 잡았다.

"못해요, 못해요, 여보. 나…… 발이 안 떨어져요."

양자는 온몸을 떨며 흐느꼈다.

"뭣들 하는 거야? 이놈들이 가만히 있을 것 같아? 언제 또 소용돌이가 칠지 모른다고."

광현이 버럭 소리를 질렀다. 맞는 말이었다. 민욱은 애가 탔다. 하지만 방법을 찾을 수 없었다. 억지로 끌어내린다면 공황에 빠질 게 뻔했다.

'그러면 모두 죽는다.'

물에 빠져 허우적대는 사람의 힘은 당할 수가 없다. 민욱은 수영과 눈빛을 교환했다. 결단을 내려야 할 때였다.

그때였다.

"어이, 아줌마! 젠장. 그렇게 질질 짜고만 있으면 어쩌란 거야? 살아 돌아가야 할 거 아냐! 살아 돌아가서 자식들 얼굴 봐야지. 손주들 있으면 그 새끼들 얼굴도 봐야 하잖아! 이렇게 좆같은 곳에서 소식도 못 전하고 그냥 뒈질 거야, 엉?"

상철이 불쑥 소리를 질렀다.

민욱은 핏대를 세우며 씩씩대는 상철을 돌아봤다. 상소리를 섞기는 했지만 눈에는 안타까움이 묻어났다. 의외의 모습이었다.

상철의 말은 효과가 있었다. 양자가 조금씩 움직이기 시작했다.

"그래, 여보! 할 수 있어. 내 손을 잡아."

양자는 남편을 향해 손을 뻗었다. 꾹 다문 입술이 파르르 떨렸다. 엉금엉금 기다시피 해서 시멘트 덩어리 끝까지 왔다. 조심스레 발을 내리던 양자는 막상 물이 닿자 흠칫 놀라며 얼어붙었다.

"아줌마! 할 수 있다고."

상철이 다시 한번 소리를 질렀다.

풍덩.

양자는 눈을 꼭 감고 물속으로 뛰어들었다.

"이쪽으로."

민욱은 이번에도 부국과 자리를 바꿨다. 자신이 수영을 못하는 두 사람을 책임질 생각이었다.

"자, 모두 몸을 옆으로 눕혀서 비스듬히 한쪽 팔을 젓는 겁니다. 잡은 손 놓지 말고 천천히."

민욱의 지시에 따라 여섯 명이 동시에 헤엄을 치기 시작했다.

"옳지. 잘 한다. 빨리들 와!"

광현이 판 위에서 신나게 외쳤다.

'좋았어. 이대로라면 괜찮아.'

민욱은 영민과 양자를 돌아보며 생각했다. 두 사람 모두 간신히 떠 있는 상태였지만 그래도 허우적거리지는 않았다.

여섯 명은 느리지만 확실히 판을 향해 다가갔다. 이윽고 선두에 있던 수영이 판에 도착했다.

"자아. 예쁜 아가씨 먼저."

광현이 수영의 손을 잡고 끌어올렸다. 다음은 상철이었다.

"됐어요. 잘 하셨습니다."

민욱은 양자를 향해 말했다. 양자는 그제야 설핏 미소를 지었다.

"아, 아저씨. 그런데 저 숫자 이상하지 않아요? 계속 변해요."

영민이 속삭이듯 물었다. 민욱은 판을 향해 고개를 돌렸다. 홀로그램 숫자는 '3'으로 변해 있었다.

"나도 신경이 쓰였는데……."

민욱의 말은 곧 들려온 굉음에 묻혀 버렸다.

쿠르릉!

다시 기계 돌아가는 소리가 났다. 순식간에 물이 요동쳤다. 부국이 판 위로 막 올라가려던 순간이었다.

"왔다!"

도열이 소리를 질렀다. 광기에 찬 목소리가 바람을 타고 산산이 흩어졌다. 동시에 민욱도 느꼈다. 물의 중심부, 깊이를 알 수 없는 칠흑의 심원에서부터 무언가가 맹렬히 돌아가기 시작했음을.

"서둘러요!"

수영이 소리쳤다.

"여보!"

판으로 올라간 부국이 손을 내밀었다. 남은 건 세 사람이었다. 민욱은 광현과 상철의 손을 잡았다. 그 순간 물이 휘돌았다. 마치 거대한 바다생물이 큰 입을 벌리고 빨아들이는 것 같았다.

"아악!"

양자가 비명을 질렀다.

"두, 두 사람 먼저……."

민욱은 이를 악물며 영민을 잡고 있던 왼팔을 끌어당겼다. 하지만 역부족이었다. 물살은 점점 거세졌다.

소용돌이가 순식간에 세 사람을 휘감았다.

"으악!"

잡고 있던 손에 힘이 가해지자 광현이 비명인지 기합인지 모를 소리를 질렀다.

"꼭 잡아요!"

민욱은 영민과 양자를 돌아보며 소리쳤다. 뱅글뱅글 돌며 튀어오르는 검은 물이 두 사람의 얼굴을 때려댔다. 영민과 양자는 공포에 질려 정신을 놓기 일보 직전인 듯했다.

"민욱 씨, 이대론 안 돼요! 손을…… 손을…….”

수영이 광현과 상철과 함께 민욱을 끌어당기며 외쳤다. 소용돌이가 내뿜는 굉음에 수영의 말은 뚝뚝 끊겨서 들렸지만 무엇을 의미하는지는 민욱도 충분히 알 수 있었다.

손을 놔.

실제로도 민욱의 마음 깊은 곳에서 그런 소리가 들려왔다.

두 사람을 버리면 넌 살 수 있어.

소리는 점점 크고 강해졌다. 마치 소용돌이처럼.

일단 살아남는 게 중요하잖아. 그러다 다 죽을 걸? 손을 놓고 편해져. 어서!

"안 돼!"

민욱은 소리를 질렀다. 눈앞에 과거의 어떤 기억이 불쑥 떠올랐다. 컴컴한 물속이었다. 물귀신이 내뻗는 수많은 손이 민욱의 다리를 붙잡고 자꾸만, 자꾸만 아래로 끌어당겼다. 민욱뿐만이 아니었다.

여자와 아이. 또 다른 두 사람.

그때도 민욱은 그 두 사람을 꼭 잡고 있었다. 사력을 다해서, 고통에 찬 울부짖음을 토하며.

"으아악!"

현실로 돌아왔다. 민욱은 그때처럼 울부짖었다. 소용돌이는 무심하게, 그러나 냉정하게 민욱의 울음을 집어삼키며 속도를 더해

갔다.

'틀렸어. 도저히 안 돼…….'

한계였다. 팔이 끊어질 것 같았다. 손아귀에서 점점 힘이 빠져나갔다. 더 걱정인 것은 영민이었다.

"히, 힘들어요."

영민은 파랗게 질린 얼굴로 겨우 숨을 토해냈다.

"이러다 다 죽어! 선택을 해."

광현이 내지르는 소리가 환청처럼 들렸다.

"여보!"

부국의 목소리도 마찬가지였다.

'포기할 수 없어. 절대…….'

민욱은 온 힘을 짜내 두 사람을 끌어당겼지만 오히려 더 멀어질 뿐이었다. 물살이 얼굴을 덮치면서 숨을 쉬기도 힘들었다.

"영민아, 손을 놔!"

불현 듯 양자의 목소리가 똑똑히 들려왔다. 놀란 민욱이 고개를 돌렸다.

양자가, 물을 먹어 괴로워하면서도 그 어느 때보다 결연한 표정으로 영민과 사람들을 바라보며 외치고 있었다.

"나는 괜찮아. 고마워. 이렇게 힘들어 하면서도 손 놓지 않아줘서, 정말 고마워."

"안 돼요, 아주머니!"

영민이 소리쳤다.

"여보, 그런 소리 하지 마!"

부국은 당장이라도 물로 뛰어들 것 같았다.

"뭐하는 거요? 자살할 생각 아니면 무모한 짓 하지 마쇼."

광현이 그런 부국을 향해 버럭 소리를 질렀다.

"여보, 미안해요. 그리고 고마워요. 저 때문에 이 생때같은 젊은 이들 고생시킬 순 없어요. 다음에…… 다음에 꼭 다시…….”

“안 돼!”

비통에 찬 부국의 목소리가 굉음을 뚫고 하늘에 울려 퍼졌다. 양자는 눈을 빛내며 영민의 손을 뿌리쳤다.

소용돌이가 기다렸다는 듯 그의 머리채를 낚아챘다. 양자는 악의가 도사린 시커먼 심연으로 끌려갔다. 탁한 물거품만이 그 자리를 대신했다.

“흑흑.”

영민이 흐느끼는 소리가 들렸지만 민욱은 정신을 차릴 수가 없었다. 머릿속이 멍했다. 자신의 몸이 점점 위로 올라간다는 사실은 알 수 있었다. 하지만 그것뿐이었다. 다른 사고는 전부 정지된 채 시뻘건 분노만이 맹렬하게 들고 일어났다.

“크윽…….”

소리를 지르고 싶었지만 목구멍이 막혀 신음만 흘러나왔다.

“젠장!”

상철의 목소리가 희미하게 들려왔다. 뜨거운 눈물이 흘러내려 뺨을 적시며 떨어졌다. 마지막으로 마주친, 양자의 처연했던 눈빛을 잊을 수가 없었다.

“으아아아!”

민욱은 바닥에 쓰러져 울었다. 자신과 영민이 판으로 올라왔다는 사실조차 모를 만큼 정신없이 울었다. 주먹으로 시멘트 판을 마구 때렸다. 피가 튀며 날카로운 통증이 온몸을 휘감았지만 민욱은 멈추지 않았다. 수영과 부국이 민욱을 안고 같이 눈물을 흘릴 때까지도 민욱의 오열은 계속됐다.

“이것 봐요, 형씨. 너무 그렇게 자책하지 말라고. 저길 좀 봐. 저 요상하게 떠 있는 숫자 보이지? 저게 7이었다가 0으로 변했어. 무슨 말인지 알아? 원래 이 판에는 정원이 있었다는 거야. 생각나지?

이번 스테이지는 누굴 살려야 할지 선택하는 거라고. 히히. 그러니까 당신은 잘못이 없어. 어차피⋯⋯."

민욱은 벌떡 일어나 히죽거리며 말하고 있던 도열의 얼굴을 때렸다.

"이 새끼가!"

도열이 쓰러지며 외쳤다.

그 순간 팟, 하는 소리와 함께 암흑이 찾아왔다.

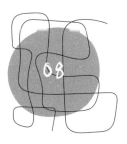

Loading 1

"뭐야, 무슨 일이야?"

암흑 속에서 광현이 외쳤다. 민욱은 울음을 멈추고 눈을 감았다 떴다. 아무것도 보이지 않았다. 완전한 암흑이었다.

"물 다음에는 어둠이냐?"

상철의 악다구니는 떨리는 목소리 탓에 차라리 애원처럼 들렸다.

"일단 움직이지 말고 기다려 보죠."

수영의 목소리가 들렸다. 민욱은 자신의 어깨를 감싸는 수영의 따뜻한 손길을 느끼며 비로소 정신을 차렸다.

"움직이고 싶어도 뭐가 보여야 말이지."

광현이 투덜댔다.

"우리 모여 앉으면 안 될까요? 춥고 무서워요."

영민이 울먹이며 말했다.

"그럽시다. 자, 난 여기 있다. 이리 오너라."

부국의 목소리는 잔뜩 잠겨 있었다.

"젠장. 쪽팔리게 뭐하자는 거야?"

상철은 그렇게 말하면서도 어둠 속을 더듬어 영민의 손을 잡았다.

"서로 손을 내밀어 보죠. 조심해서, 그렇죠, 그렇게요."

수영의 침착한 지시에 따라 사람들은 동그랗게 모여 앉았다.

"허허. 선생이라고 하더니 말 안 듣는 학생들 모아두는 건 잘하네."

긴장이 누그러졌는지 광현이 너스레를 떨었다.

"한 명이 없는데요?"

수영이 둘러앉은 사람들을 더듬다가 말했다.

"난 됐어. 지금 이런 상황인데 소꿉놀이도 아니고 옹기종기 모여 앉아서 그게 뭐야? 뭐, 그러면 서로 좀 위안이 되고 그런가 보지, 응? 그, 그게 서민들의 정이라는 거야? 히히. 웃기지도 않아."

한참 떨어진 곳에서 도열의 목소리가 들렸다.

"이 재수 없는 자식이, 아가리 안 닥쳐? 보자보자 하니까……."

광현이 곧바로 으르렁거렸다.

"뭐? 그 칼로 쑤시려고? 어디 해 보시지. 누구든 다가오기만 해 봐. 너 죽고 나 죽는 거야. 끌어안고 물로 뛰어들 거니까 그렇게 알라고! 알았어?"

도열의 목소리에서 다시 광기가 번들거렸다.

"이것 봐요, 나도열 씨. 아까 때린 건 미안합니다. 그러니 이리 오세요."

민욱이 조용히 말했다.

"어허, 이 형님은 왜 이리 사람이 좋을까? 혼자 있고 싶으면 그러라고 해요, 젠장!"

상철은 어느새 민욱을 형님이라 부르기 시작했다.

"도열 씨도 여기서 죽기 싫잖아요. 여기 있는 사람들 모두 같은 마음이에요. 그러니 서로 도와야죠. 이전 스테이지에서도 사실 도열 씨 덕분에 살았다는 거, 우리 모두 알고 있습니다. 그리고 고마

위하고 있고요. 도대체 언제 이 거지 같은 상황이 끝날지는 모르겠지만, 죽을 고생을 할 거면 같이 합시다. 그 편이 덜 외롭잖아요."

민욱이 말을 마친 후 한동안 침묵만이 맴돌았다. 고요한 어둠 속에서 누구 하나 소리를 내지 않았다. 희미한 바람 소리가 들려올 뿐이었다.

"젠장."

이윽고 도열이 나지막이 중얼거렸다.

"가면 될 거 아닙니까!"

도열은 그렇게 말하며 모여 앉은 사람들에게로 다가왔다.

남은 사람은 일곱. 어느새 둘이 줄었다. 모여서 서로의 호흡과 체온을 느끼니 새삼 둘의 빈자리가 크게 다가왔다.

"흑……."

누군가가 울음을 삼켰다. 굳이 누구인지 아무도 캐묻지 않았다. 그저 서로를 얼싸안고 옆 사람의 어깨에 머리를 파묻었을 뿐이었다.

일곱 명의 생존자들은 그렇게 잠이 들었다.

민욱은 뺨을 스치는 따뜻한 바람을 느끼며 잠에서 깨어났다. 환청처럼 새소리가 들렸다. 온기가 온몸을 감쌌다. 천천히 눈을 떴다.

부드러운 햇살이 비치고 있었다. 하늘은 파란색이었고 이제 막 어둠을 벗어나기 시작한 듯 희끄무레한 빛에 물들어 가는 중이었다.

'꿈을 꾼 건가?'

하마터면 그렇게 착각할 뻔했다. 하지만 눈을 뜨자마자 찾아온 통증 덕분에 자신이 처한 상황을 잊지 않고 기억해 낼 수 있었다.

"괜찮으세요?"

머리 위에서 수영의 목소리가 들려왔다.

"온몸이 쑤시네요."

민욱은 희미하게 웃으며 몸을 일으켰다. 그러고는 곧바로 탄성을 질렀다.

"아!"

놀라운 광경이었다. 아니, 이상하다고 해야 올바른 표현이리라. 민욱은 천천히 주위를 둘러봤다.

이전과는 완전히 다른 세계가 눈앞에 펼쳐져 있었다. 열대우림에서나 볼 수 있는 우렁찬 활엽수들이 빽빽하게 늘어섰고, 그 너머로는 하늘을 찌를 듯 솟아오른 기암절벽이 버티고 서 있었다. 끝이 보이지 않는 지평선까지 모두 초록색 풀로 덮여 있었다. 대지 곳곳에는 독특한 모양의 오벨리스크가 세워져 있었다. 피라미드 모양의 건축물은 물론이고 중세 시대 궁전처럼 보이는 건물들도 무질서하게 늘어서 있었다. 심지어 거대한 고인돌도 보였다. 그야말로 여러 시대와 공간이 어지럽게 혼합된 풍경이었다.

"이건 정말……."

민욱은 말을 잇지 못했다.

"괴상하죠?"

수영이 말했다.

"네. 정말 그 표현이 딱 맞네요."

"저도 처음에 보고 정말 놀랐어요."

"우리가 얼마나 잔 거죠?"

민욱은 아직까지 잠들어 있는 다섯 사람을 돌아보며 물었다. 그들이 모여 있는 곳은 높고 평평한 바위 위였다.

"모르겠어요. 깨어나 보니 이렇게."

수영은 쓴웃음을 지으며 아래쪽을 가리켰다.

"분명 평범한 초원이었고 우린 시멘트 판 위에 있었는데……. 누가 옮겨 온 걸까요, 아니면 배경 자체가 바뀐 걸까요?"

"역시 모르겠어요. 아무것도, 정말 아무것도 모르겠어요."

수영의 목소리기 흐려졌다.

"다른 세계로 들어온 걸 거예요."

갑자기 들려온 목소리에 두 사람은 고개를 돌렸다. 어느새 영민이 일어나 있었다.

"다른 세계?"

수영이 물었다.

"이게 게임이라면 그렇다는 거예요. 게임에서는 그렇잖아요. 스테이지를 클리어하면 다른 세계로 이동할 수 있죠."

"뭐야? 그럼 진짜 지옥이 아니란 거야?"

광현도 일어났다. 이어서 상철과 부국, 도열도 부스스한 얼굴로 하나둘 일어났다. 나머지 사람들 역시 민욱이 받았던 충격의 과정을 똑같이 밟았다. 처음에는 놀라고 다음에는 의문을 가지고, 그리고 마지막에는…….

"이건 어딘가 오싹한데."

광현이 중얼거렸다. 일곱 명 모두 비슷한 감상이었다.

"이건 마치 애들이 아무렇게나 그려놓은 그림 같아요."

수영이 조용히 말했다.

"으음. 미술 선생의 의견인가?"

광현이 슬쩍 웃으며 물었다.

"네. 어린아이들 중에는 자기가 알고 있거나 어디서 본 것들을 모조리 다 그려 넣는 경우가 꽤 있어요."

"만약에 말입니다. 그런 어른이 있다면, 그러니까 이렇게 요상한 그림을 그리는 어른이 있다면 그건 어떤 사람일까요?"

말없이 앉아 있던 부국이 입을 열었다. 뺨이 쑥 들어가고 눈 밑이 퀭했다.

"그런 어른이라면…… 미친 거겠죠."

수영은 한숨을 쉬는 것처럼 말했다.

일곱 명은 말없이 기괴한 풍경을 바라봤다. 먼 하늘 저편에서 새처럼 보이는 것들이 날아다니고 있었다. 어느덧 해는 높이 떠올라 제법 강렬한 빛을 내리쬐고 있었다. 바람이 불었고, 그때마다 향긋한 꽃향기가 사람들의 코끝에 맴돌았다. 먼 이국땅으로 여행을 나온 게 아닐까 착각이 들 정도로 평화로운 시간이 지나갔다.

"어이, 저기 좀 봐. 동물들도 있어."

광현이 아래를 가리켰다. 그 말 그대로였다. 몸집이 커다란 동물 서너 마리가 활엽수림에서 나와 느긋한 동작으로 초원을 거닐기 시작했다.

"뭐야? 너무 이상하게 생겼는데? 저런 동물이 있어?"

상철이 고개를 쑥 내밀며 말했다. 그 말 역시 맞았다. 일곱 명 모두 생전 처음 보는 동물이었다. 크기는 코끼리만 했지만 코 대신에 목이 길었으며 몸에는 표범처럼 반점이 나 있었다. 귀는 작고 뾰족했다. 가장 눈에 띄는 것은 끝에서 두 갈래로 갈라진 긴 꼬리였다.

"지구상에 저런 생물이 있다는 이야긴 들어보질 못했습니다."

부국이 안경을 추어올리며 말했다.

"으. 저것도 끔찍하긴 마찬가지군."

광현이 또다시 투덜거렸다.

"지옥? 게임? 다 아니야. 여긴…… 그래, 환각 속 세상이야. 히히. 이제 알겠어!"

도열이 키득키득 웃으며 말했다. 사람들은 모두 도열을 바라봤다. 벌겋게 충혈된 도열의 눈동자는 광기로 번들거렸고 뒤룩뒤룩 정신없이 움직였다.

"당신들은 모르겠지? 약을 맞으면 말이야, 이런 환상적인 세상이 펼쳐진다고! 히히. 그 속에선 뭐든 할 수가 있지. 이번에는 내가 좀 많이 맞았나 봐. 이렇게 리얼한 걸 보면. 그래도 뭐, 언젠가 깨겠지. 그렇다는 말은 당신들 모두 환상이라는 거지. 히히."

"쯧쯧."

상철이 혀를 차며 고개를 절레절레 저었다.

"어이, 정신 차려! 미치는 건 좋은데 혼자서 미치란 말이야. 민폐 끼치지 말고."

광현이 거칠게 외쳤다. 도열은 딱히 반박을 하지 않고 혼자 고개를 숙이고 앉아 계속 히죽거리기만 할 뿐이었다. 오히려 그 모습이 더 찜찜했다.

민욱은 속으로 한숨을 쉬었다. 잠도 잤고 날도 밝은데다가, 괴상하긴 하나 어쨌든 제법 괜찮아 보이는 환경으로 바뀌긴 했지만 여전히 알 수 없는 처지에 놓여 있다는 사실만은 달라지지 않았다. 수영의 말이 맞는 것이다. 정말 아무것도 모르는 상황이었다.

민욱은 스테이지 4에서 자신이 떠올린 기억을 다른 사람들에게 털어놓기로 결심했다.

"저는 다른 분들과 달리 제 이름 말고는 기억나는 게 전혀 없었습니다."

민욱이 입을 떼자 모두 고개를 돌려 바라봤다.

"그래. 그렇다고 하지 않았소."

부국이 말했다.

"그랬는데 아까 물에 빠진 순간 무언가가 떠올랐습니다. 저는 다이버였습니다."

"다이버? 잠수부 말이오?"

광현의 물음에 민욱은 고개를 끄덕였다.

"형님, 근데 다이버였다는 건 무슨 말이에요?"

상철이 물었다.

"지금은 아닐지도 모른다는 겁니다. 더 자세히 말씀드리자면 저는 직업 군인이었습니다. UDP의 잠수 전문 요원이었죠."

"오! 특수부대."

상철이 끼어들었다.

민욱은 슬며시 웃으며 말을 이었다.

"네. 제 직업에 대한 기억은 여기까지입니다. 이상하게도 확실하지는 않지만 현재도 다이버로 살아가고 있는지는 기억이 나지 않습니다. 다만······."

민욱은 숨을 한 번 골랐다.

"······ 지금의 이런 상황이 꽤 익숙하게 느껴진다는 건 말씀드릴 수 있겠네요."

"그러니까 군인이라서, 아니 군인이었기 때문에 익숙하다는 게 아니라 이런 이상한 상황 자체가 익숙하다는 말인가요?"

수영이 조심스레 물었다.

"네."

민욱은 굳은 얼굴로 대답하며 사람들의 표정을 살폈다. 다른 사람들의 반응이 궁금했다. 예상과는 달리 아무도 동요하지 않았다.

"사실······ 나도 좀 그래요. 처음에는 모든 게 다 낯설고 이상했는데 시간이 흐를수록 익숙한 느낌이 들어요. 마치 예전에도 경험해 본 것 같은. 젠장. 진짜 미친 걸지도 모르겠네."

상철은 그렇게 말한 후 헛웃음을 터트렸다. 웃는 표정은 무척 해맑았다.

"흠흠. 어떻게 들릴지 모르겠지만, 나도 비슷해. 아까는 지옥이다 뭐다 했는데 지금 우리 꼴이 꼭 어디서 본 것 같단 말이지. 난 영화라고만 생각했는데 그게 아닌 것 같아."

광현은 머리를 긁적이며 말했다.

"저, 저도······."

영민도 주뼛거리며 말했다.

"너도 그러니?"

수영의 물음에 영민은 고개를 끄덕였다.

"수영 씨는요?"

이번에는 민욱이 물었다.

"모르겠어요. 전 여전히 낯설고 혼란스러울 뿐이에요."

"저도 마찬가지입니다. 전혀 짐작조차 안 가네요. 다만……."

부국이 거기까지 말했을 때였다.

"쉿!"

도열이 날카롭게 외쳤다. 사람들은 부릅뜬 도열의 눈동자가 가리키는 쪽으로 일제히 고개를 돌렸다. 무언가가 무성한 풀숲을 가르고 있었다.

"다른 동물이야."

광현이 낮게 중얼거렸다. 동물은 모두 다섯 마리로 각기 다른 방향에서 덩치 큰 동물을 향해 접근하는 중이었다. 그 동물들이 빠르게 움직일 때마다 풀숲이 양옆으로 갈라졌다. 풀이 워낙 높게 자라 동물의 모습이 뚜렷하게 보이지는 않았지만 지금의 상황이 무엇을 뜻하는지는 모두 알 수 있었다.

사냥!

덩치 큰 동물은 아무것도 모른 채 느긋하게 풀을 뜯고 있었다.

"시작됐어요!"

영민이 낮지만 흥분한 목소리로 말했다.

다섯 마리 동물들은 약속이나 한 듯 외따로 떨어진 덩치를 향해 다가갔다. 덩치는 완벽하게 포위를 당했다.

캬아!

날카로운 소리가 울려 퍼진 것과 동시에 풀숲에 숨어 있던 한 마리가 펄쩍 뛰어올랐다.

"크다!"

상철이 소리쳤다.

녀석은 생각 외로 덩치가 컸다. 굵고 긴 다리 두 개가 몸을 지탱

하고 있었고 그에 비해 앞다리 두 개는 작았다. 커다란 머리에 어울리는 날카로운 이빨이 입안에 가득했다.

첫 번째 녀석이 뛰어올라 덩치 큰 동물의 등에 매달리자마자 나머지 네 마리도 뛰어나왔다. 녀석들의 강건한 뒷다리 끝에는 갈고리 모양의 커다란 발톱 하나가 달려 있었다.

"저, 저거……."

상철이 더듬거렸다.

"공룡 아냐?"

그 말을 광현이 받았다.

우우우!

덩치 큰 동물이 고통에 찬 울부짖음을 토해냈다. 한가로이 풀을 뜯던 동료들은 놀라서 우르르 도망가 버렸다.

사냥꾼들은 능숙하고 잔인했으며 또 영리했다. 한 놈이 덩치 앞에서 끊임없이 주의를 끄는 사이에 나머지 세 마리는 무방비로 노출된 배 부분을 공격했다. 날카로운 이빨이 껍질을 찢고 내장을 끄집어냈다. 시뻘건 피가 콸콸 쏟아졌다.

제일 처음에 뛰어나온 녀석은 덩치의 등에 올라 자신의 갈고리 발가락을 꽉 박고서 캬아, 캬아, 끊임없이 소리를 질렀다. 녀석이 사냥꾼 무리의 대장인 모양이었다.

"나, 나 저거 알아요. 몇 년 전에 영화에도 나왔잖아요. 뭐더라? 그래! 벨로시랩터. 맞죠?"

상철이 흥분해서 소리쳤다.

"아니에요. 저건…… 유타랩터예요."

영민이 마른침을 삼켰다.

"뭐? 그게 그거 아냐?"

"달라요. 일단 유타랩터가 더 크고 머리도 벨로시랩터에 비해 둥근 편이에요. 결정적으로 유타랩터는 쥐라기 공룡이고 벨로시랩터는 백악기 후기 공룡이에요."

"인마, 넌 어떻게 그리 잘 알아?"

"어릴 때 공룡을 아주 좋아했거든요. 그중에서도 제일 좋아했던 게 저 유타랩터인데……."

"어쨌든 공룡이라는 소리잖아! 허허. 그럼 뭐여? 여기가 공룡시대라는 말이야?"

광현이 영민의 말을 자르며 벌떡 일어났다. 덩치 큰 미지의 동물은 유타랩터들의 공격에 결국 무릎을 꿇고 쓰러졌다. 랩터들이 게걸스레 사냥감을 먹어치우는 소리가 바위 위까지 생생하게 들렸다.

"에이, 더러워서 정말!"

광현은 카악, 가래를 그러모아 바닥에 뱉었다. 그러고는 하늘을 향해 고래고래 소리를 질렀다.

"도대체 뭐야? 사람을 갖고 노는 것도 유분수지, 공룡까지 나오면 다음엔 뭘 할 건데? 엉?"

"조용히 하세요!"

민욱이 경고를 보냈지만 한 발 늦었다. 대장 유타랩터가 바위를 향해 고개를 홱 돌렸다. 그러자 나머지 랩터들도 일제히 바위를 바라봤다. 유선형의 둥그렇고 커다란 머리가 왼쪽으로 갸우뚱 기울어졌다.

"저, 저것들 눈 좋냐? 저 거리에서 우리를 볼 수 있어?"

상철이 물었다.

"네. 좋아요. 그것도 무척."

영민이 떨리는 목소리로 대답했다.

캬아!

캬아!

대장 랩터가 하늘에 대고 짧게 두 번 울었다. 그것이 신호였다.

다섯 마리의 유타랩터들이 사람들을 향해 일직선으로 곧장 달려왔다. 믿을 수 없을 정도로 빠른 속도였다.

"영민아, 공룡들이 이 바위까지 올라올 수 있을까?"

민욱이 재빨리 물었다.

"모, 모르겠어요."

"설마 여기까지 뛰어오르려고……."

지상에서 바위까지의 높이는 얼핏 보아도 15미터 이상이었다. 하지만 그렇다고 안심하고 있을 수만은 없었다.

"일단 피하죠."

민욱은 바위 뒤로 펼쳐진 무성한 숲을 가리켰다.

Stage 5-1

사람들은 서둘러 숲속으로 들어갔다. 민욱은 자연스레 수영의 손을 잡고 달렸다. 숲에는 웃자란 풀들이 가득했다. 깊이 들어가자 바위 아래 펼쳐져 있던 것과 비슷한 활엽수도 나타났다. 높이를 알 수 없을 만큼 크게 자란 나무들이었다.

"우리가 있던 바위도 또 다른 절벽이었나 봐요."

수영이 숨을 헐떡이며 말했다.

"그러네요."

민욱은 달리면서도 계속해서 주위를 살폈다.

만약 비슷한 지형이고 자연 환경마저 같다면 이곳이라고 공룡이 없으리라 보장하기 어려웠다. 설령 공룡은 없다고 해도 또 다른 미지의 생명체가 공격해 올 수도 있다.

"잠깐만. 좀 쉬었다 갑시다."

뒤처져서 달리던 광현이 헉헉대며 주저앉았다. 부국도 광현 옆에 쓰러지듯 앉았다. 다른 사람들도 모두 멈춰 섰다.

"그것들이 따라오면 어떡해요?"

상철은 가슴을 들썩이며 씩씩거렸다.

"야! 그놈들 달리는 거 봤지. 따라왔으면 우리 벌써 잡아먹혔어!"

광현은 아예 두 팔을 벌리고 벌렁 드러누웠다.

"그렇다고 위험 요소가 사라진 건 아닙니다."

민욱이 말했다.

"쯧쯧. 이것 봐."

광현이 상체를 일으키며 혀를 끌끌 찼다. 그와 동시에 지긋지긋한 목소리가 또 들려왔다.

- 스테이지 4에서 실아님은 여러분 축하합니다.

딱딱하고 메마른 여자 목소리. 이제는 아무도 놀라지 않았다. 그저 멍하니 하늘을 올려다볼 뿐이었다.

"진짜 위험 요소는 저거란 말이야."

광현은 그렇게 말하며 쓴웃음을 지었다.

- 충분히 휴식을 취하셨을 거라 생각합니다. 이제 새로운 장소에 도착했습니다. 어떻습니까? 마음에 드십니까?

"어쭈? 그냥 기겐 줄 알았더니 이제 말도 거네?"

광현은 하늘을 올려다보며 픽 웃었다.

'왜 저렇게 여유롭지?'

민욱은 의아했다. 조금 전까지 화를 내며 고래고래 소리를 지르던 인물이 바로 광현이었다. 그런데 지금은 진짜로 '게임'을 즐기는 사람 같다.

'미친 건가? 아니면……'

민욱은 광현을 바라보며 생각했다. 순간 두 사람의 눈이 마주쳤다. 광현은 한쪽 입꼬리를 올리며 의미심장한 눈빛을 보내더니 슬쩍 윙크를 했다. 아무래도 무언가 꿍꿍이가 있는 듯했다.

- 스테이지 5는 이 새로운 장소에서 시작하겠습니다. 휴식도 취했고 적응도 된 만큼 지금부터는 난이도기 히드(Hard)로 올리겠습니다.

"크하하!"

광현의 호쾌한 웃음이 여자의 목소리를 덮어 버렸다. 광현은 아예 허리를 숙이고 박장대소를 터트렸다. 민욱뿐만 아니라 모두가 놀란 얼굴로 광현을 바라봤다.

"지랄을 하네. 이제 알았어. 이제 알았다고!"

그렇게 말하고 광현은 다시 배를 잡고 웃었다. 아예 눈물까지 줄줄 흘렸다.

"뭐예요? 뭘 알았다는 거예요?"

상철이 물었다.

"뭘 알았냐고? 내가 멍청했어. 여긴 지옥도 뭐도 아냐. 게임? 뭐 그럴 수도 있겠지. 하지만 우리가 벌벌 떨면서 생각하고 있는 그런 이상한 곳이 아니야. 아까 누가 말했지? 이거…… 이거, 다 방송이야. 텔레비전 프로그램이라고!"

"에?"

상철이 실망한 표정을 감추지 않고 사람들을 돌아봤다.

"기껏 알아냈단 게……."

"근거가 있습니까? 그렇게 생각하시는 이유가 있느냐고요?"

부국이 상철의 말을 자르며 나섰다.

"물론!"

광현은 자신만만한 표정으로 고개를 끄덕였다. 그러고는 손가락으로 하늘을 가리켰다.

"봐. 저 여자도 내가 알아낸 게 궁금한지 잠잠하잖아."

실제로 여자의 목소리는 이어지지 않았다. 가만히 숨을 죽이며 돌아가는 상황을 지켜보고 있는 것 같았다.

"크크크. 나도 아까까지는 모르고 있었어. 똑같은 바보 멍청이였다 이 말이야. 난 그야말로 지옥에 떨어진 줄 알았거든. 근데 그게 아니었어. 촬영이었던 거야. 왜, 옛날에 그런 프로들 유행했잖아. 사람들 실제로 섬에 가둬놓고 누가 더 오래 버티는지 보는 거. 뭐라고 하더라, 리얼 뭐잖아."

"리얼리티 프로그램."

민욱이 대답했다.

"맞아! 바로 그거야. 이게 그거라고. 어떻게 된 노릇인지는 모르겠지만 방송국 사람들이 우릴 여기다 가둬놓고 찍고 있는 거라고. 그러니까 사람이 죽은 것도 다 연기고 저 유타 뭐시기 공룡도 그 뭐냐, 그래! 컴퓨터 그래픽이라니까!"

광현의 말에 모두 고개를 갸우뚱했다. 모든 것이 방송이라는 주장은 가장 현실성이 없는 이야기 중 하나였다. 그만큼 이 상황 자체가 비현실적이었다. 그런데 광현은 자신만만하게 주장하고 있다.

"사람이 죽은 게 다 연기라니 그게 무슨 말입니까? 그럼 아내가 죽은 것도 연기라고요?"

부국의 목소리에는 간절함이 담겨 있었다. 광현은 그런 부국을 보며 픽 웃었다.

"이것 보쇼, 영감님. 아니, 교수님이라고 했나? 그쪽도 연기자라는 걸 내가 다 알아. 분명 이 중에 몇 명은 연기자일 거야. 나처럼 아무것도 모르고 참여한 사람은 거의 없겠지. 어쩌면 나만 빼고 다 연기자일지도 모르겠네. 크크크."

광현의 말은 점점 알 수가 없었다. 참다못한 민욱이 입을 열려던

냈었나.

"그만 좀 웃고 확실히 말해 주세요. 왜 방송이라고 생각하시는 거죠?"

수영이 날카로운 목소리로 외쳤다. 예상치 못했던 반응이었던지 광현이 순간 흠칫했다. 하지만 곧 여유로운 미소를 되찾고는 말을 이었다.

"아까 말이야…… 공룡이 쫓아온다고 막 도망쳤을 때 있지? 내가 그때 봐 버렸거든. 어이, 듣고 있나? 내가 그때 봐 버렸다고! 크크크."

광현은 하늘을 올려다보며 소리를 질렀다. 그러고는 사람들을 향해 고개를 홱 돌렸다.

"내가 카메라를 봐 버렸다고! 어때, 놀랐지?"

"카메라?"

상철이 새된 소리를 질렀다.

"자, 따라와 봐."

사람들은 홀린 듯 광현의 뒤를 따랐다. 여자 목소리는 여전히 이어지지 않았다. 대신에 덥고 건조한 바람이 불었다. 손바닥보다도 훨씬 큰 나뭇잎들이 서로 부딪치며 '스스스' 기괴한 소리를 냈다.

"그놈들이 쫓아오나 싶어 달리다가 고개를 슬쩍 돌렸거든? 근데 그때 나뭇잎 사이로 뭐가 번쩍하는 거야. 그걸 보고 직감한 거야. 카메라 렌즈라고. 자, 바로 여기라고. 크크크."

사람들을 데리고 한참을 거슬러 올라간 광현은 잠에서 깨어났던 절벽과 가까운 풀숲에 멈춰 섰다.

"정말일까요?"

수영이 민욱을 향해 속삭였다.

"모르겠네요. 하지만……."

"봐. 여기 반짝이고 있잖아. 이 풀들을 옆으로 젖히면…… 짜잔!"

짜잔!

광현의 깜찍한 효과음과 함께 반짝이고 있던 것이 모습을 드러냈다.

도로반사경이었다.

현실 세계에서나 볼 수 있는 그 볼록거울이 먼지가 쌓이고 색이 바랜 채로 기우뚱 서 있었다. 기둥을 타고 올라간 넝쿨식물이 정성스레 새겨 넣은 장식처럼 거울 표면에 그로테스크한 무늬를 남기고 있었다.

"이, 이게 아닌데……."

광현은 믿지 못하겠다는 표정으로 거울을 더듬었다.

"허허."

상철이 허탈한 웃음을 터트렸다. 부국은 그 자리에 털썩 주저앉았다.

"쳇. 이런 곳에 저런 거울이 있는 게 더 신기하네."

도열이 조용히 중얼거렸다.

"이럴 수 없어! 아니야! 이건 방송이라고! 여기 안에 카메라가 들어 있을 거야. 틀림없어."

광현은 주먹으로 거울을 때렸다. 그 순간 더욱 이상한 일이 벌어졌다. 거울 표면이 깨지며 유리 조각들이 떨어져 내렸는데 실제로 '쨍그랑' 하는 소리가 들린 곳은 허공이었다. 마치 누군가가 한 박자 늦게 효과음을 튼 것 같았다.

모두 멍하니 거울을 바라봤다. 광현의 손에서는 피가 흘러내렸는데 그 모습마저 비현실적으로 보였다.

그때였다.

- 히히히히히!

허공을 찢으며, 여자의 웃음소리가 들려왔다. 기계음이 지워진, 날것 그대로의 목소리였다.

"아악!"

수영은 팔로 자기 몸을 감싸 안으며 비명을 질렀다. 민욱 역시 주먹을 꽉 쥐었다. 온몸에 소름이 돋았다. 광현은 자신의 희망처럼 산산이 깨진 거울 앞에 서서 정신이 나간 사람 같은 표정으로 하늘을 올려다보고 있었다.

- 이제 스테이지 5를 시작하겠습니다.

여자의 목소리는 다시 기계음으로 돌아왔다. 숲속 깊은 곳에서부터 서서히, 그러나 끈덕지게 안개가 몰려오고 있었지만 사람들은 그 사실을 알아채지 못할 정도로 충격에 빠졌다.

실시간으로 감시당하고 있다.

그 끔찍한 사실을 새삼 확인하게 되면서 엄청난 두려움이 몰려왔다. 일곱 명 모두 공포감에 압도되어 꼼짝도 할 수 없었다.

- 이번 스테이지는 '사냥꾼들에게서 살아남기'입니다. 이곳 폐허의 밀림에는 아주 유능하고 잔혹한 사냥꾼들이 있죠. 그들의 공격을 피해 밀림이 끝나는 지점까지 무사히 도착하면 스테이지를 클리어하게 됩니다. 이 스테이지에서는 여러분의 민첩성과 순발력을 알 수 있겠네요. 민첩성과 순발력이 떨어져 타인에게 피해를 주면 안 되겠죠? 자, 과연 몇 명이니 살아남을까요? 부디 살아남는 쪽이 되시기를 바랍니다. 행운을 빌겠습니다. 굿 럭!

여자의 목소리는 바람에 실려 조용히 사라졌다.

"거짓말이야……. 분명 방송이라고. 카메라를 숨긴 거지, 응?"

광현은 끊임없이 중얼거리면서 피가 흐르는 맨손으로 거울을 마구 헤집었다. 이미 산산이 깨져 유리 뒤의 텅 빈 공간이 드러났지만 멈추지 않았다. 그럴 때마다 새로운 상처가 생겼고 거기서 새빨간 피가 떨어졌다.

"그만하세요. 됐어요. 이제 그만……."

민욱이 광현을 뜯어 말렸다. 목소리가 갈라졌다.

"내가…… 틀린…… 거야?"

광현이 텅 빈 눈으로 민욱을 돌아보며 물었다. 눈에 눈물이 가득했다. 실핏줄이 터진 동공은 붉게 물들었다.

"아뇨. 틀린 건 아저씨가 아니에요."

조용히 다가온 상철이 광현의 어깨에 손을 올렸다. 노랗게 물들인 머리가 바람에 나부꼈다. 상철은 입을 굳게 다물고 있었다.

민욱은 그런 상철을 보며 처음 마주쳤을 때에 비해 지금이 훨씬 어른스러워 보인다는 생각을 했다.

"틀린 건 이런 걸 만든 놈들이에요. 우릴 갖고 노는 놈들이 잘못하고 있는 거라고요! 우린…… 우린 잘못이 없어요."

상철의 눈가에도 눈물이 맺혔다.

분하다. 미칠 정도로 분하다!

처음으로 모두의 머릿속에 같은 생각이 떠올랐다.

조금 전까지 거대한 공포가 일곱 사람을 내리눌렀다면 이제는 이글이글 타오르는 분노가 마음속 깊은 곳에서부터 차올랐다.

"일단은 피해야 해요."

수영이 아랫입술을 깨물며 말했다.

"안개야. 안개가 몰려오고 있어."

부국이 주위를 둘러보며 말했다. 그제야 나머지 사람들도 자신들이 겹겹이 쌓인 안개에 포위되었음을 알았다. 붉은 기운이 도는, 핏빛 안개였다.

"이, 이 빨간 게 인개라고?"

도열이 중얼거렸다. 그 순간 안개 저 너머 어딘가에서 랩터의 위협적인 포효가 들려왔다.

캬아!

캬아!

첫 번째 소리에 답이라도 하듯 연달아 울음이 들렸다. 거리도, 방향도 가늠할 수 없었다. 다만 안개를 헤치며 치명적인 사냥꾼들이 접근해 오고 있다는 사실만은 확실했다.

일곱 명은 약속이나 한 듯 숨을 죽였다. 내내 흐느끼던 광현도 입을 다물었다. 민욱은 이를 마주칠 정도로 떨고 있는 수영의 어깨를 감쌌다.

"도망칩시다. 지금은 그 수밖에 없습니다."

민욱이 마른침을 삼킨 후 조용히 말했다.

"하지만 어디로?"

도열이 물었다. 소리 없이 엄습한 안개는 살아 숨 쉬는 모든 것들을 지워가기 시작했다. 붙어 선 사람들의 윤곽도 점차 흐릿해졌다. 길이 보일 리 만무했다.

"안개 속이라면 공룡도 시야 확보가 어려운 건 마찬가질 겁니다. 문제는 후각, 즉 냄새입니다. 냄새를 지우려면 물이 필요합니다."

부국이 차분한 목소리로 말했다.

"젠장. 그러니까 그 물이 어디 있냐고요!"

상철의 애타는 목소리가 으스러졌다.

"안개는 대부분 물에서 시작되지. 바람의 방향과 안개의 농도로 봤을 때 물이 있는 지점은 저기네."

부국은 그렇게 말하며 안개에 휩싸인 밀림 어딘가를 가리켰다.

"어, 어떻게 그리 자신한대요?"

멍하니 서 있던 광현이 더듬더듬 물었다.

"내 전공이 안갭니다."

붉은 안개가 부국의 얼굴에 떠오른 희미한 미소를 지워버렸다.

일곱 명은 최대한 소리를 죽이며 달렸다. 아무것도 보이지 않았다. 온통 안개뿐이었다. 촘촘하게 짠 붉디붉은 천이 밀림 전체를 덮고 있는 것 같았다.

"아!"

영민의 신음과 함께 넘어지는 소리가 들렸다. 사람들은 멈춰섰다.

"무슨 일이야? 괜찮아?"

민욱이 최대한 소리를 죽여 물었다. 제일 뒤에서 달리고 있는 것은 민욱과 수영이었다. 그 바로 앞이 영민과 상철이었다. 부국이 선두, 그 뒤를 광현과 도열이 따르는 식으로 출발했다.

하지만 지금은 누구 하나 보이지 않았다. 아무리 눈을 부릅떠 봐도 마찬가지였다. 몇 미터 앞에서 영민의 소리가 들린 것 같은데 사실 그것조차 확신할 수 없었다. 민욱은 미칠 것 같은 심정이었다.

안개는 모든 것을 삼켜버렸다. 그런 뒤 자기 마음대로 배치했다.

"네."

영민의 대답이 이번에는 저만치 뒤에서 들려왔다.

"나무뿌리 같은 거에 걸려 넘어졌어요. 제가 영민이 바로 옆에 있으니까 계속 챙길게요. 걱정 마세요."

상철의 목소리는 또 다른 방향이었다. 귓가에서 부국이 속삭였다.

"다들 당황하지 마십시오. 안개 속에서는 원래 소리가 이리저리 흩어지게 됩니다. 저도 이 정도로 짙은 안개는 무척 오랜만입니다. 불안하더라도 평소처럼 행동하시면 됩니다."

"보이질 않는데 어떻게 평소처럼 행동합니까?"

그럴 리 없겠지만, 광현의 목소리는 반대편 어딘가에서 메아리가 되어 올려 피지는 것 같았나.

"넘어지고 넘어지더라도 계속 움직여야 합니다. 안 그러면……."

부국의 목소리는 안개에 잠겨 잘 들리지 않았다.

"…… 잡아먹힙니다."

"안개한테……."

"됐어요. 다시 가죠."

이번에는 아예 누구 목소리인지도 분간할 수 없었다. 민욱은 거의 반사적으로 다시 달리기 시작했다. 끝도 없이 이어지는 붉은 세계. 축축하게 달라붙는 안개.

무성한 풀과 나뭇잎을 헤치고 달리기에 그런 소리들이 날 법도 한데 끔찍할 정도로 고요했다. 민욱은 눈을 가린 채 미로 속을 헤매는 심정이었다.

불쑥, 엉뚱한 기억 하나가 떠올랐다.

과학자들이 쥐 한 마리를 미로 상자 속에 가두고 실험을 했다. 쥐는 실명한 상태였다. 쥐가 뇌파만으로 길을 찾을 수 있는지를 보는 것이 그 실험의 목적이었다.

'쥐는 어떻게 됐지?'

'나는 왜 그 실험을 기억하고 있는 걸까?'

붉은 안개가 머릿속까지 들어온 것 같았다. '생각'마저 점점 지워지고 있었다. 발이 공중에 붕 떴다. 땅을 딛고 있다는 감각이 사라졌다.

"…… 민욱 씨!"

안개를 비집고 수영의 목소리가 생생하게 들려왔다. 민욱은 화들짝 놀라 깨어났다. 아니, 현실로 돌아왔다.

"네. 저, 전 괜찮습니다."

간신히 그렇게 대답했다.

"걱정했어요. 아무리 불러도 대답이 없어서."

지금 민욱에게는 오직 손을 맞잡고 있는 수영만이 현실이었다. 손바닥을 타고 그의 체온이 전해졌다.

"고마워요."

민욱은 진심을 다해 말했다. 그 순간 수영이 걸음을 멈췄다.

"왜……."

말을 하려던 민욱 역시 눈치 챘다. 발이 움직이지 않았다. 심장이 두방망이질 쳤다. 입을 벌리면 펄떡펄떡 뛰는 심장이 튀어나올 것 같았다.

숨소리가 들렸다. 몇 미터 앞이었다. 이번에는 확실히 알 수 있었다. 쉭쉭. 그런 소리를 내며 들숨과 날숨이 교차할 때마다 붉은 안개 위에 희뿌연 김이 서렸다.

곧 딱딱하고 날카로운 무언가가 바닥을 두드리는 기분 나쁜 소리가 들렸다.

딸깍. 딸깍. 딸깍.

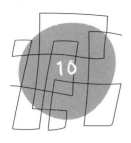

Pause 3

"야! 그 양파 안 내려놔?"

도희의 나무젓가락이 도출의 입으로 막 들어가려던 마지막 양파를 빼냈다.

"뭐예요? 제가 집었잖아요! 그냥 단무지 드시면 되지."

도출이 짜장면을 우물거리며 말했다. 볼멘소리를 하긴 했지만 딱히 불만이 있는 것 같지는 않았다.

"어허. 짜장면에는 단무지보다 양파라는 거 몰라?"

도희는 승리의 미소를 지으며 양파를 입에 넣었다.

"사장님."

도출이 말했다.

"왜? 월급 올려달라는 소리면 일단 무조건 거절이야."

도희는 볼이 미어져라 짜장면을 밀어 넣었다.

"그게 아니고, 우리 돈도 잘 버는데 이제 짜장면 말고 다른 거 좀 먹죠."

"뭐? 짜장면이 지겨워? 라면만 먹던 시절로 돌아갈까?"

"그런 뜻이 아니잖아요. 오늘 하루 종일 고생한 부하 직원한테 저녁으로 짜장면이라니, 너무하다는 생각 안 하십니까?"

"그만 먹고 싶어? 내가 먹을까?"

"배가 터져 죽어도 제가 다 먹을 겁니다."

"쓸데없는 소리 그만하고 다시 한번 이야기해 보자고."

도희는 젓가락을 내려놓은 뒤 콜라를 들이켰다.

꺼억!

시원한 트림도 빼놓지 않았다. 도출은 살짝 눈을 찌푸렸다.

"아까 전화로도 다 말씀드렸잖아요."

"야, 정 없이 영상으로 보면서 말하는 거랑 이 예쁜 얼굴 실제로 보면서 말하는 거랑 같아? 난 말이야, 가상현실이고 3차원 입체 영상이고 홀로그램이고 하여간 다 마음에 안 들어."

"어우. 옛날 사람."

도출은 혀를 찼다.

"죽을래?"

"오늘 하루 동안 너무 많은 걸 알게 돼서 머리가 복잡해요."

"그건 나도 마찬가지야."

"일단 확실하게 알아낸 건 이부국과 현상철이 안개 미궁이라는 게임으로 연결됐다는 사실!"

도출은 젓가락을 내려놓은 뒤 꼼꼼하게 입을 닦았다.

"나도열도 마찬가지."

"네. 그렇죠."

도출은 고개를 끄덕였다.

"비슷한 시기에 실종된 사람들, 그리고 그들을 이어주는 게임 하나. 이게 지독한 우연일까, 아니면 연쇄 실종 사건일까?"

도희는 한쪽 입꼬리를 올리며 미소를 지었다. 흥미가 동할 때면 나오는 특유의 표정이었다.

"아직 속단하기엔 이르죠. 게임하는 사람이 얼마나 많은데."

"은퇴한 노교수도 좋아할 만한 게임이야? 그 뭐냐……."

"안개 미궁."

도출이 대답했다.

"그래, 그거. 이름부터 완전 촌스러운데."

"그래서 제가 조사를 좀 해봤죠."

"그랬더니?"

"별로 나오는 게 없어요."

"실망이다. 짜장면 값이 아까워."

"안개 미궁은 5년 전에 출시된 모바일 전용 게임이었어요."

"과거형으로 말한다는 것은?"

"지금은 서비스가 중지되었다는 거죠. 한때 마니아들을 상대로 꽤 인기를 끌었는데 어느 날 소리 소문 없이 서비스가 종료되고 앱도 더 이상 사용할 수 없게 되었죠."

"너도 해 봤어?"

도희가 물었다.

"아뇨. 그때쯤 전 한창 콘솔 게임에 빠져 있어서."

"콘솔이라니. 어휴, 옛날 사람."

"흠흠. 아무튼 좀 신기한, 아니 괴상한 게임이었나 봐요."

"괴상한 게임이라고?"

도희가 그렇게 물었을 때였다.

도출의 스마트워치가 울어댔다.

"야! 회의 중에는 꺼 놓으라고 했지?"

"밥 먹고 있었잖아요. 그것보다, 같이 가실래요?"

스마트워치에 들어온 메시지를 확인하던 도출이 눈을 빛내며 물었다.

"어딜?"

"그 게임에 대해 잘 설명해 줄 사람을 섭외했거든요."

"오! 역시 든든해. 그런데 그냥 영상 통화하면 되지 굳이 왜 만나러 가?"

"저도 그렇거든요."

"뭐가?"

"직접 만나서 이야기를 해야 속이 풀린다고요."

도출은 살짝 얼굴을 붉히며 말했다.

"서둘러."

도희는 도출의 말을 다 듣기도 전에 벌떡 일어났다. 도출은 당황해서 짜장면 그릇을 재빨리 챙기기 시작했다.

"감이 와. 이건 진짜 어마어마한 돈, 아니 사건일 거야."

"언제까지 그 감 타령이에요?"

도출이 짜장면 그릇을 챙겨들고 도희를 따라 나섰다.

"출동이다. 옛날 사람 1호, 2호!"

도희는 콧김을 씩씩 뿜으며 힘차게 걸어갔다. 차가운 시멘트 바닥에 하이힐 소리가 또각또각 울려 퍼졌다.

30분 후, 두 사람은 용산에 도착했다. 차에서 내린 도출의 얼굴은 하얗게 질린 상태였다.

"야! 너 괜찮아?"

도희가 도출의 등을 때리며 물었다.

"무슨 운전을 그렇게 험하게 해요!"

도출은 빽 소리를 질렀다.

"네가 급하다고 했잖아. 워낙 괴팍한 인간이라 늦으면 그냥 갈지도 모른다고."

"그렇다고 신호를 무시하고 달리란 건 아니었잖아요. 하마터면

장가도 못 가 보고 죽을 뻔했잖아요."

"장가는 무슨……. 사장인 내가 결혼하기 전엔 절대 안 돼!"

"흥. 장가도 마음대로 못 갑니까?"

"잔소리 그만하고 빨리 목적지로 안내해. 용산은 해가 갈수록 미로처럼 변한단 말이야."

도희와 도출은 티격태격하면서 몇 해 전 또다시 리모델링을 한 용산전자상가, 일명 '던전'으로 발을 들여 놓았다.

밤 9시가 넘었지만 던전은 오히려 낮보다 돌아다니는 손님이 더 많았다. 한눈에 보기에도 어딘지 어둡고 침울한 인상의 사람들이었다.

'마약 중독자들을 보는 것 같군.'

도희는 속으로 생각했다. 마약단속반은 아니었지만 마약에 중독돼 강력 범죄를 일으키는 범죄자들은 수도 없이 봐왔다. 초점 없는 눈, 엉거주춤한 걸음걸이, 그리고 앞으로 쭉 내민 목까지. 마약과 게임이라는 차이만 있을 뿐 야밤에 던전을 헤매는 사람들의 모습은 그다지 다르지 않았다.

"기억하시겠지만 용산은 2000년대 초중반까지만 해도 그럭저럭 괜찮았어요. 각종 전자 제품하고 핸드폰 같은 것들도 여기서 유통이 됐거든요. 한 번 리모델링을 해서 번듯하게 만든 다음에는 손님도 꽤 늘었고요. 그러던 것이 2020년부터인가, 본격적으로 쇠락했죠. 그 다음 해에 다시 한 번 리모델링을 했지만 손님을 끌어 모으긴 힘들었어요. 대신에 보시다시피 음성적인 시장으로 아주 발전을 했죠."

도출은 주위를 둘러보며 말했다. 그에게는 제법 익숙한 장소인 듯했다.

"음성적이라면?"

"불법 전자 기계, 불법 게임 같은 게 유통되는 거죠. 낮에는 멀쩡

한 가게였다가 밤만 되면 활기를 띠고 거기에 현혹된 사람들이 부나방처럼 몰려드는 곳."

도희는 그런 것들이 사회 문제가 되고 있다는 뉴스를 들었던 기억이 어렴풋이 떠올랐다. 스마트 전자기기들의 기술력이 눈부시게 발전하면서 반대로 거기에 중독된 사람들도 늘어나고 있다. 그런 사람들은 기계 속 가상현실과 실제 생활을 착각해 정신분열을 일으키기도 하고 범죄를 일으키기도 한다. 작년부터 올해까지 그런 사건들이 부쩍 늘었다.

도희는 그런 현상들과 '안개 미궁'과의 관계를 이어보려 애쓰며 도출을 따라 지하로 내려갔다.

던전의 지하는 그야말로 별세계였다. 전체적으로 어두컴컴한 조명이었는데 비좁은 복도 양옆으로 늘어선 가게들에선 불그스름한 조명이 새어 나왔다. 용산전자상가라는 이름만 없앤다면 음습한 뒷골목의 홍등가처럼 보일 정도였다.

"딥 있습니다. 하드도 있고요."

가게 앞에 의자를 깔고 앉은 남자들은 음침한 표정으로 그렇게 속삭였다.

도희로서는 딥이 무엇인지, 하드가 무엇인지 도무지 알 수 없었다. 도출은 호객꾼들의 말에는 신경도 쓰지 않고 뚜벅뚜벅 걸어갔다. 도희는 그 뒤를 따랐다. 호객꾼들은 곧 다른 사람들에게 달라붙었다. 지상보다도 지하에 훨씬 많은 사람들이 돌아다녔다.

"여기예요."

도출은 가게와 가게 사이에 나 있는 좁은 골목을 가리켰다. 보통이라면 화장실이 있을 법한 그곳에 '던전 분식'이라는 간판이 붙은 좁은 분식점이 들어서 있었다.

"여기?"

"네. 그 사람이 여기서 보재요."

던전과 라면이라…….

어딘지 모르게 어울리는 조합이었다.

도희는 도출과 함께 던전 분식으로 들어갔다. 가게 내부는 생각보다 넓었고 드문드문 손님들이 앉아 있었다. 조명은 역시나 어두웠다.

가게 안을 한 번 둘러보던 도출은 망설이지 않고 제일 구석으로 걸어갔다. 그 자리에는 가운데 머리가 벗어져 옆머리만 남은 뚱뚱한 남자가 라면을 먹고 있었다. 행색이 워낙 남루해서 얼핏 노숙자처럼 보일 정도였다. 아니나 다를까, 다가갈수록 고약한 냄새가 풍겨왔다.

"왔나? 다행히 안 늦었네."

남자는 도출을 올려다보며 씨익 웃었다. 침침한 조명 속에서도 누런 이가 똑똑히 드러났다.

"오랜만이야. 도루묵."

도출은 딱히 반가운 기색도 없이 인사를 건넨 후 먼저 자리에 앉았다. 그러고는 도희를 소개했다.

"여기는 우리 사장님. 전직 형사야."

형사라는 말에 도루묵의 눈썹이 꿈틀했다.

"전직이에요, 전직. 지금은 민간조사원이고. 그러니 걱정 말고 라면이나 마저 드시죠."

도루묵은 미심쩍은 표정을 지우지 않으면서도 입으로 라면을 밀어 넣었다.

"천천히 먹어. 먹고 이야기해줘."

도출이 말했다.

"아니. 시간 없어. 조금 있으면 케이지에서 끝장나는 게임이 펼쳐지거든. 너도 배팅하려면 해. 크크."

도루묵은 먹던 걸 멈추고 신나게 웃었다. 아무래도 꽤 재미있는 이벤트인 모양이었다.

"게임이라면 딥?"

도출이 물었다. 도희의 눈치를 슬쩍 살피던 도루묵은 이내 고개를 끄덕였다. 또다시 모르는 단어가 나오는 바람에 답답하긴 했지만 일단 이 자리에서는 도출에게 모든 걸 맡겨두기로 했다. 도희는 팔짱을 끼고 의자에 등을 기댔다.

"그럼 먹으면서 설명해 줘. '안개 미궁' 말이야."

끄윽.

시원하게 트림을 한 후 도루묵은 단무지 하나를 집어먹고 우물거렸다.

"그 게임 이름 들은 게 진짜 오랜만이야. 네가 궁금하다고 했을 때 깜짝 놀랐다니까."

"난 해 본 적이 없어서 잘 몰라."

"당연하지. 안개 미궁은 마니아들 중에서도 골수만 즐긴 게임이니까. 그리고⋯⋯."

도루묵은 듣고 있는 이가 없는데도 굳이 고개를 숙여 두 사람 쪽으로 얼굴을 바싹 들이밀었다. 입에서 고약한 냄새가 풍겼다.

"악마가 만든 게임이라는 소문이 자자했지. 크크크."

"악마?"

도희는 자기도 모르게 되물었다.

"나는 말이요, 세상에 나온 게임이란 게임은 모조리 해 본 놈이라 이거지. 아시는지 모르겠지만 이 세상에는 온갖 게임들이 가득해요. 사람을 해체해서 죽이는 게임도 있지. 예전에 나왔던 차로 사람 치어 죽이는 게임 같은 건 잔인한 축에도 못 든다 이 말이오. 근데 안개 미궁은 어떤가 하니⋯⋯."

도루묵은 다시 말을 끊고 주위를 둘러보았다. 단순히 폼을 잡느라 그러는 것 같지는 않았다. 습관도 아니었다.

118

'이 남자, 떨고 있잖아?'

도희는 충혈된 도루묵의 눈동자가 초점을 잃고 이리저리 흔들리는 모습을 놓치지 않았다. 도루묵은 침을 꿀꺽 삼킨 후 다시 속삭이듯 말했다.

"…… 그냥 기분이 나빠. 벌레가 기어다니는 느낌이라고, 알겠어? 몇 년 전에 나온 게임이라고. 그래픽이 좋은 것도 아니고. 아니지, 그래픽 운운할 것도 없어. 이건 뭐, 초등학생이 그린 것보다도 못하니까. 게임 스타일도 낡아빠졌어. 유치한 제목처럼 탈출이 기본 장르인데 거기다가 어드벤처 요소를 넣었지. 요금은 단돈 1달러였지, 아마? 유명한 게임 회사에서 출시한 것도 아니고 해서 말이야. 아무튼 소리 소문 없이 서비스가 시작되었어."

도루묵은 거기까지 말하고 컵을 바라봤다. 비어 있었다. 도희는 도출에게 눈짓을 했다. 도출은 군말 없이 물을 떠다 주었다.

"그러니까 제작사도 잘 알려지지 않았고 그래픽 같은 것들도 후진 저예산 게임이었다 이거죠? 장르는 탈출 어드벤처고. 안개 미궁이라는 제목으로 봐서는 결국 미로를 탈출하는 것 같은데 맞나요?"

도희가 물었다. 물을 한 모금 마신 도루묵은 고개를 끄덕였다.

"맞아. 게임이 시작되면 게이머는 낯선 곳에서 눈을 뜨게 되는 거지. 그러니까 게임 속에서 말이야. 그런 뒤 같은 공간에서 만난 다른 사람들과……."

"잠깐! 다른…… 사람들?"

도희는 미간을 찌푸렸다. 게임이라고는 그 옛날 테트리스 외에는 손도 대 본 적 없는 그로서는 모든 게 낯설었다.

도루묵은 도출과 슬쩍 시선을 마주친 뒤 소리 없이 웃었다. 일일이 설명을 하는 게 귀찮은 것 같기도 하고 은근히 즐기는 것 같기도 했다.

"이 게임의 획기적인 면이 바로 그거였어. 요즘이야 전 세계 사람들과 모바일 게임 속에서 대전도 벌이고 싸움도 하고 별의별 걸 다 하지만 그때만 해도 기똥찬 시도였지. 거기다가 완전히 랜덤이었어. 무슨 말인고 하니, 게임에 접속만 하면 무작위로 파티원들이 정해지는 거야. 나이, 성별, 직업, 사는 곳, 가리지 않고."

"파티원이란 건 게임 속에서 미션을 해결해 나가기 위해 뭉쳐서 다니는 사람들을 말해요. 일반적으로 롤플레잉 게임에 많이 도입이 되죠."

도출이 대신 설명을 하고 나섰다.

"그럼 상대방이 누구인지도 모른 채 모바일 게임 속에서 만나서 미로 속을 헤매는 거네요?"

도희가 물었다.

"정원은 여덟 명. 그 수가 모여야 본격적으로 게임이 시작되지. 유저가 직접 고를 수는 없어. 무작정 기다려야 해. 그리고 또 이게 참 좆같은 게 한 번 시작하면 저장을 할 수가 없어. 엔딩을 볼 때까지 계속 플레이를 해야 한다 이 말이야. 물론 중간에 게임에서 나갈 수는 있지. 하지만 처음 만났던 플레이어들과는 다시 만날 수가 없어. 그리고 또 처음부터 시작하는 거지. 그러니까 미로에서 탈출하고 싶으면 몇 시간이 걸리건 며칠이 걸리건 계속할 수밖에 없는 거야. 크크크."

게임을 모르는 도희가 듣기에도 참 황당한 규칙이었다.

"그래서 극악의 난이도니 악마가 만든 게임이니 했군."

도출이 말했다. 이제야 납득이 간다는 표정이었다. 도루묵은 씨익 웃으며 고개를 저었다. 이 사이에 낀 고춧가루가 똑똑히 보였다.

"그런 것 때문에 마니아들 사이에서 폭발적인 인기를 누리긴 했지. 광고 하나 없이 입소문만으로 모바일 게임 다운로드 1위를 했던 때도 있었으니까. 그런데 악마가 만든 게임이라 불렸던 이유는 따로 있어."

120

"그 이유가 아까 도루묵 씨가 기분이 나쁘다고 말했던 것과 같은 이유인가요?"

도루묵은 도희를 바라봤다. 자신이 해서는 안 될 말을 입에 담았다는 사실을 뒤늦게 알아차리기라도 한 것처럼 당황한 표정이었다.

"이, 일단 같이 보러 가지. 백번 설명하는 것보다 눈으로 직접 보는 게 이해가 빠를 테니까."

도루묵은 서둘러 일어나며 말했다. 의자 다리가 시멘트 바닥을 긁으며 기분 나쁜 소리를 냈다.

"그 게임을 할 수 있다고?"

도출이 놀라서 물었다.

"아니. 게임은 꽤 오래전에 서비스가 중지됐어. 그걸 둘러싸고도 소문이 많은데 난 그쪽 전문이 아니라서 잘 모르겠고, 내가 보여주려는 건 안개 미궁의 오프닝 영상이야. 그걸 따로 저장해 놓았거든. 작년인가, 재작년인가, 저주받은 동영상으로 얼마간 인기를 끌기도 했는데 지금은 쑥 들어갔더라고."

'저주 받은 영상이라……'

도희는 도루묵을 따라 가게를 나서면서도 찜찜한 마음을 지울 길이 없었다. 생각했던 것과는 다른 방향으로 흘러가고 있었다. 단순히 실종 사건 수사에 도움이 될까 싶어 만났는데 정보 제공자라는 노숙자 풍의 사내는 도시괴담 같은 이야기를 늘어놓고 있다. 게다가 겁에 질린 얼굴로.

"믿을 수 있어?"

도희는 도출의 옆구리를 쿡 찌르며 속삭이듯 물었다.

"이 바닥에선 최고예요. 몰골은 저래도."

도희는 '이 바닥'이 어떤 바닥이냐고 묻고 싶었지만 참았다. 분명히 자기가 못 알아듣는 이야기를 늘어놓으리라.

도루묵은 얽히고설킨 지하 상점가를 지나다가 창고처럼 보이는 곳으로 두 사람을 안내했다. 먼지가 가득하고 어두컴컴하며 곰팡내가 물씬 풍기는 작디작은 방이었다. 간판 같은 것도 붙어 있지 않았다. 벽 사면을 고물 게임기며 전자제품들, 그리고 게임 패키지 등이 아슬아슬하게 쌓여 가득 메우고 있었다.

"좁긴 좁지만 각자 자리를 잡아 보시죠."

도루묵은 그렇게만 말한 뒤 서랍 하나를 열어 그 안에 든 수십 개의 USB를 뒤지기 시작했다. 하나하나 라벨이 붙어 있는 걸로 봐서 생각보다는 꼼꼼한 성격인 듯했다.

"찾았다!"

도루묵이 빨간색 USB 하나를 들고 외쳤다. 라벨에 '안개 미궁'이라고 적혀 있었다.

"이걸 태블릿에 연결해서 영상을 불러올 테니까 한번 보시죠."

세 사람 모두 구형 태블릿에 주의를 기울였다. 3D 입체 영상은 제공되지 않는 몇 년 전 제품이었다.

도루묵이 몇 번 터치를 하자 새까만 화면이 바뀌기 시작했다. 디지털로 변환된 음악도 흘러나왔다. 귀에 익은 노래였다.

"섬 집 아기."

도출이 먼저 중얼거렸다.

이윽고 새파란 하늘과 그 밑에 늘어선 빌딩들이 모습을 드러냈다. 도희는 화면을 보자마자 그래픽 운운했던 도루묵의 말을 이해할 수 있었다.

하늘은 물론이고, 건물, 자동차, 나무, 할 것 없이 게임 오프닝 영상은 그야말로 어린아이가 크레파스로 그린 조악한 그림 같았다. 파란색 크레파스로 듬성듬성 칠한 것 같은 하늘, 삐뚤빼뚤하거나 기우뚱하게 선 건물들, 형형색색 자동차들. 커다란 나무들은 기괴하다 싶을 정도로 죄다 빼빼 말랐고 그 위에 정체를 알 수 없는 무언가가 다닥다닥 붙어 있었다.

어딘지 모르게 들여다보면 볼수록 기분이 나빠지는 화면이었다. 그것이 게임 제작자의 의도라면 제법 효과적이었다.

잠잠하던 화면이 흔들리는가 싶더니 잠시 후 모든 게 무너지기 시작했다. 하늘에 커다란 구멍이 뚫렸다. 거기서 빨간 안개가 새어 나와 도시를 뒤덮었다.

일그러진 얼굴로 절규하는 사람들의 모습이 화면을 가득 채웠다. 그리고 그 위로 천천히 제목이 떴다.

안개 미궁.

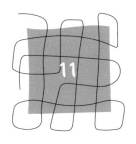

Stage 5-2

움직이면 들킨다!

민욱은 숨을 참았다. 작디작은 들숨과 날숨, 심지어 눈을 깜박이는 소리에도 놈들은 반응을 할 것 같았다. 유타랩터와 민욱 일행의 거리는 그만큼 가까웠다. 지금으로서는 붉고 두터운 안개가 고마울 뿐이었다.

랩터들은 딸깍, 딸깍, 발톱 소리를 내며 안개 속을 휘젓고 있었다. 그것들 역시 바로 지척에 먹잇감이, 펄펄 살아 숨 쉬는 먹음직스러운 생명체들이 숨어 있다는 사실을 아는 듯했다. 조용히, 그러나 꼼꼼하게 랩터는 거리를 좁혀왔다.

민욱은 바들바들 떠는 수영의 손을 꼭 잡았다.

딸깍, 딸깍.

딸깍, 딸깍.

소리가 가까워졌다. 비릿하고 고약한 냄새가 풍겨왔다. 그렇다는 것은 랩터들 역시 민욱과 수영의 냄새를 맡을 수 있다는 말이었다. 잡히는 건 시간문제였다.

'도망쳐야 해!'

새로운 명령어가 머릿속을 강하게 때렸지만 두 다리가 말을 듣지 않았다. 명령어 속에는 '어디로'와 '어떻게'가 빠져 있었다.

그 순간 수영이 움찔했다. 마주 잡은 손으로도 그가 비명을 지르기 일보 직전이라는 사실이 똑똑히 전해졌다.

랩터가 바로 수영 앞에 있었다.

쉬익, 쉬익.

고약한 냄새와 함께 뿜어져 나온 입김이 수영의 얼굴에 닿았다. 민욱은 수영의 손을 으스러져라 잡는 것과 동시에 크게 외쳤다.

"달려요!"

두 사람은 무작정 반대 방향으로 내달렸다.

캬아!

바로 뒤에서 랩터의 울부짖음이 들려왔다. 온몸에 소름이 돋았다. 육중하고 치명적인 생명체가 믿을 수 없을 정도로 빨리 움직이고 있었다.

딸깍, 딸깍, 딸깍, 딸깍.

갈고리처럼 튀어나온 발톱이 땅을 긁어댔다. 랩터가 내뿜는 거친 숨이 민욱의 목덜미에 바로 닿았다. 죽음의 입김이었다.

"옆으로!"

민욱은 수영을 밀어붙이며 옆으로 몸을 굴렸다. 곰이나 들소에게 쫓길 때면 갑자기 방향을 틀어야 한다는 말이 생각났기 때문이었다. 물론 이족보행을 하는 랩터들에게도 해당이 되는지는 확신할 수 없었다. 다만, 이대로 계속 달리다가는 랩터의 한 끼 식사가 되리라는 사실만은 분명했다.

두 사람은 어딘가에 발이 걸려 넘어지면서 그야말로 데굴데굴 굴렀다. 툭 튀어나온 나무뿌리와 돌멩이 등이 온몸을 사정없이 찔렸지만 아픔을 느낄 새도 없었다.

"아!"

수영이 먼저 외마디 비명과 함께 어딘가로 떨어졌다. 손을 잡고 있던 민욱 역시 수영과 함께 떨어졌다. 떨어진 거리가 짧고 바닥이 푹신한 걸로 봐서 땅이 푹 꺼지며 만들어낸 공간인 듯했다.

민욱은 팔을 뻗었다. 아니나 다를까 나무의 거칠한 표면이 만져졌다. 그 밑으로는 또 텅 빈 공간이었다.

"여기로."

거의 속삭이듯 말하며 민욱은 수영을 그 빈 공간 사이로 이끌었다. 두 사람이 엉금엉금 기다시피해서 나무뿌리가 만들어낸 천연의 은신처로 막 들어선 순간 랩터가 바닥으로 내려섰다.

한 마리였다.

딸깍거리는 발톱 소리로 알 수 있었다.

붉고 두터운 안개도 그 거대한 포식자가 이리저리 재빨리 움직이는 모습을 모두 감추지는 못했다. 랩터는 먹잇감을 찾기 위해 필사적이었다. 발톱이 바닥을 긁어대는 소리에 더해 위협적인 으르렁거림이 안개를 헤집었다.

'저놈은 단순히 잡아먹기 위해서 사냥감을 쫓는 게 아니야.'

민욱은 그 사실을 분명히 깨달았다. 랩터는 굶주리지 않았다. 불과 얼마 전 거대한 짐승 한 마리를 잡지 않았던가! 이 잔인한 포식자는 그야말로 사냥을 즐기고 있었다.

매번 게임의 시작을 알리던 여자의 목소리가 떠올랐다. 선사 시대의 울창한 밀림 한가운데 숨겨져 있던 도로반사경도……

이것이 정말로 게임이라면 현실에 존재할 리 없는 공룡이 날뛰는 것도 무리는 아니었다. 또한 오로지 사냥만을 위해 프로그래밍되었다고 해도 전혀 이상할 게 없었다.

다만 민욱은 아직도 자신들이 게임 속에 들어와 있다는 사실을

126

온전히 받아들일 수 없었다. 이곳은 게임 속과는 달랐다.

분명…… 자신이 잘 알고 있는 곳이었다. 잘 알지만 기억하지 못하는 곳. 그리고 아주 끔찍한 곳.

"왔어요."

수영이 겁에 질린 목소리로 속삭였다. 랩터의 시뻘건 눈빛은 안개 속에서도 똑똑히 보였다. 마치 레이저처럼 뿜어져 나오는 그 눈빛이 민욱과 수영에게로 향하고 있었다.

캬아!

랩터의 울부짖음 속에는 승리의 기쁨이 서려 있었다. 두 사람은 서로를 끌어안았다. 도망칠 곳이라고는 없었다. 천장을 막고 있는 나무뿌리는 아무런 도움도 주지 못했다. 랩터가 이빨이 촘촘하게 박힌 기다란 주둥이를 들이민다면 순서에 차이는 있을지언정 민욱과 수영 둘 다 죽는 건 시간문제였다.

"어쨌든 뒤로 가세요."

민욱은 무릎을 세워 앉으며 무작정 바닥을 더듬었다. 돌멩이 하나라도 좋으니 랩터의 시선을 뺏을 수 있는 무언가를 찾아낼 수만 있다면 수영만은 살릴 수 있을 것 같았다.

아니, 반드시 그렇게 할 생각이었다.

"안 돼요!"

수영 역시 민욱의 마음을 읽었는지 어깨에 매달리며 울먹였다.

"지금은 울 때가 아니에요. 그리고 전 포기하지 않았어요."

마침내 딱딱한 무언가가 손에 닿았다. 제법 굵은 나뭇가지였다. 벼락을 맞아 잘리기라도 했는지 끝이 날카로웠다.

민욱은 호흡을 가다듬으며 나뭇가지를 꼭 쥐었다. 기회는 한순간 뿐이었다. 랩터가 방심하는 한순간, 잠시 한눈을 파는 그 순간. 하지만 이 교활한 사냥꾼은 곧장 두 사람에게로 달려왔다. 안개 따위는 전혀 상관없다는 듯했다.

민욱은 이를 악물었다. 최후의 순간이 오면 저 괴물의 입안에서 잘근잘근 씹히더라도 이 나뭇가지를 목덜미 깊숙이 박아 넣으리라!

캬아!

포효와 함께 랩터가 바로 앞에 멈춰 섰다. 이제 두 사람의 눈에도 살기등등한 사냥꾼의 모습이 똑똑하게 보였다. 어른보다도 훌쩍 큰 어마어마한 덩치였다. 영화 속에서 보던 랩터와는 차원이 달랐다. 눈동자는 전체적으로 노란빛이었지만 안광만은 붉었다. 우툴두툴한 피부 곳곳에서 피비린내가 풍겼다.

가장 끔찍하고 고약한 것은 놈의 주둥이였다. 단검처럼 날카로운 이빨이 촘촘히 박혀 있는 가운데 거머리처럼 꿈틀대는 혀가 쉭, 쉭 소리와 함께 날름거렸다. 피비린내와는 비교도 할 수 없는 악취가 놈의 주둥이에서 풍겨왔다.

무엇보다, 놈은 웃고 있었다.

민욱이 공포에 질린 나머지 착각한 것이 아니라면 분명 주둥이를 길게 찢으며 만족한 듯 끌끌대는 중이었다.

'이 녀석은 즐기고 있어.'

랩터는 허공에 대고 다시 한번 캬아! 캬아! 소리를 질렀다. 부하들을 불러 모으려는 것 같았다. 민욱은 나뭇가지를 꼭 쥐고 튀어나갈 채비를 했다. 기회는 지금뿐이었다. 놈이 승리에 도취되어 있을 때.

랩터가 포효를 마치고 고개를 막 숙이려는 찰나 민욱이 달려 나갔다.

너무 늦었다!

랩터는 이미 준비를 마친 상태였다. 민욱을 기다리고 있었다. 제 발로 입속을 향해 뛰어들기를.

캬아!

주둥이를 쫙 벌리고 랩터가 달려들었다. 민욱은 반사적으로 팔을 들었다.

우지끈.

나뭇가지의 절반이 랩터의 입안으로 사라졌다. 안개가 더욱 짙어진 탓에 그마저도 확실히 보이지 않았다. 그야말로 보이지 않는 괴물과 싸우는 느낌, 아니 유령에게 학살당하는 느낌이었다. 랩터는 나뭇가지를 물고 홱 고개를 돌렸다. 그 힘에 민욱도 덩달아 넘어졌다. 랩터의 거대한 몸뚱이가 날아올랐다.

"으윽!"

민욱은 신음을 흘리며 필사적으로 몸을 굴렸다. 바로 그 자리에 랩터의 주둥이가 내리꽂혔다. 그야말로 간발의 차이였다. 일단 치명타를 피하기는 했지만 상황은 바뀌지 않았다. 랩터는 한쪽 발로 민욱의 가슴을 밟았다. 엄청난 무게였다. 갈비뼈가 모조리 으스러질 것만 같았다.

랩터는 천천히 웃으며 고개를 갸우뚱했다. 그것이 특유의 몸짓인지 사냥감을 앞둔 일종의 의식인지 민욱은 알 수도 없었고, 알고 싶지도 않았다.

그냥 눈을 감았다. 이유도 모른 채 낯설고 이상한 공간에 끌려와 최후를 맞게 되었다. 후회와 슬픔보다는 분노가 들끓었다. 할 수만 있다면 이 모든 음모를 꾸민 이들에게 처절한 복수를 안겨주고 싶었다.

죽어서라도…….

랩터가 주둥이를 뻗어왔다.

캬아!

아무 일도 일어나지 않았다. 민욱은 슬며시 눈을 떴다. 랩터는 반대 방향을 노려보고 있었다.

"수영 씨!"

수영은 어디에서 구했는지 모를 커다란 돌멩이로 랩터의 다른 쪽 발을 내리치는 중이었다. 붉은 안개를 뚫고 랩터의 몸에서 쏟아져 나온 새빨간 피가 바닥을 적셨다.

랩터는 민욱을 내버려두고 수영을 향해 몸을 돌렸다. 숨소리가 조금 전보다 몇 배는 더 거칠어졌다. 두 눈은 분노와 고통으로 이글이글 타올랐다. 수영은 돌멩이를 놓은 채 엉덩이걸음으로 도망쳤다. 수영도 겁에 질렸다. 이미 포기한 모습이었다.

"아…… 아……."

비명인지 신음인지 모를 소리가 멍하니 벌어진 수영의 입에서 새어 나왔다. 민욱은 억지로 몸을 일으켰다. 막을 방법이 없었다. 저 끔찍한 사냥꾼의 목덜미에 최후의 일격을 가할 방법이…….

바로 그 순간이었다.

"젠장! 안 물러서?"

안개를 뚫고 상철이 나타났다. 손에는 활활 타오르는 횃불을 들고 있었다. 랩터는 횃불을 보고는 슬금슬금 뒷걸음질 치기 시작했다.

캬아!

캬아!

위협적인 소리만 낼 뿐 분명 겁을 내고 있었다.

"다들 이쪽으로 오세요."

상철은 득의양양한 표정으로 외쳤다. 안개를 뚫고 활활 타오르는 횃불은 한 줄기 희망이자 최후의 방어책이었다. 랩터는 횃불에 시선을 고정한 채 낮게 으르렁거렸다. 완벽한 사냥꾼으로 프로그래밍이 되었는지는 모르겠으나 불을 무서워하는 본성만은 사라지지 않은 듯했다.

상철은 수영과 민욱이 움직일 수 있게 횃불을 이리저리 흔들며 랩터의 시선을 빼앗았다. 상철의 옆으로 다가가던 민욱의 눈에 무방비로 드러난 랩터의 목덜미가 보였다.

'저놈이 대장이야. 분명해! 그렇다면……'

망설이지 않았다. 생각과 동시에 몸을 날렸다. 온몸을 헤집는 날카로운 통증도 민욱의 의지를 막지 못했다.

"이얏!"

민욱은 기합과 함께 반쪽만 남은 나뭇가지를 랩터의 목덜미에 찔러 넣었다. 온 힘을 실어서, 분노와 통증까지 가득 실어서.

캬아!

랩터는 잠시 비틀거리는가 싶더니 이내 포효를 하며 날뛰기 시작했다. 나뭇가지가 박힌 목덜미에서 검붉은 피가 폭포수처럼 새어 나왔다.

"돼, 됐다!"

상철이 소리쳤다.

"빨리 뛰어요."

이번에는 수영이었다. 세 사람은 동시에 달렸다. 수영이 맨 앞에서 횃불을 들고 상철이 다친 민욱을 부축했다. 랩터의 고통에 찬 포효가 점점 멀어졌다.

"그 노땅 아저씨 말이 맞았어요. 조금만 가면 물이 있어요. 그리고 거기 가면 진짜 깜짝 놀랄걸요!"

상철은 신이 나서 소리쳤다.

"고, 고마워요."

민욱은 진심을 담아 말했다. 민욱이 상철을 처음 봤을 때의 인상은 양아치 그 이상도 이하도 아니었다. 그룹 내에서 가장 골치 아픈 존재가 될 것 같았다.

그러나 아니었다.

말끝마다 욕을 내뱉고 이리저리 불평을 늘어놓기는 해도 지금까지 가장 책임감 있게 행동을 하는 이는 다름 아닌 현상철이었다.

이부국의 아내 허양자를 구하기 위해 애썼던 이 역시 상철이었다.

"젠장. 살다 보니까 고맙다는 이야기도 듣고. 그래도 형님한테 그런 말 들으니 기분은 좋네요. 흐흐."

상철은 뭐가 그리 즐거운지 웃음까지 더하며 떠들어댔다. 민욱은 숨을 헐떡이며 젊은이의 이야기에 귀를 기울였다.

"형님, 난 말이죠, 아무 짝에도 쓸모없는 놈이었어요. 이날 이때 껏 혼자 사는 늙은 엄마한테 기대서 간간이 아르바이트하고 게임이나 하는 게 전부였죠. 젠장. 내가 생각해도 한심해 죽겠는데 도대체 뭘 해야 할지 모르겠는 거예요. 형님은 그런 막막한 기분 아는가 몰라. 근데도, 나처럼 요래 못난 놈이라도 한 가지 목표는 있어요. 좀 쑥스럽긴 한데 돈 많이 벌어서 엄마 호강시켜드리는 게 목표죠. 남들은 그딴 일이 뭐 어렵나 하겠지만 나 같은 밑바닥 인생은 지독하게 어렵거든. 여기서 살아나가면 형님……."

상철이 거기까지 말했을 때였다.

"아!"

앞서 달리던 수영이 외마디 탄성과 함께 멈춰 섰다. 민욱 역시 감탄할 수밖에 없었다. 눈앞에 제법 넓은 강물이 흐르고 있었다. 부국의 말이 맞았던 것이다. 강물은 온통 붉은색이었는데 거기서 피어오른 물안개가 바람에 실려 숲속으로 퍼져나가는 중이었다. 강물 너머는 잔디처럼 짧게 자른 식물이 촘촘히 깔린 평지였다. 다른 사람들은 모두 그곳에 서 있었다.

정작 수영과 민욱의 시선을 사로잡은 것은 따로 있었다.

사람들이 서 있는 강 건너편 평지에서 십여 미터 정도 떨어진 곳에 고딕풍의 거대한 성이 서 있었다. 그야말로 영화 속에서 툭 튀어나온 것 같았다.

'공룡이 판치는 숲속 건너에는 중세 시대의 성이라…….'

도저히 따라잡을 수 없을 만큼 빠른 속도로 변모하는 환경 앞에서 민욱은 또다시 의심을 품었다. 분명 자신에게는 익숙한 환경이자 상황이었다.

"자, 빨리 건너요. 저기 보면 다리가 있거든요."

상철이 가리키는 쪽에는 강의 이쪽과 저쪽을 연결하는 작은 아치형 다리가 놓여 있었다. 겉으로 보기에는 평범했지만 선사시대와 중세 시대를 구분 짓는 중요한 연결고리 같았다. 세 사람은 서둘러 다리를 향해 걸었다.

"빨리 넘어오라고. 여긴 날씨도 좋아!"

광현이 여유를 되찾은 목소리로 말했다. 다행히 낙오된 이는 아무도 없었다. 영민이는 이부국 교수 옆에 꼭 매달려 있었다.

수영을 선두로 세 사람은 다리로 들어섰다. 안개는 마지막 발악이라도 하는 듯 한층 더 짙어졌다가 다리의 중간 지점에서 거짓말처럼 자취를 감췄다. 수영이 먼저 안개를 뚫고 다리를 건넜다.

"조심해서 오세요."

수영은 손을 내밀었다. 걱정에 휩싸인 수영의 얼굴이 안개 속에서 희미하게 보였다. 강 건너편에 충만하게 내리쬐는 햇빛이 안개의 파편을 조금씩 몰아내고 있었다. 그걸 보는 것만으로도, 수영의 얼굴을 무사히 보는 것만으로도 민욱은 조금 마음이 놓였다.

그 순간 수영의 얼굴이 일그러졌다.

통증 때문이 아니었다.

공포였다.

동시에 간담을 서늘하게 만드는 소리가 민욱과 상철을 덮쳤다.

캬아!

민욱은 고개를 돌렸다. 랩터의 길쭉한 대가리가 안개를 뚫고 튀어나왔다. 바로 그놈이었다! 목이 꿰뚫린 대장. 복수심에 불타 끈질기게 따라붙은 놈.

"으악!"

랩터는 상철의 어깨를 물었다.

피가 사방으로 튀었다.

"안 돼!"

민욱이 상철의 팔을 잡았다. 힘으로는 상대가 안 됐다.

"도와주세요!"

민욱이 다른 사람들을 향해 외쳤다. 상철의 입에서 떨어져 내린 피가 민욱의 얼굴 위로 떨어졌다.

"형님, 틀렸어요. 그냥 가요. 빨리, 빨리 가서 다른 사람들 도와 줘요."

상철은 고통에 몸부림치면서도 슬쩍 미소를 지었다. 얼굴 여기 저기가 피범벅이었다.

"하, 하지만……."

민욱은 오열했다.

"이 젠장할 놈이 날 뜯어먹고 있을 때 멀리 멀리 도망가요. 그리 고 혹 끝까지 살아남는다면 우리 엄마한테……."

거기까지였다. 상철은 마지막 말을 남기지도 못한 채 랩터에게 물려 위로 휙 올라갔다. 곧 포식자가 무언가를 게걸스레 먹어치우 는 끔찍한 소리가 들렸다. 짙은 안개 덕분에 그 모습을 보지 않아 도 된다는 것이 유일한 위안이었다.

수영이 멍하니 선 민욱의 손을 잡고 끌었다.

Stage 6-1

성은 웅장했지만 어딘지 모르게 을씨년스러운 분위기를 풍겼다. 높게 솟은 세 개의 탑에는 가고일 모양의 석상이 달려 있었다. 금방이라도 날아오를 듯 생생한 모습이었다. 돌로 된 성벽을 타고 담쟁이덩굴이 기하학적인 무늬를 그리며 기어올랐다.

"저길 봐. 꽃도 빨간색이야."

광현이 벽을 가리켰다. 담쟁이덩굴 사이사이 핏빛처럼 붉은 꽃이 피어 있었다.

"기분 나빠."

수영이 중얼거렸다.

"일단 잠시 멈춰 보죠."

부국의 말에 모두 멈춰 섰다. 바로 앞에 성이 버티고 서 있었다. 성벽 높이 뚫린 수십 개의 창문들이 민욱 일행을 위압적으로 내려다봤다. 돌로 만들어진 커다란 문 양옆으로는 횃불 여러 개가 비스듬히 꽂힌 채 타고 있었다.

'저기서 가지고 왔구나.'

민욱은 멍하니 횃불을 바라보며 상철을 떠올렸다. 다른 사람 모두가 포기하고 있을 때 상철만은 횃불을 들고 다시 다리를 건넜다. 오로지 수영과 자신을 구하기 위해. 그 생각을 하자 민욱의 마음속에 다시 슬픔이 차올랐다.

"지금은 슬퍼만 하고 있을 때가 아니에요."

수영이 민욱에게만 들릴 정도의 작은 소리로 중얼거렸다. 그의 눈 역시 눈물을 참느라 벌겋게 충혈된 상태였다. 수영은 입술을 꽉 깨물며 다시 한번 혼잣말처럼 중얼거렸다.

"여길 탈출해서 복수해야 해요!"

그 순간 민욱의 머릿속에서 번쩍, 하고 무언가가 떠올랐다.

복수.

수영이 내뱉은 그 단어가 또다시 기억을 자극했다. 마구 헝클어진 퍼즐들이 느리게, 느리게 제자리를 향해 움직이는 느낌이었다.

"이제 우리 여섯뿐이오."

광현이 말했다. 둥글게 모여 선 민욱, 수영, 광현, 부국, 영민, 도열은 서로의 얼굴을 바라봤다. 하나같이 지치고 겁에 질린 표정들이었다.

"스테이지가 끝날 때마다 하나씩 죽어나가는구나. 크크크."

도열이 쿡쿡거렸지만 아무도 신경 쓰지 않았다. 그는 웃다가 기침을 토해냈다.

"이대로 무작정 움직일 게 아니라 계획을 세워야 하지 않겠소?"

부국이 안경을 추어올리며 말했다.

"계획은 무슨. 이것 봐요, 영감님. 우린 이제 빼도 박도 못해요."

광현은 그렇게 말하며 턱짓으로 성을 가리켰다. 그의 목소리에서 체념이 묻어났다.

"이대로 끌려다닐 수밖에 없단 말인가."

136

부국이 안타깝다는 표정으로 성을 올려다봤다.

"저기 봐요!"

영민이 강을 가리켰다. 다리 건너편에서만 넘실거리던 붉은 안개가 끈질긴 추적자처럼 방향을 바꿔 성을 향해 다가오고 있었다.

"뭐지? 바람의 방향이 바뀐 것도 아닌데."

부국이 중얼거렸다.

"바람은 개뿔. 저 안개 자체가 괴물이라고!"

광현은 소리를 지르며 안개를 노려봤다. 붉은 안개는 광현의 말을 듣기라도 한 듯 점점 몸피를 불리며 빠르게 다가왔다.

"이런 거…… 어디서 본 거 같아요."

영민이 불안한 듯 눈동자를 이리저리 굴리며 중얼거렸다.

"이런 거라니?"

수영이 물었다.

"붉은 안개가 내려오면 세상이 무너지고 새로운 차원이 열려……."

"…… 이계의 것들이 쏟아져 나온다. 선택된 자들만이 멸망한 세계에서 살아남을 수 있다."

영민의 말을 광현이 중간에 받았다. 그러고는 둘 다 놀란 표정으로 눈을 크게 떴다.

"뭐야? 내가 왜 이걸 아는 거야!"

광현이 또 소리를 질렀다.

"잠깐! 나도 기억나. 기억난다고! 음악도 있잖아. 그 왜, 좆같이 섬뜩한 음악."

갑자기 도열도 끼어들었다.

"섬 집 아기."

영민이 나지막이 말했다.

"맞아. 그 노래야."

광현이 말했다. 얼이 빠진 표정이었다.

"도대체 그게 뭡니까?"

정신을 차린 민욱이 광현과 도열을 향해 물었다.

"몰라. 생각나는 건 딱 거기까지야."

광현이 대답했다. 도열은 눈을 내리깔며 고개를 저을 뿐이었다.

"저 빨간색 안개를 볼 때부터 그런 기억이 떠올랐어요. 아무래도 전 여기가 어딘지 알고 있는 것 같아요. 그런데 생각해 낼 수가 없어요!"

영민은 금방이라도 울음을 터트릴 것 같았다. 수영이 영민의 어깨를 감쌌다.

"그렇다는 말은 광현 씨나 도열 씨도 알고 있다는 뜻이군요. 기억을 못할 뿐이지."

민욱이 말했다.

"흥. 우리뿐이겠어? 당신들 머릿속도 잘 헤집어 봐. 우리 모두는 어떤 식으로든 이곳을 알고 있는 거야. 처음부터 그랬던 거라고."

도열이 말했다.

"하지만 전 이런 이상한 공간은 본 적도 없는 걸요. 무엇보다 이건…… 현실 세계가 아니잖아요!"

수영이 얼굴을 찡그리며 소리쳤다.

"게임이라잖아!"

도열 역시 지지 않고 소리를 질렀다.

"애초에 게임 속에 들어와 있다는 것 자체가 말이 안 되는 거잖아요."

"그러면 공룡이 날뛰는 건 말이 돼? 살인 나방이 날아다니는 건 말이 되느냐고!"

"자, 자. 진정들 하고……."

부국이 거기까지 말했을 때였다. 하늘이 무너지는 듯한 진동과 함께 천천히 성문이 열렸다.

"으악!"

영민이 비명을 질렀다. 여섯 명은 자연스레 한데 뭉쳤다. 거대한 성문은 양옆으로 벌어지며 성안을 차곡차곡 메우고 있던 어둠을 토해냈다.

"저것 봐. 들어오라는 거잖아."

광현이 속삭였다.

"만약 안 들어가면요?"

수영이 말했다.

"저 안개에 휩싸여 공룡들하고 숨바꼭질이나 하겠지."

도열은 헝클어진 머리카락을 쓸어 올리며 말했다. 미간을 잔뜩 찌푸린 그는 성과 안개를 번갈아 노려봤다.

"다른 수가 없습니다. 일단 들어가죠."

민욱은 그렇게 말하며 앞장섰다. 횃불을 빼 들었다. 이글거리는 불꽃이 장막처럼 버티고 선 어둠을 헤집었다.

'움직이면서 생각해야 해! 가만히 서 있으면 당하고 말아.'

민욱의 무의식 속 본능이 끊임없이 속삭였다. 민욱은 자신이 이런 환경에 익숙하다는 사실을 다시 한번 깨달았다. 기괴하고 비현실적이며 수시로 변화하는 환경. 그리고 아주 적대적인 환경……

민욱이 느끼는 익숙함은 광현과 도열, 그리고 영민이 떠올린 기억과는 분명 다른 것이었다.

'빨리 기억을 되찾아야 해. 그래야 탈출할 수 있어. 내가 누구인지, 이곳이 어디인지, 왜 이곳에 왔는지!'

"그러기 위해선 움직이는 수밖에 없어."

민욱은 중얼거렸다.

"네?"

어느새 옆으로 다가온 수영이 조용히 물었다.

"아! 아닙니다. 그냥 혼잣말이에요. 계속 움직여야 한다고."

"계속 움직이면 여기서 나갈 수 있을까요?"

수영의 목소리가 잠겨 들었다.

"솔직히 잘 모르겠습니다. 하지만 무언가를 찾아야 한다는 건 어렴풋이 알 것 같습니다."

"무언가?"

민욱은 횃불을 높이 들어 전방을 밝혔다. 어둠이 워낙 짙은 탓에 불과 몇 미터 앞밖에 보이지 않았다.

"그것도 잘 모르겠습니다. 찾아야 하는 게 물건인지, 장소인지, 아니면 사람인지."

"더럽게 으스스하구먼!"

광현이 일부러 큰 소리를 냈다. 다른 사람들도 모두 횃불을 들고 성안으로 들어왔다. 여섯 개의 횃불이 어둠 속에서 점점이 타올랐다.

"서로 떨어지지 않도록 간격을 잘 유지합시다."

부국이 맨 뒤에서 말했다. 목소리는 높은 천장에 부딪쳐 이리저리 메아리쳤다.

"그냥 여기에 서 있으면 안 되나? 굳이 안까지 들어갈 필욘 없잖아."

광현이 투덜거렸다.

"맞아. 아직 아무런 지시도 없었고."

도열은 말을 하며 허공을 올려다봤다. 그 순간 심장을 두드리는 소리와 함께 성문이 닫혔다.

쾅!

끼익, 끼익 힘겹게 열리던 때와는 전혀 다른 모습이었다.

"어우! 놀래라!"

광현이 꽥 소리를 질렀다. 수영 역시 민욱의 팔을 꽉 잡았다. 이번에는 민욱도 적잖이 놀랐다. 여섯 명은 빛 한 점 들어오지 않는 완벽한 어둠에 둘러싸인 채 꼼짝도 못 하고 서 있었다.

"젠장. 함정에 빠진 거 아냐?"

도열이 중얼거렸다. 그 말이 끝나는 것과 동시에 이제는 지긋지긋할 정도로 익숙해진 소리가 들려왔다.

- 스테이지 5에서 살아남은 여러분 축하합니다.

성안에 울려 퍼지는 여자 목소리는 한층 더 크고 딱딱하게 들렸다. 성문은 닫혔지만 어딘가에서 바람이 새어 들어오는지 횃불이 희미하게 떨렸다.

민욱은 횃불이 비치는 범위 안에서 최대한 자세히 주위 풍경을 머릿속에 집어넣었다. 여자의 목소리가 끝나는 것과 동시에 스테이지가 시작될 것이다. 제때 대처하려면 가능한 한 많은 정보가 필요했다.

성안에는 여러 개의 방문이 나 있었고 좌우 양쪽으로는 계단으로 이어지는 듯한 공간도 보였다. 한마디로 성은 어지럽게 얽힌 미로 그 자체였다.

- 스테이지 6은 이 성안에서 펼쳐집니다. 규칙은 간단합니다. 무사히 성을 탈출할 것. 이 성을 탈출하고 나면 여러분이 궁금해하던 많은 것들을 알게 될 것입니다. 단, 이번에도 여러분은 선택을 해야 합니다. 그 선택의 결과에 따라 여러분은 과거와 작별할 것인지, 아니면 여전히 과거에 머물러 있는 추악한 인간이 될 것인지 판정받게 됩니다. 이번 스테이지의 난이도 역시 하드(Hard)입니다.

'추악한 인간? 판정?'

여자가 내뱉는 말 한마디 한마디에는 숨은 의미가 담겨 있는 것 같았다.

'우리를 가지고 노는 이 자들은 끊임없이 선택을 하게 만들어. 그리고 그 선택들은 우리의 죄책감을 자극하고.'

민욱은 생각에 잠겼다. 그 사이에도 여자의 목소리는 멈추지 않았다.

― 그리고 이 스테이지는 각자 개인플레이를 하게 됩니다. 자, 과연 몇 명이나 살인님이 이 성을 탈출할까요? 부디 살인님는 쪽이 되시기를 바립니다. 행운을 빌겠습니다. 굿 럭!

"뭐, 뭐야? 개인플레이?"

광현이 소리를 질렀다. 그 순간 세찬 바람 한 줄기가 성안을 훑고 지나갔다.

휙!

동시에 여섯 개의 횃불이 모두 꺼졌다. 호시탐탐 틈을 노리고 있던 어둠이 와락 달려들었다.

"수영 씨! 영민아! 교수님!"

민욱은 차례차례 사람들의 이름을 불렀지만 아무도 대답하지 않았다. 팔을 휘저었지만 만져지는 것도 없었다. 차가운 어둠이 들러붙을 뿐이었다.

'방금 전까지 옆에 있었는데……'

민욱은 들고 있던 횃불을 얼굴 가까이 가져다 댔다. 불이 꺼진 것은 물론이고 심지까지 완전히 식어 있었다.

여자의 말이 끝나고 바람이 불고, 그 뒤 횃불이 꺼져 어둠이 찾아오기까지 채 일 분도 걸리지 않았다. 그 사이에 모든 것이 변했다. 그 모든 것들이 마치 오래전에 벌어진 일인 것 같았다.

142

"아무나 대답해 보세요!"

다시 한번 소리를 질렀지만 되돌아오는 것은 메아리뿐이었다. 한동안 제자리에 서 있던 민욱은 조심스레 한 발을 내딛었다.

"일단 움직이자."

일부러 소리를 내서 말했다. 한 치 앞도 보이지 않았다. 붉은 안개와는 또 다른, 막막하고 끔찍한 어둠의 장막이었다. 만약 소리마저 사라진다면 미쳐버릴 것 같았다.

"정면으로 오 미터 정도를 이동하면 방이 나왔어. 그리고 그 옆에는 계단으로 이어지는 공간이 나 있고."

민욱은 불이 꺼지기 전 봐 두었던 풍경을 떠올리며 천천히 움직였다. 꺼진 횃불을 지팡이 삼아 어둠 속을 휘저으며 걸었다. 자신이 내뱉는 숨소리와 차가운 돌바닥을 밟는 발소리 외에는 아무것도 들리지 않았다.

두려움보다도 더 큰 고독감과 고립감이 민욱을 엄습했다. 이 세상에 오직 자신만이 살아남아 멸망한 세계를 헤매고 있는 것 같았다.

"멸망한 세계라……."

민욱은 그렇게 되뇐 후 마른 웃음을 흘렸다. 늑대인간, 살인 나방, 홍수, 공룡, 붉은 안개, 그리고 이 성까지, '멸망한 세계'라는 단어와 합쳐져 죄다 유치한 설정의 영화나 소설처럼 느껴졌다.

마치 어린아이가 생각해 낼 법한 이야기.

"그렇다면 나는 뭐지?"

민욱은 중얼거렸다.

여전히 어둠 속을 헤매는 중이었고 아무리 걸어도 문은 물론이고 벽과 계단 역시 나타나지 않았다.

"이 이야기 속에서 떠돌고 있는 나는 누구지? 내 이름은 유민욱, 그리고…… 그리고…… 나는…… 다이버였어. 아니, 지금도 다이버야."

몇 가지 이미지가 무작위로 떠올랐다.

자네는 최고의 다이버네.

누군가가 말한다.

이제 우리는 미지의 영역으로 다이빙을 할 걸세.

또 다른 누군가가 말을 한다.

기본적으로는 진짜 다이빙과 별 차이가 없어요. 다만 잠수하는 대상이 다를 뿐.

이번에도 다른 사람이다.

모두 실루엣뿐이다.

어딘가로 잠수를 한다. 그냥 물은 아니다. 차갑고 어지러우며 빙글빙글 소용돌이치는 곳.

여자가 이야기한다.

이 단어를 기억해요. 안개…… 미궁…… 그리고…….

안타까운 표정을 짓던 여자의 얼굴이 서서히 뭉개진다. 굉음과 함께 여자의 몸이 산산이 찢어진다.

"으악!"

민욱은 비명을 지르며 정신을 차렸다. 땀이 비 오듯 흐르고 있었다. 끔찍한 두통이 엄습했다. 여전히 어둠 속이었지만 그것과는 별개로 눈앞이 흐려졌다.

'방금 떠오른 기억들은 뭐지?'

너무나 혼란스럽고 어지러운 장면들이었다. 시간 순서도 뒤죽박죽인 것 같았다. 다만 서서히 기억이 돌아오고 있다는 사실만은 분명했다.

어둠 속 어딘가에서 가녀린 목소리가 들려왔다.

"살려주세요!"

민욱은 소리가 나는 곳을 향해 고개를 돌리고 온 신경을 집중했다.

"살려주세요!"

남자아이였다.

"영민이?"

민욱은 소리를 지르려다가 급히 입을 닫았다. 영민의 목소리가 아니었다. 더 어린아이였다.

"살려주세요!"

목소리는 가냘팠지만 다급함이 묻어났다.

"잠깐만 기다려!"

민욱은 소리치면서 목소리를 향해 급히 발걸음을 옮겼다. 소리는 오른쪽 어딘가에서 들려오고 있었다.

"살려주세요! 제발! 빨리……."

아이의 목소리에 절박함과 고통이 묻어났다. 민욱은 애가 타서 어둠 속을 내달렸다.

"윽!"

툭 튀어나온 무언가에 발이 걸리며 민욱은 그대로 바닥에 넘어졌다. 고통에 몸부림치는 것도 잠시, 민욱은 튕기듯 일어났다.

"살려주세요!"

그 소리가 바로 앞에서 들리고 있었다. 민욱은 손을 뻗어 앞을 더듬었다. 문이 만져졌다. 나무로 된 문이었고 중간쯤에 고리형의 손잡이가 달려 있었다. 망설일 새가 없었다. 민욱은 고리를 잡고 힘껏 당겼다. 문은 저항감 없이 쑥 열렸다.

눈부신 햇살이 민욱의 얼굴을 때렸다.

"윽!"

민욱은 팔을 들어 빛을 가렸다. 힘겹게 실눈을 뜨고 앞을 바라봤다. 믿을 수 없는 광경이 펼쳐졌다. 바다였다. 넓고 짙푸른 바다. 하늘 위에는 태양이 이글거렸다. 맑은 날씨인데도 불구하고 바람이 거세게 불어 바다가 요동쳤다. 큼지막한 파도가 끊임없이 몰아쳤다.

민욱은 주위를 둘러봤다. 자신은 자그마한 보트 위에 서 있었다. 보트는 구멍이라도 났는지 물이 새어 들어와 가라앉기 일보 직전이었다.

"이, 이게 뭐야?"

민욱이 놀라서 중얼거렸을 때였다. 다시 그 소리가 들려왔다. 뒤쪽이었다.

"살려주세요! 살려주세요, 아빠!"

민욱은 고개를 돌렸다. 바다에 빠진 두 사람이 보였다. 어린 소년과 여자. 머리에 상처를 입은 여자는 정신을 잃고 축 늘어진 채였다. 구명조끼를 입은 소년이 그 여자를 필사적으로 받치고 있었다.

"아빠! 빨리요."

소년이 외쳤다.

"빈아! 여보!"

민욱이 소리쳤다.

Pause 4

붉은 안개가 내려오면……
세상이 무너지고……
새로운 차원이 열려……
이계의 것들이 쏟아져 나온다.
선택된 자들만이……
멸망한 세계에서……
살아남을 수 있다.

"이게 뭔 개떡 같은 소리야?"
도희가 중얼거렸다.
"이런 게임 한 번도 안 해 보셨죠?"
도출이 물었다.
"말했잖아."
"이건 아주 전형적인 설정이지."

도루묵은 손으로 화면을 가리켰다. 게임 오프닝 영상은 이제 막 끝나가고 있었다. 위에서부터 비처럼 내려오는 빨간 글씨 뒤로 세상이 처참하게 파괴됐다. 부서진 건물의 잔해를 순식간에 자라난 풀과 나무가 뒤덮었다. 용도를 알 수 없는 해괴한 모양의 건물들이 생겨났다.

피라미드, 고딕풍의 성, 높이를 짐작할 수 없는 석탑……. 각기 다른 시대와 장소의 건축물들이 공존했다.

"멸망한 세계에 새로운 문명이 들어선다. 그리고 살아남은 사람들은 미지의 존재를 피해 생존을 이어간다. 유치하긴 하지만 꽤 매력적이고, 그래서 팬들도 많지."

도루묵은 씩 웃었다.

"설정도 흔하고 그래픽도 별로고, 도대체 이 게임이 뭐가 매력적이라는 거야?"

도희는 도출을 돌아보며 물었다. 도출은 말없이 어깨를 으쓱했다.

"아까 말했잖아. 독특한 플레이 스타일 때문이라고. 랜덤하게 모인 여덟 명의 유저가……."

도희가 손을 들어 도루묵의 말을 막았다.

"그건 이해했어요. 그러니까 이제 설명해 주세요. 이 게임, 왜 무서워요?"

도루묵은 순간 당황한 표정을 짓더니 슬쩍 눈을 깔았다.

오프닝 영상이 끝난 태블릿 화면에는 '안개 미궁'이라는 제목만 떠 있었다. 도루묵은 그 제목을 힐끗 쳐다본 뒤 한숨을 쉬었다.

"자유도 때문이야."

"자유도?"

도희가 물었다.

"게임 속에서 유저가 얼마나 자유롭게 플레이할 수 있느냐 하는 거예요."

도철이 대신 대답했다.

"자유도가 높을수록 변수가 많이 발생해 플레이는 재미있어지지만 그만큼 게임 만들기는 힘들죠."

"그럼 더 좋은 거잖아. 자유도가 높으니까."

"사람들이 왜 게임을 좋아하는지 아나?"

도루묵이 물었다.

방금 전과는 달리 무척 진지한 표정이었다.

"규칙이 있기 때문이야."

아무도 대답을 하지 않자 도루묵이 다시 입을 열었다.

"세상 어떤 게임이라도 마찬가지야. 아무리 자유도가 높아도 정해진 규칙 안에서 움직이기 마련이지. 몬스터를 잡으면 경험치가 올라가고 아이템을 획득한다. 자원을 모아 병력을 생산하고 적을 친다. 문제를 해결하면 적절한 보상이 주어지고 미로나 밀실에서 탈출할 수 있다."

"그쯤은 나도 알아요."

"그래. 나도 당신이 아는 이야기를 하는 거요. 사람들은 자유를 원하는 것 같지만 사실은 그게 아니거든."

"무슨 말이죠?"

"사람들이 원하는 건 적당한 자유와 엄격한 규칙이지. 무한한 자유를 주면 사람들은 오히려 불안해해. 선택의 가짓수가 많아질수록 변수가 생길 확률 역시 높아지지. 이게 어느 정도 이상이 되면 아주 골치 아파진단 말이야. 대부분의 게임은 인간이 그 변수를 통제할 정도의 규칙을 가지고 있어. 그래서 편안함을 느끼는 거지. 반면 인생은 어때?"

도루묵은 누런 이를 드러내며 웃었다.

"인생에도 규칙은 있어요."

도희가 말했다.

"물론! 규칙은 있지. 법, 규범, 도덕 따위의 규칙들. 하지만 그것보다 훨씬 더 많은, 거의 무한대에 가까운 자유가 주어진단 말이야. 바로 여기서."

도루묵은 그렇게 말하며 손가락으로 자기 머리를 톡톡 두드렸다.

"0과 1로 만들어진 지극히 수학적 세계인 게임과 달리 사람들의 뇌 속에는 셀 수 없을 만큼 많은 변수가 존재하지. 내가 어떤 생각을 하고 어떤 행동을 하느냐에 따라 수천, 수만 가지의 다른 결과가 생겨나는 거야. 그러니 얼마나 골치가 아프냐고. 이 구질구질한 인생을 등지고 게임에 몰두하는 사람들의 마음을 이제는 조금 이해하겠나?"

도희는 가만히 생각에 잠겼다. 적당한 자유와 엄격한 규칙. 그것이 게임의 매력이다. 그렇다면…….

"안개 미궁은 아예 규칙이 없다는 소린가요?"

도희의 물음에 도루묵은 고개를 끄덕였다. 침울한 표정이었다.

"최소한의 규칙은 존재하지. 아까 설명했잖아. 그런데 실제 게임을 시작하게 되면 거의 규칙이 없다시피 해. 모든 걸 플레이어 마음대로 할 수 있지. 예를 들면 말이야, 나머지 플레이어들이 다른 플레이어 한 명을 죽이자고 결정한다면, 너무나도 쉽게 가능한 거야, 이 빌어먹을 게임에서는. 그게 뭘 의미하는지 아나?"

도희는 고개를 저었다.

"서로를 죽이다가 결국에는 모두 다 죽는 거야. 탈출 게임이 아니라 살육 게임이 돼 버리는 거지."

"그게 다 높은 자유도 때문이다?"

"그렇지. 미션이 주어지긴 하지만 아무것도 하지 않고 그냥 서 있어도 괜찮아. 아예 탈출에는 관심 없이 다른 플레이어를 사냥하러 다니는 킬러 플레이어들도 생겨났지. 그리고 더 끔찍했던 건……."

150

도루묵은 마른침을 삼킨 후 말을 이었다.

"게임 속에서 자살을 하는 플레이어가 생겨났다는 거야."

"자살?"

이번에는 도출이 물었다.

"벼랑에서 떨어진다거나 획득한 칼로 자기 목을 긋는다거나……방법은 여러 가지. 자유도가 높으니까. 크크크."

웃음을 흘리기는 했지만 도루묵은 떨고 있었다. 도희는 직감적으로 알아챘다.

이 사내 역시 '안개 미궁'을 플레이해 봤음을. 그리고 아마 썩 좋지 못한 결과를 얻었으리라.

"그래서 악마가 만든 게임이니 뭐니 하는 소문이 돌았고 그게 오히려 인기를 불러왔다 이거죠?"

"반짝 인기였지. 나중에는 정말로 무시무시한 소문이 돌면서 사람들이 플레이하기를 꺼렸으니까."

"무시무시한 소문이라면?"

"게임에서 자살한 이가 실제로도 자살을 했다, 게임을 하다가 정신병에 걸렸다, 뭐 그런 소문들."

"어째 이야기가 갑자기 공포물로 바뀌는 것 같네."

도희가 도출을 향해 말했다. 도출 역시 뜻밖의 전개에 당황한 표정이었다.

"그래도 게임을 만들어 판 놈은 제법 많은 돈을 만졌을 거야. 반짝이긴 하지만 선풍적인 인기를 끌었으니까."

"그런데 그 시절에 어떻게 그런 기술이 가능했지? 거의 무한에 가까운 자유도 말이야."

도출이 물었다. 도루묵은 오랜 친구의 얼굴을 힐끗 바라봤다.

"나도 모르겠어. 그야말로 악마의 재능이었다고 할 수밖에. 천재적인 놈이었던 거야. 그 게임을 만든 건."

"그 이후 후속작이 나오진 않았고?"

"그랬다면 더 끔찍하고 획기적인 게임이 탄생했겠지. 불행하게도 그 회사에서 다른 게임은 나오지 않았어. 하지만 안개 미궁은 다른 쪽으로 뻗어나갔지."

"다른 쪽?"

도희가 물었다.

"혹시 내가 생각하는 그건가?"

거의 비슷하게 도출도 물었다.

도루묵은 씩 웃었다.

"맞아. 딥 게임. 안개 미궁은 최초의 딥 게임으로 변모했지. 크크크."

'딥 게임?'

도희는 그 단어를 알고 있었다. 컴퓨터, 특히 게임에는 문외한이나 다름없는 그였지만 '딥 게임'은 들어본 적이 있다. 뉴스나 인터넷에서 본 게 아니었다. '그 남자'에게서 직접 들었다.

"아까부터 말하던 딥이라는 게 딥 게임을 뜻하는 건가요?"

도희가 다급한 목소리로 물었다.

"게임 잘 모른다더니 딥은 또 아시네? 역시 전직 형사라서 그런 쪽으로는 다 꿰고 있는 건가."

도루묵이 의외라는 듯 놀라며 말했다.

"그게 아니에요. 그냥, 그냥 들어보기만 했을 뿐이에요. 자세히 설명해 주세요. 그 딥 게임이 뭐고 안개 미궁과는 무슨 관련이 있는지."

"형사였던 양반 앞에서 이런 불법적인 이야기를 하는 건 찜찜하지만 그래도 이왕 도와준다 했으니 내가 찬찬히 설명을 해 드리지."

도루묵은 그렇게 말하며 느물느물 웃었다.

"자, 정리를 해 보자고."

도희는 운전석에 앉자마자 말을 꺼냈다.

도루묵에게 이야기를 들었을 때의 흥분이 아직 가시지 않은 듯했다. 도출도 비슷했다. 익히 알고 있던 이야기였지만 안개 미궁과 실종이 더해지니 한층 더 흥미진진했다.

"네. 정리를 하자면…… 안개 미궁은 이름도 없는 게임 회사에서 만든 모바일 게임이다. 소리 소문 없이 등장했다가 소리 소문 없이 사라졌는데 깜짝 히트를 하면서 꽤 많은 돈을 벌었다. 게임의 인기 비결은……."

"극악의 난도와 높은 자유도 때문."

도희가 말을 받았다.

"그리고 게임 인기가 시들해진 것도……."

"역시 마찬가지 이유 때문."

두 사람은 말을 끝낸 후 한참 동안 말없이 서로를 바라봤다. 둘 다 바쁘게 머리를 굴리고 있었다.

"여기서 중요한 건 안개 미궁이 딥 게임으로 발전했다는 거야."

결국 도희가 먼저 입을 열었다. 그는 도루묵의 말을 떠올렸다.

"2022년 말쯤으로 기억해. 안개 미궁도 그때쯤 인기가 시들해졌지. 겁을 집어먹은 게이머들이 하나둘 떠나기 시작했던 거야. 그런데 바로 그때 뇌과학 분야에서 혁신적인 사건이 발생했지. 무의식 전이에 성공한 거야. 타인의 뇌, 그러니까 무의식 속으로 들어갈 수 있게 된 거라고!"

그때 전 세계를 휩쓸었던 무의식 전이의 광풍을 도희 역시 똑똑히 기억하고 있었다.

'무의식 전이'는 의식불명 환자의 의식을 깨우기 위한 치료법의 일환으로 국내 의료진에 의해 최초로 개발되었다. 서로의 뇌파를 연결해 숙련된 '기술자'가 '적법한' 과정 속에서 환자의 무의식 속으로 뛰어든다. 기술자는 여러 요인에 의해 깨어나지 못하고 있던 환자의 의식을 바깥으로 꺼내는 역할을 하게 된다.

수차례의 임상 실험 결과 유의미한 성공을 거두었고 의료진은 뇌파를 연결해 타인의 뇌를 탐색하고 조정하는 일이 가능하다는 결론에 도달했다.

전 세계 의료계를 발칵 뒤집어놓은 대사건이었다.

무의식 전이는 식물인간 치료에 쓰일 뿐만 아니라 자폐증이나 강박증 등의 질환을 호전시키는 역할도 했다. 현재는 기술이 더 발전해 기억을 잃어버린 사람의 기억까지 들추어내게 되었다. 치료비가 비싸고 기술자의 수가 턱없이 부족하다는 단점을 가지고 있지만 무의식 전이 치료법은 점점 더 광범위하게 발전하며 세계로 뻗어나가고 있다.

여기까지가 도희가 알고 있는 내용이었다.

도희의 머릿속에서 도루묵이 했던 말이 다시 이어졌다.

"똑똑하지만 양심 없는 놈들은 이 기회를 그냥 놓치지 않았지. 세상 모든 기술에는 양이 있으면 음도 있는 법. 무의식 전이는 치료의 목적으로 타인의 무의식 속으로 들어가는 건데 이걸 달리 말하자면 누구든 마음만 먹으면 서로의 뇌파를 이용해 머릿속을 들락날락할 수 있다는 거야. 딥 게임은 바로 여기서부터 출발했지."

"안개 미궁이 딥의 시초였다는 건 저도 처음 듣는 이야기였어요."

도출의 말에 도희는 현실로 돌아왔다.

"도루묵도 말했다시피 딥 게임은 사람들의 뇌파를 연결해 가상 현실 속에서 함께 게임을 즐기는 걸 말해요. 가벼운 슈팅 게임부터 대전격투게임까지 그야말로 다양하죠. 하지만 뭐니 뭐니 해도 롤플레잉 게임이나 탈출 어드벤처 게임에 제일 적합하죠. 그런 의미에서 본다면 안개 미궁은 딥에 최적화된 게임인 거고요."

"딥 게임은 불법이야."

도희가 중얼거렸다. 그가 형사였던 시절에는 딥 게임이 사회문제로 부각되지는 않았다. 존재 자체를 모르는 이도 많았다.

"중독성과 뇌사 사고 때문에."

도출은 그렇게 대답한 후 말을 이었다.

"딥 게임을 하다가 영원히 깨어나지 못하는 사례가 점점 늘고 있어요. 아예 게임 속에 갇혀 버리는 거죠."

"도루묵이 했던 말, 정말일까? 안개 미궁은 이제 딥 게임으로도 서비스되지 않는다고."

"아마 그럴 거예요. 이제 와서 거짓말을 할 필요는 없으니까."

"그런데 왜 갑자기 비슷한 시기에 실종된 사람들이 안개 미궁과 연관된 걸까?"

도희는 고개를 갸웃했다.

"그나저나 딥 게임을 알고 계실 줄은 상상도 못했네요. 그런 쪽에는 전혀 관심이 없는 줄 알았는데."

도출이 진심으로 놀랐다는 표정으로 도희를 바라봤다.

"누구한테 들었어."

도희는 조수의 시선을 피하며 얼른 대답했다.

"누구? 혹시…… 남자?"

"남자건 여자건 네가 무슨 상관이야!"

도희는 버럭 소리를 질렀다.

"이야! 진짜 남자인가 보네요."

도희는 능글능글 웃으며 놀려대는 조수를 향해 주먹을 날리려다가 딱 멈췄다.

"왜 그러세요? 때리려다가 멈추니까 더 무섭잖아요."

도출이 엄살 섞인 목소리로 말했다. 하지만 도희는 대꾸 없이 앞만 바라볼 뿐이었다.

"사장님?"

도출이 걱정스레 도희를 불렀다.

"그게 말을 잇지 못할 정도로 열받을 일이었다면 제가 죄송하고……."

"맞다!"

짝!

도희가 소리치는 것과 동시에 도출의 등짝에서 경쾌한 소리가 들렸다.

"아파요! 이번엔 일부러 그런 거죠?"

도출이 울상을 지으며 몸을 배배 꼬았다.

"생각났어. 그 남자한테서 딥 게임에 대해 들었던 그날 이상한 소리를 했어."

도희가 중얼거렸다.

"네? 그 남자? 이상한 소리? 도대체 무슨 말이에요?"

"일단 전화를 해야겠어. 직접 만나서 이야기를 들어봐야 할 것 같아."

도희는 주머니에서 핸드폰을 꺼냈다. 도희의 핸드폰은 홀로그램이나 3D 통화가 지원되는 최신형이 아니었다. 출시된 지 몇 년이나 지난 일반 '핸드폰'이었다.

"먼저 설명을 해 주세요. 그 남자는 누구고 무슨 말을 했다는 건지."

도출이 말했다.

"그 남자, 다이버야."

"다이버?"

"무의식 전이 때 환자 뇌 속으로 들어가는 기술자 말이야."

"에? 그런 남자도 알고 있었어요?"

"그런데 그 남자가 이렇게 물었어. 딥 게임과 관련된 범죄 모의 같은 건 어디에 신고를 하면 되느냐고. 젠장. 전화를 안 받네."

도희는 혀를 차며 귀에서 핸드폰을 뗐다. 도출은 전화기 액정에 떠 있는 빨간색 표시를 놓치지 않았다.

"사장님, 음성 메시지가 들어와 있잖아요. 좀 봐요. 어라? 일주일도 더 지난 걸 아직 안 듣고 계셨어요?"

도희는 얼굴을 붉히며 조수에게서 핸드폰을 낚아챘다.

"내가 이런 기계랑 안 친한 건 너도 알잖아!"

그러면서 음성 메시지를 보낸 이가 누구인지 확인했다. 순간 도희의 눈이 커졌다.

바로 그 남자였다!

도희는 떨리는 마음을 애써 감추며 음성 메시지를 재생했다. 스피커 모드로 바꾼 핸드폰에서 귀에 익은 낮은 목소리가 흘러나왔다.

"도희 씨, 전화를 안 받으셔서 음성 메시지를 드립니다. 저 유민욱입니다. 급하게 도움을 구할 일이 있습니다. 메시지 확인하시면 바로 연락주세요."

도희의 심장이 철렁 내려앉았다.

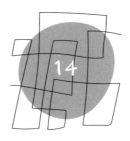

Stage 6-2

"빈아! 여보!"

민욱은 바다에 빠져 허우적대는 두 사람을 향해 손을 뻗었다.

맑은 날이었다. 더없이 맑고 화창한 날.

"이런 날에는 보트를 몰고 섬을 한 바퀴 돌면 끝내주지."

민박집 주인이 말했다. 모처럼의 여름휴가였다. 가능한 한 모든 걸 즐기고 싶었다. 아내와 빈이에게 잊지 못할 추억을 만들어 주고 싶었다. 그래서 민박집 보트를 빌려 바다로 나갔다.

민욱에게는 너무나 익숙한 바다였다. 게다가 날씨는 더할 나위 없이 좋았다. 구명조끼가 하나밖에 없다는 사실도 그다지 마음에 걸리지 않았다. 자신과 아내 둘 다 수영에 능숙했다. 아들 현빈이에 게만 구명조끼를 입혀도 아무런 문제가 없어 보였다. 실제로도 그랬다.

보트를 몰고 서해 바다를 가르는 내내 아내와 빈이는 즐거워했다. 민욱 역시 즐거웠다. 뱃전에 파도가 부딪치며 하얀 포말이 일었고 물 알갱이 하나하나마다 햇빛이 맺히며 눈부시게 빛났다.

"아빠, 진짜 신나요!"

빈이는 그렇게 소리쳤다.

불행은 한순간에 닥쳐왔다. 갑자기 돌풍이 불어온 것이다. 마른 하늘을 관통하는 된바람은 민욱 가족이 타고 있던 보트를 뒤흔들었다.

"꽉 잡아!"

민욱이 그렇게 소리치는 것과 동시에 보트가 암초에 부딪쳤다. 그 충격으로 아내와 빈이가 바다에 빠졌다. 아내는 어딘가에 머리를 부딪쳤는지 피를 철철 흘리며 의식을 잃은 상태였다. 구명조끼를 입은 빈이가 자기 엄마를 붙잡은 채 소리를 질렀다.

"아빠, 살려주세요! 아빠!"

민욱은 판단을 내려야 했다.

누구를 먼저 구할 것인가?

아무리 전문 다이버라도 두 사람을 매달고 육지까지 4킬로미터가 넘는 거리를 헤엄치는 건 불가능했다.

민욱은 바다로 뛰어들었다.

"빈아, 아빠가 금방 데리러 올게. 구명조끼 꼭 붙들고 기다리고 있어. 할 수 있지?"

아홉 살이었던 현빈이는 고개를 끄덕이고는 한마디를 덧붙였다.

"아빠, 힘내."

훈련이다, 작전이다, 하며 길게는 몇 개월씩 집을 비우는 아빠를 대신해 자신이 엄마를 지키겠노라 호언장담하는 듬직한 아들이었다.

민욱은 정신을 잃은 아내를 안고 헤엄치기 시작했다. 파도가 너무나 거셌다. 이를 악물었다. 온 힘을 쥐어짜내 해변에 도착했을 때는 이미 상당한 시간이 지난 뒤였다.

"빨리 신고해 주세요!"

민욱은 그 말을 남기고 다시 바다로 뛰어들었다.

아들을 구하러 가야 했다.

자신을 기다리고 있을 아들을…….

'이건 환상이야. 환각이라고.'

민욱은 눈을 감았다 떴다. 그래도 아내와 아들의 모습은 사라지지 않았다. 여전히 거센 파도에 둘러싸인 채 허우적거리고 있었다. 축 늘어진 채로 아들에게 매달려 있는 아내의 모습도 그때와 똑같았다.

"아빠! 빨리요."

빈이가 다시 소리쳤다. 뜨거운 햇살이 피부를 태웠다.

그때와 똑같았다.

거센 바람이 머리를 낚아채고 뒤흔들었다.

그때와 똑같았다.

아들의 눈동자에는 공포심과 아빠에 대한 믿음이 정확히 반반씩 떠올라 있었다.

그때와…….

…… 똑같았다.

더 이상 지체할 수 없었다. 설령 환상이라고 해도 이번에는 아들을 꼭 구해야 했다.

그날, 아내를 살린 뒤 다시 헤엄쳐 사고 지점으로 돌아갔을 때 아들은 이미 물을 너무 많이 먹어 의식을 잃은 상태였다. 구명조끼는 제 역할을 하지 못했고 파도는 어린아이의 생명을 빼앗기 위해 그악스레 날뛰었다.

민욱은 아이들을 데리고 다시 그 밀고 빈 물실을 에넘겼나. 자신의 다리 근육이 찢어지는 줄도 모르고.

빈이는 생명을 건졌지만 다시는 일어나 걷지 못했다. 말도 하지 못했고 웃지도 못했다. 입으로 음식을 받아먹지도 못했다.

식물인간.

산소 호흡기에 의지한 채 좁디좁은 병원 침대 위에서 매일을 보내야 했다.

아내는 머리에 가벼운 상처만 입었을 뿐 살아남았다. 그리고 무사히 살아난 자신을 끊임없이 저주했다. 저주의 칼날은 곧잘 남편에게로 향했다.

"왜 빈이를 먼저 구하지 않았어?"

"도대체, 왜?"

"내가 죽으면 우리 빈이는 깨어날 거야. 분명해. 내가 죽으면, 내가 죽으면……."

자신과 남편 사이를 오가던 칼날은 끝내 정신을 잘라내 버렸다. 아내는 되돌아올 수 없는 깊고 어두운 우울의 늪에 빠졌다. 민욱은 그런 아내를 위해 해 줄 수 있는 게 아무것도 없었다. 산산이 부서진 자신의 몸과 마음을 추스르는 것만으로도 벅찼다. 그리고 빈이를 돌보는 일만으로도.

아내는 결국 스스로 목숨을 끊었다.

아들은 영원히 깨어나지 않았다.

가망이 없을 거라고, 기적이 일어나지 않는 이상 의식을 되찾을 수는 없을 거라고 의사가 말했다.

민욱은 최후의 선택을 했다.

최후의 선택…….

민욱은 바다로 뛰어들었다. 차가운 물이 온몸을 휘감았다. 생생했다. 자신이 그토록 잘 안다고 자신했던 바로 그 바다였다. 빌어먹을 바다.

"빈아, 아빠한테 매달려. 엄마는 내가 잡고 헤엄칠게."

민욱이 소리쳤다. 아들은 말없이 고개를 끄덕였다. 둘 중 누구도 포기할 수 없었다. 애초에 그랬어야 했다.

시간을 되돌릴 수만 있다면, 한 번만 더 기회가 주어진다면…….

만약 그렇다면 반드시 둘 다 구할 것이다. 지금까지 하루에도 수백 번씩 그런 생각을 했다. 이제 그런 기회가 왔다. 놓칠 수는 없었다.

민욱은 이를 악물었다. 축 늘어진 아내를 옆구리에 끼고 아들에게는 자신의 등을 잡게 한 뒤 헤엄을 쳤다.

파도가 거셌다. 정신없이 몰아쳤다. 숨 쉬기가 힘들었다. 팔다리가 무거웠다. 그대로 떨어져 나갈 것 같았다. 또다시 이를 악물었다. 저 멀리 육지가 보였다. 너무나도 멀었다.

"아빠 물이…… 물이……."

괴로운 듯 소리치던 아들의 목소리가 어느새 사라졌다. 아내의 몸은 한층 더 무거워졌다.

"빈아! 여보!"

민욱은 두 사람을 불렀다. 둘 중 아무도 대답하지 않았다. 헤엄치기를 멈췄다. 아내와 아들 둘 다 얼굴이 시퍼렇게 변해 있었다. 숨을 쉬지 않았다. 차가웠다. 딱딱했다. 움직이지 않았다.

"안 돼!"

민욱은 소리를 질렀다.

"안 돼!"

목이 터져라 절규했다.

힘이 빠져나갔다. 더 이상 버틸 수가 없었다. 역시, 결과는 마찬가지였다. 어떤 선택을 하건 비극을 맞이할 수밖에 없었다.

162

출구가 없는 미로.

입구조차 사라진 미궁.

민욱은 최선의 선택이 무엇인지 깨달았다. 함께 죽는 것. 살아서 슬픔을 견디느니 셋이 사이좋게 죽음을 맞이하는 것. 그것이 최선의 선택이었다.

민욱은 눈을 감고 온몸에 힘을 뺐다. 그렇게 편할 수가 없었다. 무덤을 쌓아 올리듯 파도가 차곡차곡 민욱을 덮어나갔다.

바다 속으로 가라앉았다.

깊이, 아주 깊이.

다시는 떠오르지 않을 작정이었다.

'그래. 이게 최선이야.'

그때였다.

따뜻한 느낌이 몸을 감쌌다. 귓가에 목소리가 들렸다.

"아빠, 이러고 있으면 어떡해."

장난기 가득한 아들의 목소리였다.

"여보, 이런 건 최선이 아니야. 당신이 더 잘 알잖아."

부드러운 아내의 목소리였다.

"아빠, 대답을 하진 못하지만 난 매일 아빠 목소리를 들어. 그러니까 힘을 내. 난 다 듣고 있어. 그러니까……."

민욱은 눈을 떴다. 차갑고 시커먼 물이 보였다. 오직 어둠뿐이었다.

"그러니까 힘을 내."

또다시 아들 목소리가 들렸다. 거칠고 포악한 수면을 뚫고 한 줄기 빛이 쏟아져 내렸다. 민욱은 그 빛을 향해 물을 박차고 솟구쳤다. 자신은 힘을 내야 했다. 그것이 아들이 건넨 마지막 말이었다. 죄책감에 잠식당한 채 쓸쓸히 죽어간 아내가 바라던 일이었다.

"으아악!"

민욱은 소리를 질렀다. 목이 터져라 울분을 토해냈다.

"으아악!"

다시 한번.

으으으으아아아아아악악악악!

자신이 내지른 소리가 메아리가 되어 되돌아온다는 사실을 느끼며 민욱은 '진짜로' 눈을 떴다.

천 길 낭떠러지가 펼쳐졌다. 세찬 바람이 몸을 휘감았다. 민욱은 낭떠러지 가에 아슬아슬하게 서 있었다. 한 발, 아니 반 발짝만 앞으로 나간다면 끝도 보이지 않는 심연으로 추락할 판이었다.

"헉!"

숨을 몰아쉬며 중심을 잡았다. 재빨리 뒤로 물러섰다. 바람이 아쉽다는 듯 민욱의 머리카락을 훑고 지나갔다.

하아.

하아.

민욱은 호흡을 가다듬었다. 천천히, 그리고 깊게 코로 들이쉬고 입으로 뱉었다.

잠수를 끝내고 올라오면 바로 이 호흡법을 사용하도록!

UDT의 훈련 교관은 잠수 훈련이 있을 때마다 거듭 강조했다. 민욱은 몸에 밴 습관 그대로 숨을 들이쉬고 내쉬면서 서서히 평정심을 찾아갔다. 하지만 바닷물이 모조리 말라도 소금기는 남듯이 민욱의 마음속 깊숙이 가라앉은 슬픔의 찌꺼기는 사라지지 않았다.

민욱은 주먹을 쥐었다. 지금은 슬픔을 느낄 시간이 아니었다. 슬픔은 이곳에서 살아 나간 뒤에 느껴도 충분했다.

'여보, 미안해. 빈아, 미안해. 그리고 아빠 빨리 돌아갈게. 네 곁으로.'

민욱은 마음을 굳게 먹었다. 뒤를 돌아봤다. 자신이 방금까지 머물렸던 거대한 성이 머리고 서 있었다. 환상에 빠져 허우적거리는 사이 복잡한 복도를 지나 수십 개의 문을 통과해 뒤쪽 낭떠러지까지 온 것이다.

현실에서라면 도저히 불가능한 일이었다. 그렇다고 게임도 아니었다.

민욱은 확실히 알게 되었다. 적어도 자신이 어디에 있는지는.

"살려줘!"

바람을 타고 광현의 목소리가 들려왔다. 성의 모퉁이 뒤쪽에서였다. 민욱은 빠르게 달렸다.

"사람 살려!"

광현의 목소리는 점점 커졌다.

"광현 씨."

박광현은 낭떠러지에 매달려 있었다. 바람이 그의 옷자락을 쥐고 흔들었다.

"지금 구해드리겠습니다!"

민욱은 광현의 팔목을 잡았다.

"나 기억이 났어! 기억이 났다고!"

광현은 울고 있었다. 그 눈물이 죽음에 대한 두려움 때문인지 아니면 떠오른 기억 때문인지 민욱은 판단할 수 없었다.

"크윽."

민욱은 온 힘을 다해 광현을 끌어올렸다. 역부족이었다. 이 거구의 사내는 지독하게 무거웠다.

"놓지 마! 제발 나 놓치지 마."

광현은 눈물을 흘리며 애원했다.

"그런 일 없을 겁니다."

민욱은 입술을 깨물었다. 그러나 버티고 있는 것만으로도 힘들었다.

"으헉!"

광현이 외마디 비명을 지르며 툭 튀어나온 돌멩이를 잡고 있던 한쪽 손을 놓아버렸다. 어마어마한 힘이 민욱의 팔을 잡아당겼다. 도저히 버틸 수가 없었다. 그 순간 누군가가 다가왔다.

"자, 손을 잡아요. 어서!"

도열이었다. 민욱은 냉정하고 비열한 인상의 사내를 힐끗 돌아봤다. 도열 역시 민욱을 향해 고개를 돌렸다.

"하나둘 셋 하면 당깁시다."

그가 냉랭한 목소리로 말했다. 민욱은 고개를 끄덕였다.

"하나, 둘, 셋!"

두 사람은 구령을 붙인 후 동시에 광현을 끌어당겼다. 민욱과 도열이 힘을 합치자 무거운 광현도 쑥 올라왔다.

"으아아."

광현은 낭떠러지 가에 상체를 걸치고 비명을 질렀다.

"이제 안전하니까 혼자서 기어 올라오지."

도열은 한마디를 툭 던진 후 낭떠러지에서 멀찌감치 떨어져 바닥에 주저앉았다. 민욱은 광현이 위로 올라오는 걸 끝까지 도왔다.

"고맙소. 정말 고맙소."

광현은 바닥에 쓰러져 계속 눈물을 쏟아냈다. 민욱은 벌렁 드러누웠다. 온몸에 힘이 하나도 없었다.

"저기들 있어요!"

귀에 익은 목소리가 들렸다. 민욱은 힘겹게 상체를 일으켰다.

"모두 괜찮소?"

수영과 부국이 달려오고 있었다. 다시 모인 다섯 사람은 한자리에 둘러앉았다. 한동안 아무도 입을 열지 않았다. 그 사이 하늘이 어두워졌다. 해가 저무는 대신 또다시 몰려온 붉은 안개가 조금씩 짙어지고 있었다.

"보니까 다들 비슷한 위기를 겪었던 것 같네요."

수영이 입을 열었다.

"네. 정신을 차리고 보니 낭떠러지 가에 서 있었습니다."

민욱이 대답했다.

"어떻게 저 성에서 빠져나왔는지 당최 모르겠다니까!"

흥분이 많이 가라앉았는지 한결 차분한 목소리로 광현이 말했다.

"한 명이 없군요."

부국이 말했다. 모두 알고 있었다. 하지만 누구 하나 먼저 말을 꺼내지 않았다.

"네. 영민이……. 영민이가 없습니다."

민욱이 말했다.

"흑."

수영이 참고 있던 울음을 터트렸다. 세찬 바람이 사람들 사이를 휘돌며 지나갔다.

"영민이가 그렇게 된 건 슬프지만 지금은 더 급한 일이 있습니다."

민욱이 힘겹게 입을 열었다.

"자, 모두의 기억을 맞춰보죠."

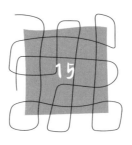

Loading 2

"기억을 맞춰보자니 그게 뭔 소리야?"

멀찌감치 떨어져 앉아 있던 도열이 대뜸 소리를 질렀다.

"말 그대롭니다. 조금 전 스테이지에서 우리 모두는 비슷한 경험을 했을 겁니다. 과거의 어떤 상황이 그대로 재연됐고 그에 따라 각자 결정을 했을 겁니다."

민욱의 말을 부정하는 사람은 아무도 없었다. 안개는 한층 더 짙어졌다. 이제는 바람마저 잠잠해져 붉은색의 두터운 장막이 몽글몽글 맺혀나가기 시작했다.

"이 빌어먹을 안개 때문에 그러는데 우리 자리를 좀 옮기면 안 될까?"

광현이 입을 열었다.

"옮길 데가 없잖아요. 다시 저기로 들어갈 수는 없고."

수영이 고갯짓으로 성을 가리켰다.

"하긴. 엉뚱한 곳으로 갔다가는 통구이가 될 거고."

광현이 중얼거렸다.

"맞습니다. 다시 저 성으로 돌아갈 순 없을 겁니다. 아니, 없습니다."

민욱이 말했다.

"무슨 이유로 그렇게 확신하는 겁니까?"

부국이 물었다.

"기억의 일부를 떠올렸기 때문입니다."

민욱은 절벽 쪽을 바라보며 말을 이었다.

절벽도 서서히 안개에 잠식당하는 중이었다. 얼마 안 가 하늘과 땅의 경계도 사라질 것이리라.

"제 기억이 정확하다면 저 성문은 절대로 열리지 않을 겁니다. 그게 계획이기 때문입니다."

민욱은 '계획'이라는 단어에 힘을 주어 말했다.

"계획? 누구의 계획?"

광현이 물었다.

"그걸 알아내려고 기억을 모아보자고 한 겁니다. 아마 당분간은 여자 목소리도 들리지 않을 겁니다. 제 예상이 정확하다면 우리를 이곳에 집어넣은 놈은 바로 이 순간을 기다리고 있었을 겁니다."

"이 순간이요?"

이번에는 수영이 물었다.

"네. 각자의 추악한 얼굴을 드러내는 순간 말입니다."

"말 더럽게 어렵게 하네."

도열이 중얼거렸다.

민욱은 신경 쓰지 않았다.

"그러니 기억을 모아야 합니다. 놈이 의도한 거긴 하지만 그것만이 이곳을 탈출할 유일한 도구가 될 수도 있습니다. 어떤 상황과 마주했는지 들려주시죠."

민욱은 짙어져가는 안개와 마주하며 모두의 얼굴을 바라봤다.

그때였다.

어우우우우!

끔찍한 소리가 또다시 들려왔다. 이번에는 꽤 가까웠다. 민욱은 소리가 들리는 쪽을 향해 고개를 돌렸다. 하지만 정말로 그 방향인지는 확신할 수 없었다. 붉은 안개가 모든 것을 가로막고 있었다.

어우우우우!

늑대인간은 다시 울부짖었다.

"저, 저놈이 계속 우리 뒤를 쫓고 있었던 게 틀림없어!"

광현이 잠긴 목소리로 말했다.

"기억이고 뭐고 일단 도망부터 치자고!"

도열이 소리쳤다.

"아니요! 전 민욱 씨 의견에 찬성해요. 우리끼리 지금 이야기를 나누지 않는다면 영원히 이런 기회는 돌아오지 않을 것 같아요."

수영이 말했다.

"영원이라……."

부국의 혼잣말이 희미하게 들렸다. 민욱은 초조했다. 자신이 떠올린 기억대로라면 주어진 시간이 얼마 없었다.

"그렇게 민욱 씨, 민욱 씨, 할 거면 당신부터 먼저 이야기를 하든가."

도열이 비꼬듯 이야기했다.

"저는……."

수영은 입을 열려다가 다물었다.

"왜? 너무 추악해서 말할 수 없나? 크크크."

도열이 웃었다.

"네. 추악했어요. 저는 결정적인 순간에 거짓말을 했어요."

수영은 호흡을 고른 후 말을 이었다.

"거짓말은 누구나 하지."

광현이 말했다.

"네. 거짓말은 누구나 하죠. 하지만 그게 한 사람의 인생을 송두리째 뒤흔든 거짓말이라면 어떨까요?"

수영의 목소리는 점점 작아졌다.

"저는…… 저는……."

"그만!"

부국이 벌떡 일어났다. 모두 늙은 교수를 바라봤다. 안개가 부국의 몸을 휘감고 있었다. 서로가 서로의 얼굴을 확인할 수 있는 순간도 얼마 남지 않은 듯했다.

"아무래도 내가 먼저 말해야겠소. 지금 이 순간 확실히 깨달았습니다. 우리 모두는 한 사건으로 연결돼 있다는 사실을."

부국은 침통한 표정으로 말했다.

"다들 왜 변죽만 울리는 거야? 엉?"

광현 역시 일어났다.

"그래. 좋아. 나도 털어놓지 뭐. 염병할. 그러니까 그게……."

"쉿!"

민욱이 날카롭게 외쳤다.

"뭐야?"

도열이 물었다.

"허락된 시간이 끝났나 봅니다."

민욱의 말과 동시에 늑대 울음소리가 터져 나왔다.

어우우우우!

바로 지척이었다. 수영과 도열도 벌떡 일어났다.

"어떻게 된 거야? 여기서 우리가 이야기를 나누는 게 빌어먹을 놈의 계획이라며?"

도열이 물었다.

"모르겠습니다. 늑대인간은…… 아무래도 변수 같습니다."

민욱이 말했다.

"변수?"

부국이 되뇌었다.

"이럴 게 아니라 빨리 피하지. 정 안 되면 다시 성으로……."

광현은 그렇게 말하며 성을 향해 고개를 돌리다가 그대로 멈췄다. 다른 사람들도 마찬가지였다. 모두 얼어붙었다.

성은 사라지고 없었다.

안개에 가려진 것이 아니었다. 애초부터 성 같은 건 없었다는 듯 그 자리에 여러 채의 집들이 세워져 있었다.

어우우우우!

늑대인간은 또다시 포효를 토해냈다. 소리가 직접 피부를 긁고 지나가는 느낌이었다. 그만큼 가까웠고, 그만큼 끔찍했다. 심장을 뒤흔드는 소리였다.

"이, 이게 가능한 일인가?"

광현이 중얼거렸다.

"늑대인간이 쫓아오는 세상인데 불가능할 게 뭐가 있어?"

도열이 외쳤다.

그의 목소리에는 또다시 광기가 비쳤다.

"이야기는 나중에 하고 일단 도망갑시다. 집들, 아니 마을이라고 하는 게 더 맞겠군요. 아무튼 저기로."

민욱의 말 그대로였다. 아기자기하게 지어진 여러 채의 집들은 마을을 이루고 있었다. 특이한 점은 집의 건축 양식이 모두 다르다는 사실이었다. 중세 유럽풍의 집부터 초가집이나 기와집, 심지어는 현대식 양옥집도 보였다.

사람들은 마을로 달려 들어갔다. 마을의 안개는 옅었다. 안개가 물러가고 있는지, 아니면 누군가가 안개의 농도를 조절하고 있는 것인지 민욱으로서는 알 수가 없었다. 다만 사방이 온통 잿빛이라

172

는 사실은 확실했다.

"제 눈이 잘못된 게 아니죠?"

수영이 물었다. 두 사람은 선두에서 나란히 달리고 있었다.

"네. 아닙니다. 제 눈에도 보여요."

민욱이 대답했다.

"집들이…… 아니, 땅도 하늘도 모두 회색이에요."

수영의 목소리가 떨렸다. 농도의 차이가 있을 뿐 민욱 일행이 들어선 마을은 전부 회색이었다. 무채색의 공간. 그 안에서 여유롭게 흐르는 붉은 안개는 그래서 더욱 돋보였다.

"가지가지 하는군."

광현이 중얼거렸다. 그 순간 도열이 비명을 삼켰다.

"히익!"

모두 뒤를 돌아봤다. 자신들이 조금 전까지 앉아 있던 곳, 아직 붉은 안개가 짙게 머무른 그곳에 시커먼 형체가 서 있었다.

거대한 몸집의 늑대인간이었다. 먼 거리이고 안개가 반쯤 가리고 있었지만 늑대인간의 눈에서 뿜어져 나오는 시뻘건 안광은 똑똑히 보였다. 살기 가득한 울음이 대기를 흔들었다.

어우우우우!

늑대인간은 달리기 시작했다. 바로 다섯 사람이 서 있는 곳을 향해서. 무시무시한 속도였다.

"피해요!"

민욱이 소리쳤다. 다섯 사람은 사력을 다해 도망쳤다. 회색빛 지붕과 회색빛 창문과 회색빛 담장들이 묵묵히 지켜보고 있었다.

"저기로."

민욱은 집 한 채를 가리켰다. 벽돌로 지어진 자그마한 집이었다.

"더 큰 집은 없어?"

광현이 소리쳤다.

"시간이 없어요. 따라잡힐 겁니다."

민욱은 그렇게 외치며 두꺼운 나무문을 밀고 안으로 뛰어들었다.

"소리가 들려!"

맨 뒤에서 달리고 있던 도열이 절규했다. 집으로 들어간 민욱과 수영은 바깥으로 고개를 돌렸다. 광현과 부국이 차례로 들어왔다. 도열은 온 힘을 다해 달리고 있었다. 바로 그 뒤에 늑대인간이 따라붙었다. 잔뜩 곤두선 시커먼 털과 날카로운 이빨, 그리고 불타는 눈깔이 성큼성큼 거리를 좁혀왔다.

"빨리!"

수영이 소리쳤다. 늑대인간이 앞발 하나를 치켜들었다. 잿빛 세상 속에서 단검 같은 발톱이 홀로 번득이고 있었다.

"으아악!"

도열은 집 안으로 몸을 날렸다. 늑대인간의 앞발이 허공을 갈랐다.

"문 닫아!"

광현이 외쳤다. 민욱은 힘껏 문을 밀었다.

그 순간이었다.

쾅!

어마어마한 힘이 문을 때렸다. 나무문은 물론이고 민욱의 몸까지 순간적으로 붕 떠올랐다. 문이 조금 열린 틈을 타 늑대인간이 발을 들이밀었다. 발톱으로 미친 듯이 문을 긁어댔다.

빠그극!

빠그극!

빠그극!

"밀어요! 다 같이!"

민욱이 외쳤다. 광현과 도열, 부국까지 합세해 문을 밀었다. 늑대인간의 힘은 대단했다. 앞발이 지렛대 역할을 하면서 문이 조금씩 더 열렸다.

174

"저놈이 들어오면 끝이야."

광현이 소리를 질렀다.

"이얏!"

수영이 바람처럼 나타나 부지깽이로 늑대인간의 앞발을 찔렀다.

"크아아아아!"

늑대인간이 고통에 찬 울음을 토해냈다.

"죽어! 죽어!"

수영은 멈추지 않았다. 부지깽이를 잡고 계속해서 찔렀다. 늑대인간의 앞발은 피로 새빨갛게 물들었다. 다음 순간 발이 쑥 빠져나갔다.

"지금이에요!"

민욱이 소리쳤다. 네 사람은 문을 밀었다.

"잠가! 빨리 잠그라고."

광현이 외쳤다. 민욱은 서둘러 빗장을 질렀다.

"헉헉. 좆 되는 줄 알았네."

광현은 바닥에 주저앉아 숨을 헐떡거렸다. 부국과 도열 역시 괴로운 표정으로 바닥에 털썩 앉았다.

"아직 끝난 게 아니에요."

민욱은 창가로 다가가 바깥을 살폈다. 창문 역시 유리가 아닌 두꺼운 나무로 되어 있었다. 시커먼 형체가 안개를 뚫고 창문으로 돌진해 왔다.

"젠장!"

민욱은 재빨리 창문을 닫았다.

부욱!

발톱이 창문을 긁는 소리가 생생하게 울려 퍼졌다. 민욱은 귀를 막았다.

"어우우우우!"

늑대인간이 창문 하나를 사이에 두고 포효했다. 분노에 찬 울음이었다.

"저, 저건 도대체 우릴 왜 쫓아오는 거야?"

광현이 떨리는 목소리로 말했다.

"미쳤어! 다 미쳤다고!"

도열이 마구 소리를 질렀다.

"제발 조용히 좀 해요. 시끄럽게 떠들면 더 자극할 뿐이라고요."

수영이 말했다. 그는 아직 부지깽이를 들고 있었다.

"그건 어디서 났어?"

광현이 물었다. 수영은 말없이 한쪽을 가리켰다. 그곳에는 화덕이 있었다. 누가 불을 지폈는지 새빨간 장작불이 이글거리며 타고 있었다.

"허! 굴뚝까지 있는 벽돌집이군."

광현이 놀랐다는 듯 말했다.

"네. 그래서 여길 골랐습니다."

민욱이 조용히 말했다. 그는 창문 틈으로 바깥 상황을 살펴보고 있었다.

"뭐? 무슨 소리야?"

광현이 물었다.

"굴뚝이 있는 벽돌집이라서 여길 골랐습니다. 아기 돼지 삼형제 이야기 들어보셨죠?"

"이 상황에서 웬 농담이야?"

"농담이 아닙니다. 여기가 아니라 다른 집으로 들어갔다면 분명 늑대가 들어왔을 겁니다. 아니면 바람으로 집을 날려버렸거나."

민욱의 진지한 태도에 다들 아무런 대꾸도 하지 못했다.

"늑대인간이 쫓아오는데 마침 굴뚝이 있는 벽돌집이 나타났다. 이 세계에서는 충분히 가능한 일입니다. 놈은 우리를 늑대인간의

176

손에 맡거둘 생각이 없는 겁니다. 디 잔인하게 죽이러는 거죠."

"도대체 뭔 소리를 하는지……."

광현이 중얼거렸다.

"그럼 여기에 계속 있으면 안전한 건가요?"

수영이 물었다.

그는 부지깽이를 내려놓고는 자신의 팔을 감쌌다. 장작불이 타고는 있었지만 집 안에는 냉기가 감돌았다.

"아니요. 그건 아닐 겁니다. 아마 다른 스테이지가 시작되겠죠."

민욱이 말했다.

"어이."

도열이 민욱을 불렀다. 눈빛이 이리저리 흔들렸다.

"아까부터 계속 아는 체를 하는데, 그렇게 잘 알면 빨리 말해 보라고. 도대체 이 좆같은 곳이 어디야? 응?"

"그래요. 민욱 씨는 안다고 했지요. 아까 기억이 떠올랐다고 말했잖소. 여기가 어디인지 말해주시죠."

부국 역시 같은 질문을 했다.

민욱은 눈을 감고 생각에 잠겼다. 머릿속에서 부유하는 기억과 생각을 정리할 필요가 있었다.

'나는 이곳이 어디인지 안다.'

민욱은 생각했다.

'하지만 왜 여기에 왔는지는 모른다.'

그의 생각은 한 가지 결론을 향해 달려갔다.

'그래도 다른 이들에게 알려야 한다.'

민욱은 눈을 뜬 뒤 차례차례 사람들을 바라봤다. 모두의 눈에 의혹의 빛이 서려 있었다. 민욱은 천천히 숨을 내쉰 후 입을 열었다.

"여기는 사람의 뇌 안입니다. 즉, 우리 모두는 누군가의 무의식 속에 들어와 있는 겁니다."

Pause 5

유민욱을 처음 만났을 때는 아직 강력계 형사로 밥벌이를 하고 있었다. 그 당시 강력3반은 초유의 사건 앞에서 어찌할 바를 몰라 당황하고 있었다.

동시에 두 건의 유괴 사건이 벌어졌다. 그것도 같은 날, 동일범들에 의해서.

한 아이는 국내 굴지의 대기업 가문의 손녀였고 나머지 한 아이는 편모 가정의 외동딸이었다. 인질범들의 목표는 물론 대기업 가문 손녀의 몸값이었다. 편모 가정의 여덟 살 딸은 미끼, 혹은 보험이었다. 경찰이 뒤를 쫓게 되었을 때 방패막이로 삼을.

끈질긴 수사 끝에 인질범 중 한 명의 신병을 확보하고 추격에 들어갔다. 텔레비전 뉴스로도 생중계가 된 대규모 자동차 추격전이었다. 그 추격전 때문에 다섯 건의 접촉 사고가 발생했고 수십 명이 부상을 입었다.

다행히 인질범은 붙잡았지만 그 역시 큰 부상을 입고 의식을 회복하지 못했다. 경찰들로서는 난감하기 이를 데 없는 상황이었다. 취조를 해서 공범이 어디에 있는지, 무엇보다 아이들이 어디에 있는지 알아내야 하는데 손발이 묶인 꼴이었다. 그때 도움을 준 이가 바로 유민욱이었다.

처음에는 도희 역시 반신반의했다. 아니, 솔직히 말하자면 대놓고 불만을 품었다.

"차라리 무당 불러서 굿이나 한 판 하지 그래요?"

그 당시 반장에게 도희가 했던 말이었다. 무의식 전이라니, 언론에서 아무리 떠들어대도 그는 도무지 믿을 수가 없었다. 다른 사람의 무의식 속으로 들어가 정보를 캐 온다는 건 허무맹랑한 영화에서나 가능한 이야기였다. 도희는 그런 영화를 싫어했다.

"다이버 유민욱입니다."

그랬던 도희이기에 민욱이 곱게 보일 리 만무했다. 곱상하게 생긴 외모와 달리 얼굴에 그늘이 진 것도 영 수상쩍어 보였다. 자신이 유민욱의 담당이 된 것도 싫었다. 동료들은 발이 부르트도록 돌아다니고 있는데 자신만 이 남자 옆에서 말도 안 되는 실험을 돕게 된 것만 같아 자존심도 상했다.

나도희는 유민욱과 함께 N 병원으로 향했다. 그 당시에는 '무의식 전이'가 가능한 유일한 병원이었다.

"옛날엔 진짜 다이버였죠?"

도희는 지금과 마찬가지로 거칠게 운전을 하며 민욱에게 물었다. 유민욱이라는 남자는 과묵했다. 그저 고개를 한 번 까딱했을 뿐이었다. 그 점도 마음에 안 들었다. 도희는 부글부글 끓어오르는 마음을 애써 진정시키며 다시 물었다.

"정말로 가능해요?"

민욱은 한참 후에 대답했다. 마치 답을 고르고 또 골랐다는 듯이.

"가능하게 해야죠. 그래야 두 아이를 구할 수 있으니까."

도희는 그 순간 처음으로 희미하게나마 신뢰를 품었다. 무의식 전이는 모르겠지만 적어도 이 남자가 속이지는 않으리라는 걸 알 수 있었다. 결국 나도희의 예상이 맞았다.

코마 상태에 빠진 인질범의 무의식 속으로 다이빙을 해 들어간 민욱은 중대한 정보를 얻어냈다.

"겹겹이 감춰져 있어서 찾느라 힘들었습니다. 빨리, 빨리 받아 적으세요."

'다이빙'을 끝낸 유민욱의 얼굴에는 괴로워하는 표정이 역력했다. 실제로 꽤 수척해진 것 같았다. 눈은 새빨갛게 충혈되었다.

도희로서는 인질범의 뇌 안, 그러니까 그 무의식이라는 곳에서 도대체 무슨 일이 벌어졌는지 짐작조차 할 수 없었다.

민욱의 정보대로라면 두 아이는 각각 다른 곳에 갇혀 있었다. 그리고 두 아이의 몸에는 서로 연결된 정밀한 시한장치가 달려 있었다. 한쪽을 구하려고 하면 나머지 한쪽이 죽게 되는, 그야말로 잔혹한 장치였다.

공범들은 수사망이 좁혀오는 것을 느끼고 시한장치를 가동시킨 채 도주했다. 시간이 얼마 없었다.

고작 한 시간.

경찰들은 두 아이 중 누구를 살려야 할지 고민했다. 고민의 시간은 그리 길지 않았다. 만약 한 시간 안에 시한장치의 제거에 실패한다면 대기업 손녀 쪽을 살린다. 도희가 아무리 항의를 해도 윗선의 결정은 번복되지 않았다. 그 상황에서 민욱이 다시 나섰다. 또한 번 인질범의 무의식 속으로 들어가 시한장치의 제거법을 알아오겠다고 한 것이다.

그때는 그것이 얼마나 위험한 일인지 도희는 알지 못했다.

하루에 두 번 다이빙을 하는 것은 자칫 다이버의 죽음으로 이어질 수 있다는 사실은 나중에야 듣게 되었다. 경찰들은 모든 걸 민

180

우에게 떠맡긴 채 직전에 들이닥쳤다. 민욱의 팔은 노희가 시키고 있었다.

경기도 외곽의 버려진 두 창고에 각각 갇혀 있던 아이들은 금방 발견되었다. 두 아이의 목에 걸린 소형 시한폭탄도. 정밀하게 만들어진 그 악마의 족쇄는 특수문자까지 들어간 복잡한 암호가 없이는 해제가 불가능했다. 최정예 요원들이 투입되었지만 모두 두 손을 들었다. 납치범들은 애초에 아이들을 살려 줄 마음이 없었던 것이다.

시간은 속절없이 흘렀다. 십 분 정도가 남은 상황에서 경찰은 결단을 내렸다. 대기업 손녀를 의자에서 일으키기로.

그렇게 하면 나머지 아이는 폭사한다.

그렇게 하면 대기업 손녀는 자유를 얻게 된다.

그렇게 하면…….

"그렇게 하면 안 되는 거잖아요!"

도희가 수화기에 대고 악을 썼다.

"그럼 너라면 어떻게 하겠어?"

반장이 비통한 목소리로 받아쳤다. 도희는 말문이 막혔다. 그로서도 방법이 없었다.

그때 민욱이 깨어났다. 그는 실제로 잠수라도 한 것처럼 귀와 코에서 피를 쏟아내고 있었다.

"찾았어요. 암호는……."

민욱은 의식을 잃어가면서도 16자리 암호를 완벽하게 전했다.

두 아이는 모두 살아남았다.

도희는 사표를 냈다.

그리고 한 남자를 사랑하게 되었다.

"사장님?"

도출이 부르는 소리에 도희는 과거의 기억에서 빠져나왔다.

"응?"

"몇 번이나 불렀는지 아세요?"

도출이 말했다.

"왜? 무슨 일이야?"

"아니…… 속도 좀 줄이시라고."

도출은 겁먹은 표정을 애써 감추고 있었다. 도희는 속도계를 내려다봤다. 자기도 모르는 사이에 계속 가속페달을 밟아 어느새 180이 넘어가고 있었다. 한적한 국도였지만 한밤중이고 가로등 불빛조차 없었다. 게다가 길도 그리 좋지 못했다. 충분히 사고가 날 만한 상황이었다.

"알았어. 어휴. 겁은 많아가지고."

도희는 가속페달에서 천천히 발을 뗐다. 그러고는 심장이 쿵쾅대는 걸 들키지 않으려고 길게 심호흡을 했다. 마음이 급한 건 사실이었다.

'젠장. 왜 이제야 확인했을까!'

도희는 스스로의 멍청함에 속이 터져 죽을 지경이었다. 유민욱이 남긴 음성 메시지는 한 개가 더 있었다. 첫 번째 메시지를 보낸 후 바로 다음 날이었다.

그날도 도희는 개인 핸드폰을 확인하지 않았다. 일과 관련된 전화는 대부분 도출이 담당했다. 도희는 자동차에 설치된 화상 전화를 주로 사용했다. 몇몇 지인들만 알고 있는 핸드폰은 그래서 잘 들고 다니지 않았다. 설령 들고 다닌다 한들 일주일이 지나도 확인을 하지 않을 때가 많았다. 민욱은 하필이면 그럴 때 전화를 했던 것이다.

"아직 연락이 없으셔서 다시 메시지 남깁니다. 일단 경찰에 신고를 하긴 했지만 예상했던 대로 신경을 쓰지 않더군요. 그래서 도희 씨의 도움이 필요합니다. '납치 사건이 일어날지도 모릅니다. 아니, 더 정확하게 이야기하자면 살인사건입니다. 도희 씨, 혹시 안개 미궁이라고 아세요? 잠깐……. 아! 지, 지금 가 봐야겠습니다. 만약 제가 다시 연락을 드리지 않거나 전화를 못 받는 상황이 온다면 저희 집으로 가서."

메시지는 거기서 뚝 끊겼다. 민욱의 목소리가 뒤로 갈수록 다급해진 걸로 봐서 어떤 사건이 발생했다는 사실을 짐작할 수 있었다. 그 메시지가 전달된 날이 바로 지난주 일요일이었다.

이부국 부부가 실종된 날.

그리고 어김없이 등장한 이름.

안개 미궁.

"도대체 어느 지점에서 연결이 된 건지 짐작도 못하겠네요."

도출이 고개를 저으며 말했다. 그는 이번 사건 관련 자료를 확인하고 있었다. 이부국 부부, 현상철, 그리고 나도열과 하민영이 비슷한 시기에 실종됐다. 유민욱도 실종되었다 봐도 무방하리라.

여섯 사람을 잇는 점은 단 하나, 바로 안개 미궁이라는 게임이었다. 도대체 무슨 일이 벌어지고 있는지 모르고, 그래서 답답하기는 도희도 마찬가지였다. 특히 민욱의 실종이 도희의 마음을 옥죄었다.

"궁금하네요."

도출이 물었다.

"뭐가?"

도희가 덤덤한 목소리로 되물었다.

"유민욱이요. 진짜 다이버인가요?"

"네가 말하는 다이버가 무의식 전이를 하는 사람을 의미하는 거라면, 그래 맞아."

"흠. 사장님과 다이버…… 상상하기 힘든 조합이네요."

"왜? 뭐가 이상한데?"

"그렇잖아요. 사장님은 첨단 기술 같은 건 아예 무시하는 분인데 무의식 전이를 하는 사람과 아는 사이라니."

게다가 꽤 각별한 것 같고.

마지막 한마디는 하지 않았다.

도출은 아까부터 도희의 눈치를 살피고 있었다. 당황하고 괴로워하는 모습이 눈에 훤히 보일 정도로 도희는 흔들리고 있었다. 유민욱이라는 남자는 도희에게 그만큼 소중한 존재인 것이다.

"왠지 분하네요."

도출은 중얼거렸다.

"뭐가?"

"아니요. 혼잣말했어요. 그나저나 어떤 사람이에요?"

도희는 잠시 생각한 후 대답했다.

"멍청한 인간."

"하하. 그럼 제대로 된 사람이겠네요. 사장님한테 그런 평가를 받는 걸 보면."

도출이 크게 웃었다.

"짜샤. 어디서 그 따위 말을!"

도희가 조수를 향해 눈을 부라렸다.

"이제 좀 사장님 같네요. 하도 긴장하고 있기에 농담 좀 했습니다."

"나 긴장 안 했거든!"

"얼굴에 쓰여 있던데…… 조심해요!"

도출이 꽥 소리를 질렀다.

자동차 앞으로 커다란 개 한 마리가 튀어나왔다.

"으악!"

도희는 도출의 비명을 들으며 핸들을 홱 꺾었다.

끼이이익!

바퀴가 미끄러지며 귀를 찢는 울음을 토해냈다. 차가 기우뚱했다. 도희는 브레이크를 나눠 밟으며 핸들을 꽉 잡았다. 오른쪽으로 크게 휘청하던 차는 제자리에서 한 바퀴를 돈 후 그대로 멈췄다. 자동차의 곡예 쇼를 바라보던 개는 "컹!" 하고 한 번 짖은 후 밤길로 사라졌다.

"앞을 보고 운전해야죠! 죽을 뻔했잖습니까."

도출이 벌컥 화를 냈다.

"개가 갑자기 뛰어든 걸 어떡해? 나니까 사고 안 난 거 몰라?"

"그러게 아까부터 좀 천천히 달리라고 말씀드렸잖아요."

"아니 근데 넌 왜 아까부터 이렇게 까칠하게 구냐, 응?"

도출은 대답하지 않았다. 도희도 할 말이 없었다. 그는 다시 차를 출발시켰다. 어두운 국도에 전조등 불빛이 새겨졌다. 두 사람은 한동안 아무 말도 하지 않았다. 어둠에 잠긴 풍경들이 휙휙 뒤로 사라졌다.

"유민욱은 왜 이런 시골에 살아요?"

한참 만에 도출이 입을 열었다.

"그 사람은 세상과 인연을 끊고 싶어 해."

도희가 대답했다.

"아웃사이더인가요? 아니면 고독한 해결사?"

"아마 후자 쪽에 더 가깝겠지? 집은 외곽에 있지만 그 사람이 실제로 지내는 곳은 N병원이야."

"N병원이요? 무의식 전이 일 때문에 거기서 상주하는 건가요?"

"그 이유도 있는데…… 제일 큰 이유는 자기 아들 때문이야."

"아들……."

"아들이 식물인간 상태로 몇 년째 그 병원에 있거든."

도희의 목소리가 잠겨 들었다. 도출은 안 된다는 걸 알면서도 계속 질문을 퍼붓고 싶었다.

"그게 다이버들 일이잖아요? 식물인간이 된 사람들 무의식 속으로 다이빙해서 깨우는 거. 그런데 왜 자기 아들은……."

도희는 속도를 늦추며 우회전을 했다.

아담한 집 한 채가 전조등 불빛에 모습을 드러냈다.

"그게 잘 안 되는 경우도 있나 봐. 다 왔어. 내려."

도희는 안전벨트를 풀며 민욱이 했던 말을 떠올렸다.

"요즘도 마찬가지예요. 일주일에 한 번씩 그 아이의 머릿속으로 들어갑니다. 실낱같은 희망을 품고. 하지만 아무것도 없어요. 그냥 어둡고 컴컴할 뿐이에요. 아무리 둘러보고 아무리 불러 봐도 반응이 없어요. 아들은 분명히 살아 있는데, 살아서 숨을 쉬고 있는데 의식은 찾을 길이 없네요. 제가 다이버가 된 것도 아들 때문인데 정작 우리 빈이에게는 아무런 쓸모도 없어요."

두 사람은 유민욱의 집 안으로 들어갔다.

"넌 도둑질에 재능이 있는 게 분명해."

도희가 조수를 향해 말했다. 도출은 단 몇 분 만에 유민욱의 집 방범 시스템을 해제했다.

"전 뭘 훔치는 데 재주가 없어요. 들락날락하는 건 잘하는데."

도출은 그렇게 말하며 희미하게 웃었다.

유민욱의 집은 썰렁했다. 실제로도 온기가 돌지 않았고 가구며 인테리어도 지나치게 단출했다.

"미적 감각은 없는 남자군요."

도출이 집 안을 둘러보며 말했다.

"시끄럽고 빨리 찾아봐."

도희가 말했다.

"근데 도대체 뭘 찾는 거죠?"

"글쎄다. 나도 그걸 알면 좀 덜 답답할 텐데. 일단 쭉 둘러보자고."

186

도희도 민욱의 집 안까지 들어온 것은 이번이 치음이있다. 매번 집 앞까지만 태워다 주었다.

도희는 거실 한가운데 덩그렇게 놓인 책상을 살펴봤다. 자그마한 액자 하나가 세워져 있었다. 자살을 했다는 아내와 식물인간이 된 아들, 그리고 유민욱이 함께 찍은 사진이었다. 사진 속 세 사람은 환하게 웃고 있었다. 그 모습을 보자 비릿한 슬픔이 밀려왔다. 유민욱의 행복은 사진 속에 영원히 감금된 것 같았다. 그리고 현재는 그 사람의 행방조차 알지 못한다.

도희는 애가 탔다. 그때 도출이 흥분한 목소리로 외쳤다.

"사장님, 이것 좀 보세요."

도출은 서재에서 또 다른 액자 하나를 들고 나왔다. 역시나 작은 크기였다.

"뭐야? 사진?"

도희가 물었다.

"남자 둘이 같이 찍은 건데……."

"어디 봐."

도희는 액자를 뺏어 들었다.

사진 속에는 두 남자가 앉아 있었다. 왼쪽은 유민욱, 오른쪽은 처음 보는 남자였다. 배경은 병실인 듯했다. 병원 침대와 시트, 그리고 각종 의료 기기들이 보였다. 사진 밑에는 짤막한 한 문장이 새겨져 있었다.

박도혁과 유민욱, 두 친구가 서로를 위로하며…….

'박도혁?'

아마도 오른쪽 남자의 이름이 박도혁인 듯했다. 머리카락을 길게 기른 평범하지 않은 외모의 남자였다. 또 하나, 박도혁이라는 남자는 휠체어를 타고 있었다.

"이 사진이 왜?"

도희가 도출에게 물었다.

"여길 보세요."

도출은 사진의 한쪽 귀퉁이를 가리켰다. 병실의 벽이 나온 부분이었다. 창문으로 들어온 햇살이 벽을 비추고 있었는데 거기에는 그림 한 장이 붙어 있었다. 크레파스로 그린 그림이었다. 파괴된 빌딩과 집들 위에 공룡으로 보이는 동물이 서 있었다. 하늘은 붉은색 안개가 뒤덮고 있었다.

Stage 7-1

"농담을 하는 거야, 아니면 미치기라도 한 거야?"

도열이 픽, 웃으며 말했다.

"아니요. 농담도 아니고 미친 것도 아닙니다. 우리는 무의식 전이를 한 겁니다."

"무의식 전이?"

광현이 되물었다.

"아! 무의식 전이라면 나도 알고 있네."

부국이 말했다.

"이것 봐요, 교수님. 누가 무의식 전이를 몰라서 그러냐고요. 그것 때문에 하루에도 몇 번씩 뉴스가 나오는데 대한민국 사람이라면 다 알지. 내 말은 뜬금없이 왜 무의식 전이 이야기를 하느냐 이거지. 혹시 그 무의식 전이인지 뭔지를 해서 우리가 다른 사람 대가리 속으로 들어왔다는 그런 말을 하고 싶은 거야?"

광현은 그렇게 말하며 민욱을 바라봤다. 민욱은 고개를 끄덕였다.

"허!"

광현이 탄식인지 감탄인지 모를 소리를 냈다.

"아직 아무도 말씀을 안 하셨지만 저는 스테이지 6에서 잃어버렸던 기억의 일부를 되찾았습니다."

민욱이 말했다.

"그 기억이라는 게 뭔데?"

도열이 따지듯 물었다.

"지금부터 짧고 간단하게 그 이야기를 하겠습니다."

민욱은 잠시 눈을 감았다 뜬 뒤 자신과 가족을 불행으로 몰아넣었던 그날의 사건에 대해 털어놓았다.

침묵이 흘렀다. 아무런 소리도 들리지 않았다. 늑대인간의 포효도 사라진 지 오래였다. 화로에서는 계속 장작불이 타고 있었지만 불똥이 튀는 소리는커녕 온기도 느껴지지 않았다. 그야말로 놀이동산 속에 지어진 싸구려 세트 같았다.

"그 후로 다이버가 된 건가요?"

제법 긴 시간이 지난 뒤에 수영이 물었다. 민욱은 천천히 고개를 끄덕였다.

"네. 실의에 빠져 군 생활을 그만둔 저에게 N 병원의 무의식 전이 담당 의사 중 한 명이 제안을 했습니다. 다이버가 되면 어떻겠느냐고."

"그러니까 아들의 의식을 깨우기 위해 다이버 생활을 시작했다 이거네?"

광현이 물었다.

"네. 하지만 쓸데없는 일이었습니다. 아들은 아직도 N 병원에 식물인간인 채로 누워 있습니다. 다른 사람들 무의식 속에는 숱하게 드나들며 활약을 했지만 정작 제 목표는 이루지 못했죠."

"난 슬픈 이야기는 딱 질색이라서."

도열은 그렇게 말하며 능글능글 웃었다.

"어이. 아무리 그래도 아가리를 함부로 놀리면 쓰나!"

광현이 도열을 위협했다. 도열은 눈도 깜박하지 않았다.

"왜? 어쩌게? 이런 신파 같은 이야기 듣고 있는 것보다 난 저치가 한 말이 사실인지 아닌지가 더 궁금하다고. 다이버인지 뭔지는 난 모르겠고, 여기가, 이 좆같은 곳이 다른 사람 대갈빡 속이라는 증거가 있으면 내놔 봐."

이번에는 광현도 도열의 말에 토를 달지 못했다.

"그, 그래. 나도 그게 궁금해. 그리고 그게 정말 가능한 일인지도."

"무의식 전이는 서로의 뇌파를 연결하는 겁니다. 각기 다른 두 개의 뇌가 한순간 파동이 겹칠 때가 있는데 그때 환자의 무의식 속으로 다이빙을 하는 겁니다. 타인의 뇌 속으로 들어가면 기본적으로 의식을 잃었다가 깨어난 것처럼 됩니다."

모두 민욱의 말에 집중했다.

"부작용으로 기억을 잃을 수도 있죠. 그래서 다이버들은 키워드가 되는 단어를 가지고 들어갑니다. 연상기억법이라고 생각하시면 이해하기 쉬울 겁니다. 몇 가지 단어를 통해 내가 누구인지, 왜 이곳에 왔는지를 떠올리는 거죠. 그 작업이 끝나고 나면 목적에 따라서 여러 가지 방법으로 환자의 무의식 속을 돌아다닙니다."

"돌아다닌다는 게 정확히 무슨 의미입니까?"

부국이 물었다.

"말 그대로입니다. 실제로 몸을 움직여서 돌아다니는 겁니다. 무의식의 세계 속에도 사람에 따라 각기 다른 현실이 존재합니다."

"현실이라고?"

광현이 물었다.

"네. 외부인이 보기에는 상상의 세계이지만 무의식의 주체에게는 그것이 현실이죠."

"좆나 어려운 소리구먼."

광현이 구시렁댔다.

"인간의 뇌가 만들어내는 공간은 경계도 없고 제약도 없습니다. 마치 우주와 같죠. 무의식이라는 우주 공간에서 인간은 전지전능한 신이 되는 겁니다. 상상을 하는 것만으로도 무엇이든 만들어 낼 수 있으니까요. 그리고 적어도 그 사람의 뇌 속에서는 그 상상력의 결과물들이 현실성을 가지고 있습니다."

"그렇다는 건 무의식 속에서도 물리력이 작용한다는 거군요."

부국이 고개를 끄덕이며 말했다.

"맞습니다. 비록 머릿속 상상이기는 하지만 그 안에 있을 때는 그만큼의 물리력을 가집니다. 예를 들면 누군가의 무의식 속에 드넓은 사바나 초원이 펼쳐져 있다고 가정해 봅시다. 거기에는 코끼리도 있고 기린도 있습니다. 그런데 하필이면 사자와 마주쳤습니다. 어떻게 될까요?"

"사자에게 공격을 당해서…… 죽을 수도 있다?"

수영이 말했다.

"네. 바로 그겁니다. 그런 점에서 현실이라고 말하는 겁니다."

민욱이 대답했다.

"그럼 무의식 속에서 죽으면 어떻게 되는 거요?"

광현이 물었다.

"환자의 무의식 속에 들어간 다이버가 사고를 당해 죽는다면 실제 다이버 역시 뇌사 상태에 빠지게 됩니다."

"우라질 직업이구먼."

"이빨 그만 털고 빨리 이유나 말해!"

도열이 소리쳤다.

"이곳은 지금껏 제가 다녀본 무의식 공간과 정확히 일치합니다."

민욱은 그렇게 말하며 문을 향해 걸어갔다.

"의식을 잃었다가 깨어난다, 기억을 하지 못한다, 배고픔과 갈증도 느끼지 않는다, 그리고 무엇보다……."

민욱은 빗장을 벗겼다.

"어이! 뭐하는 거야?"

광현이 놀라서 외쳤지만 민욱은 아랑곳하지 않았다.

"…… 배경이 수시로 변한다."

민욱은 문을 당겨 열었다.

"아!"

수영이 탄성을 질렀다. 바깥세상은 또다시 변해 있었다. 잿빛 마을은 온데간데없이 사라지고 열대우림이 모습을 드러냈다.

"또 뭘 하려고……."

부국이 중얼거렸다.

사람들은 모두 밖으로 나갔다. 어느새 해가 저물고 있었다. 안개가 물러간 하늘에는 시뻘건 석양이 그 자리를 대신했다. 덥고 습한 공기가 엄습했다. 나무들은 모두 덩치가 어마어마했다. 바닥에는 온통 이끼 천지였다.

"무의식 속에서는 환자가 상상을 하거나 어떤 기억을 떠올리는 것만으로도 쉽게 환경이 변합니다. 그래서 위험하죠. 지금까지 우리가 겪었던 것처럼."

도열이 민욱의 말을 자르고 들어왔다.

"그딴 소리는 나도 하겠어! 당신 말대로라면 무의식 속에서는 환자인지 뭔지가 상상하는 것만 나타나잖아. 그런데 지금까지 우리 꼴을 봐. 우린 명백히 누군가의 의도대로 움직이고 있다고! 이게 가능해? 가능하냐고!"

"가능한지 여부는 저도 잘 모르겠습니다."

민욱은 솔직히 말했다.

그 부분은 자신의 머릿속에서도 정리가 되지 않았다.

"다만 한 가지 가설을 세울 수는 있습니다."

"가설?"

부국이 말했다.

"누군가가 계획적으로 우리의 의식을 전이시켰다면, 그리고 그것이 우리를 죽이기 위한 방법 중 하나라면, 특정한 의도 역시 프로그래밍할 수 있지 않았을까……."

"우리를…… 죽인다고? 왜?"

광현이 물었다.

"그 이유가 바로 여러분 기억의 조각 속에 들어 있습니다. 그래서 빨리 맞춰봐야 하는 겁니다. 이유를 알면 탈출의 실마리가 잡힐지도 모릅니다. 그렇지 않고 이대로 계속 무의식 속에 머물러 있다가는 자연 소멸됩니다."

"그건 또 무슨 얘기예요?"

수영이 불안한 표정으로 물었다.

"최대 72시간, 즉 사흘 넘게 타인의 무의식에 들어가 있으면 자연적으로 뇌사 상태에 빠집니다. 육체와 의식이 떨어져 있을 수 있는 시간이 그쯤인 거죠. 그리고 제가 기억하기로 지금이 두 번째 날 밤인 것 같습니다."

"우라질."

광현이 중얼거렸다.

모두가 방심하고 있던 그때, 어김없이 그 목소리가 들려왔다. 허공에서.

- 스테이지 6에서 살아님은 여러분, 축하합니다.

"또 시작이야!"

도열이 광기에 찬 목소리로 중얼거렸다. 사람들은 모두 붙어 섰다.

- 이제 스테이지 7을 시작하겠습니다. 마지막 스테이지까지는 단 한 단계만 남았습니다. 그러니 모두 분발하시기 바랍니다.

"마지막? 그럼 8단계가 끝이란 말이야?"
광현이 소리쳤다.
목소리는 대꾸하지 않았다. 묵묵히 전달사항을 읊을 뿐이었다. 마치 판사가 판결문을 낭독하듯이.

- 스테이지 7은 밀림 속에서 쫓고 쫓기는 숨바꼭질입니다. 여러분은 무시무시한 악귀들을 피해 도망치셔야 합니다. 악귀들은 여러분이 어디에 있는지 너무도 잘 알고 있습니다. 그래서 선물을 준비했습니다. 뒤쪽을 보시죠.

사람들은 일제히 뒤를 돌아봤다. 벽돌집은 흔적도 없이 사라지고 그 자리에 다섯 개의 상자가 나타났다.
"상자네요. 크기도 모두 다르고."
수영이 말했다. 민욱은 생각에 잠긴 채 고개를 끄덕였다. 이대로 목소리의 의도대로 끌려다닐 수만은 없었다.
"무의식의 중심으로 가야 해요."
민욱은 조용히 속삭였다.
"네?"
수영이 물었다.
"거기에 뇌파가 연결된 길이 있을 겁니다."
"하지만 목소리가 시키는 대로 하지 않으면……."

"그걸 시험해 봐야겠습니다."

민욱은 눈을 빛냈다.

- 상자 안에는 각기 다른 무기가 들어 있습니다. 여러분은 선택할 수 있습니다. 살아남을 때까지 계속 도망치거나 아니면 무기로 악귀를 죽이거나. 과감한 결정을 내렸을 때 여러분은 자유를 맛보게 될 것입니다. 이번 스테이지의 난이도 역시 하드(Hard)입니다. 자, 그럼 부디 살아남는 쪽이 되시기를 바랍니다. 행운을 빌겠습니다. 굿 럭!

목소리가 사라지고 정적이 찾아왔다. 아무도 섣불리 움직이지 않았다.

"상자를 열면 폭발하거나 뭐 그런 건 아니겠지?"

광현이 그렇게 말했을 때였다.

"크으으으."

밀림 안에서 으르렁거리는 소리가 들려왔다. 동시에 코를 찌르는 악취도 풍겼다.

"뭐지?"

도열이 주위를 두리번거렸다.

"늑대인간 소리는 아니에요."

수영이 말했다.

"빌어먹을 공룡 소리도 아니야!"

광현이 외쳤다.

"그럼 진짜 악귀란 말인가."

부국이 중얼거리는 찰나, 도열이 상자를 향해 달려들었다.

"일단 무기부터 챙길 거야."

"나, 나도!"

광현도 달려들었다.

"일단 우리도 챙깁시다."

부국의 말에 수영과 민욱은 고개를 끄덕였다.

목소리의 말처럼 상자에는 각기 다른 무기들이 들어 있었다. 제일 먼저 상자를 고른 도열은 날이 시퍼렇게 살아 있는 일본도를 얻었다. 광현의 무기는 곤봉이었다. 부국은 활과 화살이었다. 그리고 수영과 민욱은 각각 권총과 단검을 획득했다.

"흐흐. 누구든 다가오기만 해 봐. 다 베어버릴 거니까!"

도열이 일본도를 휘두르며 소리쳤다.

"어이, 조심해서 다뤄!"

광현이 외쳤다.

"뭐?"

도열은 광현을 향해 일본도를 겨눴다.

"어쭈? 해 보겠다 이거야?"

광현은 주춤주춤 뒤로 물러서면서도 도열을 매섭게 노려봤다.

"우리끼리 이러고 있을 때가 아닙니다. 아시잖아요!"

민욱이 두 사람 사이로 끼어들었다.

"닥쳐! 같잖은 게 잘난 척을 하고 말이야. 어때? 너부터 확 베어줄까?"

도열이 외쳤다. 그런 뒤 허공을 올려다보며 미친 듯이 웃었다. 그 순간, 마치 그 웃음에 답하듯 으르렁거리는 소리가 들려왔다.

"크으으으!"

모두의 눈빛이 변했다. 아까보다 훨씬 가까운 거리였다. 한 마리가 아닌 듯했다.

"기다려, 이 새끼들아! 내가 다 죽여줄 테니까."

도열은 그렇게 외치며 밀림 속으로 뛰어들었다.

"저, 저!"

부국이 안타깝다는 듯 외쳤다. 광현은 고개를 돌리고 민욱과 수영을 바라봤다.

"이번엔 흩어지는 게 낫겠어. 난 알아서 할 테니까 모쪼록 자기 목숨 잘들 챙기라고."

"안 돼요. 이럴 때일수록 힘을 합쳐야 해요!"

민욱이 외쳤지만 광현 역시 밀림 속으로 사라졌다.

"우리도 빨리 움직입시다. 이대로 가만히 있는 건 정답이 아닌 것 같습니다."

부국의 말에 민욱은 고개를 끄덕였다. 모험을 하고 싶어도 지금 당장은 아니었다. 지금은 악귀로부터 살아남는 게 우선이었다. 밤이 깊어가고 있었다. 보나마나 그 악귀에게 유리한 환경이 될 게 뻔했다. 어둡고 습한 밀림 속. 미리 몸을 숨기는 게 최선의 방법이었다.

"우리는 맞서 싸우기보다 일단 숨을 곳을 찾아보죠."

민욱의 말에 두 사람 모두 동의했다. 세 사람은 우거진 밀림 숲을 헤치며 안으로 들어갔다. 점점 더 어두워졌다. 밤은 소리 없이 내려앉았고 악귀들이 움직이는 소리는 더 커졌다. 헐떡대는 소리, 으르렁거리는 소리, 나뭇가지가 부러지는 소리, 그리고 이따금 밤하늘에 울려 퍼지는 괴성.

세 사람은 꼭 붙어서 천천히 움직였다. 빨리 이동하고 싶어도 숲이 워낙 울창해 속도를 낼 수가 없었다.

"이러다간 따라잡히겠어요."

수영이 말했다. 민욱도 마찬가지 생각이었다. 악귀들이 내뿜는 악취가 점점 더 진해졌다. 그만큼 거리가 줄어들었다는 뜻이었다.

"나무 위로 올라갑시다."

민욱이 말했다. 마침 적당한 높이의 나무가 있었다. 고통에 몸부림치다가 온몸이 배배 꼬인 듯한 형상의 나무였다. 덕분에 나무줄기를 밟고 비교적 수월하게 올라갈 수 있었다.

"빨리요!"

한 발 먼저 올라간 수영이 재빨리 속삭였다.

"이쪽으로 다가오고 있어요."

두 사람은 서둘러 나무를 올랐다. 때마침 구름이 이동하면서 훤히 뜬 보름달이 드러났다. 밀림 숲에도 달빛이 드리웠다. 세 사람은 굵은 나무줄기에 바싹 엎드려 밑을 내려다봤다. 무언가를 피하기에는 충분한 높이가 아니었다. 하지만 어쩔 수 없었다. 더 이상 움직였다가는 들킬 판이었다.

한참 부스럭대는 소리가 들리더니 이윽고 지독한 냄새와 함께 무언가가 모습을 드러냈다.

굽은 어깨, 비죽 솟은 귀, 잔뜩 말려 올라간 입술과 드러난 송곳니, 온몸을 뒤덮은 울룩불룩한 종기까지, 그야말로 악귀의 형상이었다.

그것은 하민영이었다.

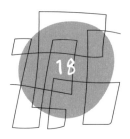

Stage 7-2

수영은 자기 입을 틀어막았다. 그래도 신음이 새어 나오고 말았다. 하민영, 아니 악귀가 재빨리 고개를 돌렸다.

"크ㅇㅇㅇ!"

악귀는 위협적인 소리를 내며 어둠을 노려봤다. 고양잇과 동물의 그것처럼 안광이 번득거렸다. 악귀가 고개를 돌릴 때마다 산발을 한 머리카락이 이리저리 흔들렸다. 재빠른 그 동작 역시 난폭하고 거대한 포식자의 특징 그대로였다.

다만 악귀는 표범이나 호랑이와 달리 추악하고 비루한 몰골이었다. 인간도 아니고 괴물도 아닌 존재.

악귀가 바로 그랬다.

악귀가 내뿜는 역한 냄새 역시 이 세상의 것이라고는 상상할 수 없었다.

쉭.

쉭.

쉭.

악귀는 숨을 몰아쉬며 먹잇감을 찾기 시작했다. 굽은 어깨가 들썩거렸다. 툭 튀어나온 두 눈이 이쪽저쪽 각기 다른 방향으로 빙글빙글 도는 모습을, 민욱은 똑똑히 목격했다. 민욱 역시 간신히 숨을 참고 있었다. 조금이라도 움직였다간 바로 들킬 것이다. 다행히 세 사람은 나무 그늘 안에 있었다.

'괜찮아. 움직이거나 소리를 내는 게 아니라면 절대 안 들켜.'

민욱은 그렇게 생각하며 마음을 다잡았지만 대책 없이 뛰는 심장은 마음대로 조종할 수가 없었다.

"크으으으!"

악귀가 하늘을 향해 포효했다. 분노와 불만이 가득 섞인 울음이었다. 그러자 또 다른 포효가 들려왔다.

"크으으으!"

다른 악귀가 있었다. 그것도 멀지 않은 거리에. 둘은 끔찍한 소리를 내며 한참 동안 대화를 나누었다. 잠시 후 악귀는 발길을 돌렸다. 여전히 미련이 남는다는 듯 획획 고개를 저으며.

악귀가 떠난 후에도 그 고약한 냄새는 쉽게 사라지지 않았다. 그것은 마치 악귀가 세상에 찍어놓은 낙인 같았다.

"민영 씨였어요! 맞죠?"

악취가 옅어져 갈 때쯤, 수영이 속삭이듯 물었다. 수영은 덜덜 떨고 있었다. 민욱은 수영의 등에 가만히 손을 댔다. 지금으로서는 그렇게밖에 해 줄 수 없었다.

"어떻게 이런 일이……."

부국이 신음처럼 말을 흘렸다.

"죽었는데…… 분명 그때 죽었는데. 내가 봤는데……."

수영은 같은 말을 반복했다. 그렇게 주문을 외우면 악귀가 영원히 사라지기라도 한다는 듯이.

"어떻게 된 걸까요? 아까 말했잖소. 무의식 속에서 죽으면 뇌사 상태에 빠진다고."

부국이 민욱을 향해 물었다.

"아마 현실의 하민영 씨는 뇌사 상태에 빠져 있을 겁니다."

민욱이 대답했다.

"그렇다면 방금 그건……."

"네. 누군가의 상상의 산물이겠죠."

"도대체 어떤 인간이 저렇게 끔찍한 상상을 한단 말인가."

부국은 혼잣말을 하다가 갑자기 상체를 벌떡 일으켰다.

"아!"

그의 눈이 커지고 입도 벌어졌다. 그 순간 멀리서 비명이 들려왔다.

"으아아아!"

"도열 씨 목소리예요!"

수영이 말했다.

"공격을 받은 모양인데."

민욱은 순간 갈등했다. 도우러 갈 것인가, 말 것인가. 수영이 민욱을 바라봤다. 수영은 고개를 끄덕였다.

"가요. 그래야 해요."

민욱 역시 같은 결론에 도달했다.

"알겠습니다. 교수님도……."

부국은 이미 나무를 내려가는 중이었다. 무언가에 홀린 사람처럼 거의 구르다시피 땅으로 내려갔다.

"교수님!"

수영이 부국을 불렀지만 대꾸도 없이 비명이 들리는 곳을 향해 달려갔다.

"왜 저러시죠?"

놀란 수영이 민욱에게 물었다. 그 순간 민욱도 알아챘다.

"갑시다. 가면서 설명하겠습니다."

민욱과 수영은 조심스레 땅으로 내려섰다.

"으악!"

비명은 또 한 번 들렸다. 도열이 분명했다.

"서두르죠."

민욱이 외쳤다. 도열을 위해서도, 부국을 위해서도 최대한 서둘러야 했다.

'제발, 제발 그런 상황이 아니길.'

민욱은 숲을 헤치며 달리면서 빌고 또 빌었다.

"도대체 뭐예요? 설명해 주세요."

수영이 민욱에게 물었다. 수영은 생각보다 훨씬 강인한 여자였다. 민욱과 거의 같은 속도로 달리면서도 숨을 헐떡일 뿐 힘들어하지 않았다. 여리고 약해 보이는 외모와 달리 수영은 체력도 좋고 정신력도 남달랐다.

"죽었던 하민영 씨가 살아 돌아왔습니다. 끔찍한 몰골을 한 채 악귀라는 이름으로."

민욱이 말했다.

"도대체 이런 상상을 하는 인간은 누굴까요?"

수영이 분노에 찬 음성으로 말했다.

"저도 궁금합니다. 하지만 지금 걱정되는 건 그게 아닙니다. 악귀는 분명 하나가 아닙니다. 그렇다는 건……."

"아!"

이번에는 수영도 이해했다. 그의 눈에도 역시 공포의 빛이 떠올랐다.

"그냥 제 상상이 지나친 것이길 빌 뿐입니다."

민욱은 그렇게 말했지만 큰 기대는 하지 않았다. 현실은 언제나 상상보다 지독하다. 상상도 하지 못했던 일들이 버젓이 일어난다.

"멈춰!"

민욱의 예감은 틀리지 않았다. 몇십 미터 앞에서 분노에 찬 부국의 목소리가 들려왔다. 그는 누군가를 향해 큰 소리로 외치고 있었다. 잠시 멈칫했던 민욱과 수영은 다시 걸음을 빨리했다.

높다랗게 자란 이름 모를 활엽수 사이를 지나자 이끼가 잔뜩 낀 공간이 나왔다. 거기에 세 사람, 아니 두 사람과 악귀 하나가 서 있었다. 일본도를 든 도열은 눈을 치뜬 채 악귀를 노려보고 있었다. 부국의 화살은 그런 도열을 겨냥하고 있었다.

악귀는 부국과 도열을 번갈아 바라보다가 민욱을 향해 고개를 홱 돌렸다.

허양자였다.

물에 팅팅 불어 반질반질해진 살갗은 달빛을 받아 붉게 빛났다. 길게 늘어난 목과 팔은 허공에서 흐느적거렸다. 가장 끔찍한 것은 얼굴이었다. 민영과 달리 허양자의 얼굴은 살아 있던 때의 모습 그대로였다. 다만 살점들이 너덜너덜해져 펄럭이고 있을 뿐이었다.

"빨리 죽여! 이 괴물 빨리 죽이라고!"

도열이 부들부들 떨며 악을 썼다. 그는 일본도를 쥐고만 있을 뿐 휘두르지 못했다. 극심한 공포 앞에서 온몸이 굳어버린 듯했다.

"멈춰! 건드리지 마."

부국이 소리를 질렀다.

"이 미친 영감탱이야! 이건 네 마누라가 아니라고. 괴, 괴물, 악귀라고!"

"칼을 휘두르는 순간 화살을 쏠 것이네."

부국의 목소리에는 흔들림이 없었다. 주저하는 기색도 느껴지지 않았다. 민욱은 부국에게로 다가가려다가 멈춰 섰다. 그가 고개를 흔들었다.

다가오지 마.

부국이 보내는 신호였다. 늙은 교수는 마음을 먹은 것이다. 하민 영의 몰골을 보고 최악의 상황을 머릿속에 그렸을 때부터 그의 마음은 한 방향으로 향했다. 만약 아내가 악귀가 되었다면, 자신의 손으로 직접 죽이기로.

"크으. 크으."

악귀가 이상한 소리를 낼 때마다 입안에서 물이 흘러나왔다. 악귀는 천천히 몸을 돌렸다. 이제 새로운 먹잇감에게 관심이 생긴 모양이었다.

"어, 어쩌면 좋아요?"

수영이 중얼거렸다. 그는 피가 나도록 입술을 깨물고 있었다. 그모습을 보고서야 민욱도 깨달았다. 자신 역시 손톱이 파고들 정도로 주먹을 꽉 쥐고 있음을.

"여긴 교수님께 맡깁시다."

민욱이 조용히 말했다.

악귀는 길쭉하게 늘어난 목을 좌우로 흔들며 부국 쪽으로 다가 갔다. 악귀가 입을 헤벌쭉 벌렸다. 날카롭게 뻗은 이가 입안에 촘촘히 박혀 있었다. 입이 열렸다가 닫히며 말을 만들어냈다.

"여…… 보……."

민욱은 순간 움찔했다. 악귀의 목소리는 그 몰골보다도 훨씬 끔찍했다. 그것은 성대를 통해 나오는 소리가 아니었다. 어둠 속 어딘 가에서 도사리고 있다가 바로 심장을 움켜쥐는 소리였다.

"여보."

악귀가 또 부국을 불렀다. 얼굴에는 미소가 번졌다.

"히익!"

다리가 풀려 그 자리에 주저앉은 도열은 엉덩이걸음으로 물러나 민욱을 향해 엉금엉금 기어왔다.

"나 때문에 당신이 고생이 많소."

부국이 말했다. 목소리가 잠겨 있었다. 그의 눈에서 흘러내리는 눈물이 달빛을 받아 반짝였다.

"이제 기억났어. 이 모든 게 나 때문이오. 아마 그래서 이렇게 고통을 받는가 보오."

"도망 가. 빨리!"

도열이 민욱의 다리를 붙잡고 겨우 일어섰다. 악귀는 성큼 다가섰다.

"내 손으로 모든 걸 해결하겠소. 미안하오."

부국은 그렇게 말한 후 크게 소리쳤다.

"모두 비켜 주세요. 여긴, 여긴 내가 알아서 할 테니."

그 누구도 부국의 의지를 꺾을 수 없을 것 같았다. 도열은 그 말이 떨어지기가 무섭게 도망치기 시작했다. 민욱과 수영은 서로를 마주본 후 고개를 끄덕였다.

"갑시다."

두 사람은 왔던 길을 되돌아 달렸다.

"크아아아아!"

악귀의 포효가 밤하늘을 갈랐다. 수영과 민욱은 말없이 서로의 손을 잡았다. 그렇게 한동안 계속 달렸다. 더 이상 아무 소리도 들리지 않았다. 두 사람은 멈춰 섰다.

"정말…… 정말 지독해."

수영이 중얼거렸다. 눈에서는 눈물이 흘러내렸다.

"어떻게 이런 일이."

터져 나오는 울음을 참으려고 수영은 또다시 입술을 깨물었다. 민욱은 수영에게 다가가 가만히 끌어안았다. 그것 말고는 해 줄 게 없었다.

"그래도 교수님을 구했어야 하는 거 아닐까요?"

수영이 눈물을 훔치며 말했다.

"모르겠습니다. 어떤 게 옳은 일인지. 다만……."

민욱은 말을 골랐다. 그 역시 감정이 북받쳐 올랐다.

"다만…… 모두를 구할 수는 없더군요. 교수님의 결심은 확고했습니다. 그리고 우리 역시 확고하게 결심을 굳혀야 할 때입니다."

"결심……."

수영이 민욱의 말을 받았다.

"네. 시간이 얼마 없습니다. 다음 번 밤이 오기 전에 이곳을 빠져나가야 합니다."

"나도 꼭 좀 데리고 나가줘."

밀림 숲을 헤치며 도열이 얼굴을 내밀었다.

큭큭큭.

그는 소리 죽여 웃고 있었다.

"와. 그 영감 때문에 살았네."

도열은 그렇게 말하며 다시 웃음을 터트렸다. 이번에는 참지 못했다. 민욱은 도열을 향해 달려들었다.

쉭!

일본도가 허공을 갈랐다.

민욱은 가까스로 멈춰 섰다. 칼날이 바로 코앞에서 민욱을 겨냥하고 있었다.

"멋대로 움직이지 말라고. 알겠어?"

도열이 사납게 소리쳤다. 또다시 눈빛이 바뀌었다.

"당신이나 그 칼 내려!"

수영이 소리를 질렀다. 그는 두 손으로 권총을 든 채 도열을 겨냥했다.

"크크크. 총? 네깟 년이 총 쏠 줄은 알아?"

도열이 말했다.

"안전장치 풀고 방아쇠만 당기면 이 거리에서 당신 맞추기는 식은 죽 먹기지."

수영은 그 말 그대로 권총의 안전장치를 능숙하게 풀었다. 도열의 얼굴에 당황한 표정이 떠올랐다.

"자, 빨리 내려!"

수영이 다시 한번 소리쳤다.

"알았어. 알았다고."

도열은 슬그머니 칼을 내렸다. 그런 도열을 보고 수영도 총을 내렸다. 그 순간 도열이 앞으로 내달렸다. 칼을 쭉 뻗으며.

"이년아, 죽어라!"

민욱이 몸을 날렸다. 그는 방심하지 않았다. 도열의 눈에서 진짜 살기를 느꼈다. 지금 이곳에서 가장 악귀에 가까운 존재가 있다면 그것은 바로 도열이었다. 민욱은 순식간에 거리를 좁힌 뒤 주먹으로 도열의 옆구리를 강타했다.

"크윽!"

도열은 신음을 흘리며 비틀거렸다.

퍽!

민욱의 발차기가 도열의 배에 꽂혔다.

커억.

도열은 구역질을 하며 주저앉았다. 그 순간에도 일본도는 놓지 않았다.

'독한 놈…….'

민욱은 어금니를 깨물었다. 도열이 칼을 들고 있는 이상 끝장을 봐야 하리라.

"이 새끼가."

도열이 비척거리며 일어났다. 숨쉬기가 힘든 듯 얼굴이 일그러졌다. 일본도가 허공에서 춤을 췄다.

"어허. 같은 편들끼리 뭔 짓이야?"

바로 그때, 귀에 익은 목소리가 들려왔다. 셋 다 한곳을 바라봤다. 덤불을 헤치며 광현이 나타났다. 전신에 피를 뒤집어쓴 끔찍한 모습을 하고서.

"악귀…… 악귀를 만난 거야?"

도열이 새된 소리로 물었다. 광현은 헤벌쭉 웃었다. 그의 눈에도 광기가 번들거렸다.

"만났지. 그런데 좀 낯이 익더구먼. 크하하."

광현은 피로 물든 곤봉으로 손바닥을 치며 말했다.

"상철 씨였나요?"

민욱이 물었다.

"맞아. 그 염색한 꼬맹이였지. 어찌나 추하게 변했던지 처음엔 못 알아볼 뻔했다니까!"

"상철 씨는?"

수영이 물었다.

"지금쯤 완전히 숨이 끊어졌겠지?"

광현은 웃음을 터트렸다.

"나쁜 놈."

수영이 광현을 노려보며 말했다.

"크크크. 나쁜 놈이라……. 사실 우리가 여기 끌려온 것도 다 그 이유 때문 아닌가? 난 이제 완전히 다 떠올랐다고. 우리 모두 그 사건에 관계된 인물이었어. 그 사건, 당신들도 기억하지? 잊었다면 곤란하지. 그런 짓을 해 놓고도 말이야. 크크. 그런데 한 가지 궁금한 게 있는데 그 사건과 관련도 없는 넌 왜 여기 있지?"

광현은 그렇게 말하며 곤봉으로 민욱을 가리켰다.

Pause 6

"박도혁과 안개 미궁을 키워드로 넣고 검색해 봐."

도희가 말했다.

"언제까지요?"

도출이 물었다.

"뭔가 나올 때까지."

"그럴 줄 알았어요. 그런데 사장님은 어디 가시게요?"

두 사람은 유민욱의 집에서 이제 막 사무실로 돌아온 참이었다. 시간은 어느덧 밤 10시, 일요일이 다 지나가고 있었다.

"민욱 씨가 했던 말 기억하지? 경찰에 신고했는데 별 반응이 없었다고. 그 내용이 뭔지 알아보러 갈 거야."

도희가 대답했다. 강철처럼 단단했던 그의 얼굴에도 피로한 기색이 역력했다.

"지금 몇 신 줄 아세요?"

"형사한테는 휴일도 없고 시간도 아무 의미가 없어."

"사장님은 형사가 아니에요."

"민간조사원도 마찬가지야."

"실종 사건이라고요. 어차피 하루아침에 해결될 일이 아니니까 좀 쉬다가……."

"연쇄 실종 사건이지. 그리고 더 악질적인 범죄로 이어질지도 모르고."

"확실한 건 아무것도 없어요. 우린 알고 있는 게 없다고요. 안개미궁이라는 그 게임하고 실종 사건이 관련 있을지도 모른다는 것도 순 추측이잖아요!"

도출의 목소리가 커졌다. 스스로도 그 사실을 깨닫고 있었지만 이제 와서 목소리를 낮출 생각은 없었다.

"그 추측이 추측에만 머물지 않게 지금 움직이는 거잖아."

도희의 목소리는 반대로 점점 작아졌다.

"누구를 위해서요?"

도출이 물었다.

"의뢰인들."

도희가 대답했다. 그러고는 문으로 향하려다가 몸을 돌렸다.

"이부국, 허양자, 현상철, 그리고 나도열과 하민영을 위해서다. 됐냐?"

"유민욱 씨는요?"

"그래, 그 사람도."

도희는 문을 열었다. 지친 얼굴에 슬쩍 미소가 피어올랐다.

"러브 앤 피스군요."

도출이 말했다.

"빨리 야근이나 해."

도희는 문을 닫고 나갔다.

"이번에는 야근 수당 꼭 챙겨 받을 거야. 휴일 근무도 했으니까 그것도."

도출은 텅 빈 사무실에서 혼자 중얼거렸다. 그러고는 픽, 웃었다.

"러브 앤 피스라……."

도희는 운전을 하며 조용히 중얼거렸다. 자신에게도 과연 사랑과 평화가 찾아올 날이 있을까? 문득 그런 질문이 떠올랐지만 이내 고개를 저어 털어냈다.

"으으! 이런 건 나도희 스타일이 아니야!"

도희는 소리를 꽥 질렀다. 그러고는 자동차 화상전화를 이용해 박철우에게 전화를 걸었다. 한참 동안 신호가 떨어졌지만 박철우는 받지 않았다.

'이 자식이!'

도희는 전화를 끊지 않았다. 거의 1분 정도가 흐르고 나서야 꺼칠한 목소리가 들려왔다.

"도대체 왜요?"

"어이, 박 마담! 너 전화 빨리 안 받으면 죽여 버린다."

"오늘 아침에 우리 만났잖아요. 그리고 지금은 밤 10시고!"

"강력계 형사한테 밤낮이 어디 있어?"

"저 어제도 철야했거든요. 잠 좀 자면 안 될까요, 네?"

"딱 하나만 알아봐 주고 자. 다시는 안 괴롭힐게."

"뭔데요?"

도희는 갓길에 차를 세웠다. 박철우의 대답에 따라 목적지가 달라질 판이었다.

"지난주 일요일, 아마도 유민욱이라는 남자가 112에 신고를 했을 거야."

"신고 내용은요?"

"그걸 알고 싶어."

"네?"

"그 남자가 뭐라고 신고를 했는지 좀 알아봐줘."

"그걸 말이라고 해요?"

박철우의 목소리가 한 톤 더 높아졌다.

'나한텐 다른 사람 목소리 크게 만드는 재주가 있나 봐.'

도희는 속으로 생각했다.

"아마도 유민욱이, 112에 신고한 걸 제가 무슨 수로 알아냅니까?"

"아마도 알아낼 수 있을 거야."

"112가 아니고 그냥 동네 기동대에 가서 신고한 거라면, 자기 이름을 안 밝혔다면, 아니 아예 신고 자체를 안 했다면 어쩔 겁니까?"

박철우는 득음을 한 로커처럼 점점 더 목소리를 높여갔다.

'그야말로 러브 앤 피스군.'

도희는 또 속으로 생각했다.

"나 같으면 그럴 걱정할 시간에 찾아보겠네. 그 참, 사내새끼가 말은 오라지게 많아요."

"알겠습니다."

전화는 뚝 끊겼다. 정적과 함께 초조함도 찾아왔다. 도희는 입술을 깨물며 전방에 펼쳐진 어둠을 주시했다. 진실은 늘 어둠 속에 있었다. 어둠은 너무나 짙고 진실을 밝힐 빛은 턱없이 부족했다. 언제나 그랬다. 형사 시절 내내 나도희는 그 사실을 뼈저리게 느꼈다.

'어떻게 된 걸까……'

도희는 머릿속으로 지도를 그렸다.

출발 지점은 지난주 일요일이었다. 거기서 시작해 이부국 부부와 현상철, 그리고 나도열과 하민영을 모두 연결한 뒤 유민욱과 안개 미궁이라는 게임까지 이어야 했다. 목적지가 어디인지는 도무지 알 수 없었다.

하지만…….

'바로 근처야. 근처까지 왔다고.'

아직까지 사라지지 않은 형사의 감이 그렇게 외치고 있었다. 몇 개의 단서만 더 모으면 목적지에 도달하게 될 거라고. 지긋지긋한 미궁을 탈출할 거라고.

전화벨이 울렸다. 생각에 빠져 있던 도희는 깜짝 놀랐다.

'예감이 안 좋아.'

도희는 숨을 고르며 자기 뺨을 두드렸다.

'정신 차리자, 나도희!'

액정에는 '박 마담'이라는 이름이 떴다. 박철우가 안다면 기겁할 노릇이었다. 도희는 붕붕 소리를 내며 스쳐 지나가는 차들을 한번 바라본 뒤 전화를 받았다. 박철우의 부루퉁한 얼굴이 화면 가득 떴다.

"어머, 엄청 피곤한 얼굴이네."

도희가 말했다.

"외우든지 받아 적든지 알아서 하세요."

박철우는 별다른 대꾸 없이 퉁명스레 말했다.

"오케이. 말해 봐."

도희는 눈을 빛냈다.

"선배 말이 맞았어요. 지난주 일요일 오전 10시 30분에 자신을 유민욱이라고 밝힌 남자가 112에 신고를 했어요."

10시 30분이라면 민욱이 도희에게 메시지를 남기기 2시간 전이었다. 그때부터 이미 무언가 일이 벌어지고 있었던 것이다.

"신고 내용은…… 앞으로 다수의 실종 사건이 발생할지도 모른다, 만약 그렇게 된다면 광선역 고가도로 자동차 전복사건을 조사해 보시오. 이게 답니다."

"그게 다라고?"

도희는 되물으면서도 참 유민욱답다는 생각을 했다.

"네. 답니다. 그래서 당연히 무시했습니다. 취객의 장난전화라고 판단했다네요."

"알았어. 고마워."

도희는 이번에야말로 진심을 담아 말했다.

"그런 낯간지러운 소리 그만하고 빨리 끊읍시다. 이제 진짜 잘 겁니다. 전화도 안 받을 거고요!"

"알았다니까! 새끼가 한 번 했으면 됐지 자꾸 미안하게 만들어."

도희가 버럭 소리를 질렀다.

"선배."

박철우가 말했다.

"왜?"

"진짜 피곤해 보이는 건 선배니까 조심해요."

그 말을 끝으로 전화는 끊어졌다.

도출은 인터넷으로 검색을 하는 동안 유민욱의 집에서 가져온 사진을 뚫어져라 바라봤다. 모든 정보는 인터넷에 있다. 그것이 도출의 평소 신념이었다. 고로 인터넷으로 찾아내지 못하는 건 없다. 그것 역시 도출의 신념이자 확신이었으며 제일 원칙이었다.

도출은 가장 큰 검색 사이트에서 '박도혁'과 '안개 미궁' 그리고 '게임' 등의 키워드를 넣어 검색을 시작했다. 박도혁의 사진을 올려 이미지 검색도 병행했다. 그 외에 근삿값에 도달할 만한 수많은 키워드를 넣었다.

그렇게 한 번 검색된 방대한 자료들은 도출이 직접 개발한 검색 엔진을 거쳐 일사불란하게 정리됐다. 한 번의 공정을 더 거치기에 물론 시간은 그만큼 오래 걸렸지만 쓸데없는 정보를 쳐낼 수 있다는 이점이 있었다.

10분.

컴퓨터는 검색 완료 시간을 그렇게 표시했다.

'박도혁은 안개 미궁과 관련이 있는 게 틀림없는데…….'

도출은 사진을 들여다보며 생각했다.

사진 속에서 찾아낸 그림은 분명 게임 안개 미궁 배경이었다. 가능성은 두 가지였다.

첫째, 박도혁이라는 인물은 안개 미궁과 관련이 있다.

둘째, 박도혁이라는 인물은 안개 미궁과는 관련이 없지만 적어도 그 게임을 안다.

아무래도 첫 번째 가능성에 더 마음이 기울었다. 하지만 도출은 선불리 판단하지 않았다. 그는 감 같은 건 믿지 않았다. 도출이 원하는 것은 사실로 인정할 만한 데이터였다.

'그래도 뭐, 나도 가설 같은 건 세울 수 있으니까.'

도출은 컴퓨터 화면을 힐끗 바라본 후 다시 사진으로 시선을 향했다.

사진 속 유민욱과 박도혁은 정반대의 인물처럼 보였다. 유민욱은 짧은 머리에 듬직한 체격이었지만 얼굴은 곱상했다. 반대로 박도혁은 머리카락이 얼굴을 가릴 만큼 길고 삐쩍 마른 몸매였지만 인상은 꽤 험악했다. 게다가 휠체어를 타고 있었다. 두 사람의 공통점이라고는 딱 한 가지뿐이었다.

슬픈 얼굴.

둘 다 지독하게 우울하고 슬픈 표정을 짓고 있었다. 마치 세상 전부를 잃어버린 것 같은 표정이었다. 심지어 사진 속에서는 희미하게 웃고 있는데도 절절한 슬픔이 드러났다.

"박도혁과 유민욱, 두 친구가 서로를 위로하며……."

도출은 사진에 새겨진 문장을 소리 내어 읽었다. 손으로 직접 쓴 글씨였다. 꼼꼼하고 여성스러운 필체.

'이 글을 쓴 건 박도혁이 아닐까?'

도출은 그렇게 추측했다. 박도혁이라는 이름이 앞에 나왔기 때문만은 아니었다. 문장 안에 들어간 쉼표 하며 꼼꼼하다 못해 강박적으로 보이기까지 하는 여섯 개의 말줄임표, 그리고 거창한 문구까지 모두 '안개 미궁'의 감성과 맞닿아 있었다.

삑!

검색이 완료됐다는 신호음이 들려왔다. 도출은 사진을 내려놓고 컴퓨터를 바라봤다. 지금이야말로 집중해야 한다. 그리고 자신의 능력을 십분 발휘할 때였다. 도출은 화면에 뜬 수백 개의 정보를 눈으로 빠르게 훑어 내려갔다.

도희는 광선경찰서로 들어갔다. 강남서와 광선서는 협력 수사를 많이 했다. 도희와 친분이 있는 형사들도 꽤 많았다. 문제는 지금이 일요일이라는 사실이었다. 게다가 11시가 넘었다.

도희가 주장하는 것처럼 형사는 요일도 없고 밤낮이 없다 해도, 일요일 11시의 강력계는 한산할 수밖에 없었다.

도희는 슬쩍 강력계 안을 살폈다. 모두 낯선 형사들이었다.

'이거 어렵게 됐는데……'

도희의 계획은 아는 강력계 형사를 앞세워 교통계로 가서 정보를 얻는 것이었다.

유민욱이 언급한 광선역 고가도로 자동차 전복사고는 2년 전에 발생한 사고였다. 달리던 트럭에서 물건이 떨어졌다. 그 뒤에서 달려오던 승용차가 그 물건을 피하려다가 전복됐다. 승용차는 고가도로 기둥에 부딪쳤다. 차 안에 타고 있던 일가족 3명 중 부인은 현장에서 즉사하고 당시 초등학교 6학년이었던 아들은 뇌에 큰 부상을 입고 병원으로 이송됐다. 운전자이자 가장이었던 남자는 다리를 크게 다쳤지만 목숨은 건졌다.

인터넷 검색으로 알 수 있는 건 거기까지였다.

운전자가 어떻게 됐는지, 아들의 상태는 어떤지 등은 전혀 알 수 없었다. 특히 궁금한 건 과실 여부였다. 트럭 운전자는 처벌을 받았을까? 지금까지의 경우로 미루어 본다면 가벼운 벌금에 그쳤을 확률이 높았다. 아무튼 궁금한 걸 모두 알려면 광선서의 교통계와 통해야 했다.

도희는 또다시 애가 탔다. 자꾸만 마음이 조급해졌다. 유민욱이 관련되어 있기 때문만은 아니었다. 시간이 얼마 남지 않았다는 느낌이 들었다.

"어? 나도희 형사?"

뒤에서 여자 목소리가 들렸다. 도희는 얼른 돌아봤다. 아는 얼굴이 서 있었다. 도희보다 키가 한 뼘 이상 더 큰 홍소민 형사였다.

"홍 형!"

반가운 마음에 소리를 질렀다. 복도를 지나던 사람들이 이상하다는 듯 바라봤다.

"아니. 이 밤에 웬일이야?"

홍소민이 물었다.

"나 좀 도와줘. 급하게 알아야 할 게 있어."

도희는 무조건 매달리기로 했다. 홍소민과는 협력 수사를 몇 번 함께했다. 둘 다 각자의 경찰서 강력계에서 유일한 여자 형사였고 성격도 비슷해서 죽이 잘 맞았다.

"형사 그만뒀다며?"

"응. 그런데 급한 일이 생겼어. 홍 형, 교통계에 연줄 좀 있지?"

도희가 물었다.

"연줄? 야, 내가 지금 교통곈데 무슨 소리야."

홍소민이 말했다.

"앗싸, 대박!"

도희는 얼빠진 목소리로 중얼거렸다. 그야말로 온 우주가 자신을 돕고 있는 것 같았다.

"내가 들어본 대박 중에서 제일 힘 빠지는 대박이다. 뭔데? 뭐가 궁금해서 그래?"

도희는 홍소민을 붙들고 이야기를 쏟아냈다.

계속해서 스크롤을 내리던 도출은 잠시 멈추고 눈을 감았다. 졸음이 몰려왔다. 마지막으로 시간을 확인했을 때가 새벽 2시였다. 몇 시간째 검색 기록을 살펴보고 있었지만 이렇다 할 만한 정보를 얻지 못했다.

인터넷에서 정보를 얻는 일은 감자를 캐는 것과 비슷했다. 한 알만 제대로 쥐면 나머지는 따라서 올라오게 되어 있다. 하지만 그 한 알의 정보를 찾는 게 어려웠다.

'사장은 아직도 연락이 없네. 설마 혼자 자는 건 아니겠지?'

도출은 하품을 쩍 하며 생각했다. 그 순간 단어 하나가 눈에 들어왔다. 도출은 컴퓨터 속으로 들어갈 듯 고개를 처박았다.

〈박도혁(Wolf1125)님 무의식 전이 시술 접수 완료되었습니다.〉

웹페이지에 이런 문장이 떠 있었다.

도출은 박도혁과 무의식 전이라는 두 단어를 뚫어져라 바라봤다.

Pause 7

날이 밝았다. 도출은 N 병원 대합실에 앉아 꾸벅꾸벅 졸고 있었다. 그는 꿈을 꾸는 중이었다. 꿈속에서 자신은 한 마리 모기였다. 어떤 여자의 팔뚝에 앉으려고 호시탐탐 기회를 엿보며 날고 있는 모기.

"야! 안 일어날래?"

여자가 말했다.

'그것 참 웃긴 여자군. 모기한테 말을 걸다니.'

모기인 도출은 꿈속에서 그렇게 생각했다.

여자가 벌떡 일어났다. 도출은 달아날 준비를 했다. 꿈속에서라면 모든 게 가능했다. 갑자기 독수리로 변해 창공을 가르는 것도 가능하고 멋진 남자로 변신해 여자와 키스를 하는 것도 가능했다.

꿈이라면.

꿈속에서라면…….

여자가 팔을 들고 후려칠 준비를 했다.

충분히 피할 수 있었다.

꿈이니까.

꿈속이니까…….

짝!

"아야!"

도출은 벌떡 일어났다. 등짝이 후끈했다.

"아오. 사장님은 왜 맨날 같은 곳만 때려요!"

도출이 버럭 소리를 질렀다.

"어디서 감히 졸고 있어?"

도희가 눈을 치뜨며 말했다.

"안 졸았어요."

"방금 졸았잖아."

"존 게 아니라 그냥 대놓고 잤습니다. 됐습니까?"

도출은 흥, 콧소리까지 덧붙였다.

"나약한 녀석. 고작 밤 한 번 샌 거 가지고 멘탈이 아주 산산이 부서졌구나."

도희는 그렇게 말한 뒤 뜻 모르게 하하하, 웃음을 덧붙였다.

"그러는 사장님은 거울 좀 보고 오세요. 다크서클이 턱까지 내려온 게 얼굴이 아주 완전히 박살이……."

"아니거든!"

이번에는 도희가 소리를 질렀다.

"좀 조용히 합시다."

병원 복도를 닦고 있던 남자가 한마디를 했다. 두 사람은 동시에 꾸벅 고개를 숙인 후 말없이 한자리에 앉았다.

"미안하다."

도희가 말했다.

"저도요."

도출이 말했다.

"뭐가?"

"네?"

"뭐가 미안하냐고?"

"이야기가 왜 이렇게 흘러갑니까?"

"농담이고, 너부터 패를 꺼내 봐."

"도박하는 것도 아니고 패는 무슨."

"지금부터 도박을 해야 할지도 몰라. 시간을 건 도박. 그러니 빨리 말해 봐."

도희의 눈빛은 진지했다. 그리고 애절했다. 도출은 천덕꾸러기 막무가내 사장의 충혈된 눈을 슬쩍 바라본 후 입을 열었다.

"메시지로 보냈던 그대로 결론부터 말씀드리자면, 박도혁이 안개 미궁을 만들었습니다."

도희는 고개를 끄덕였다.

새벽에 도출이 먼저 소식을 알려왔다. 박도혁의 정체를 알아냈다고.

몇 시간 뒤 이번에는 도희의 머릿속이 제법 정리됐다. 그럴싸한 추리가 가능할 정도까지. 그때쯤에는 동이 터 오고 있었다.

도희는 다음 목적지를 N 병원으로 정했다. 그곳에 가면 모든 점들이 이어져 어느 한곳을 가리킬 것 같았다. 물론 도출이 찾아낸 정보를 더해서.

"박도혁은 Wolf1125라는 아이디로 당시로서는 국내 최대였던 무의식 전이 사이트에 예약을 걸었습니다."

도출이 말했다.

"사이트?"

도희가 물었다.

"네. 무의식 전이는 아직까지도 비용이 어마어마하게 드는데다가 예약까지 밀려서 그냥 병원을 이용해서는 쉽게 시술을 받을 수 없습니다. 2년 전에는 더했고요. 그래서 브로커가 생겨난 겁니다. 브로커는 인터넷 사이트를 운영하면서 환자들에게 정보를 제공했고 치료 예약까지 받아서 병원과 이어줬습니다."

"불법이군."

"불법이죠. 더 큰 문제는 모든 게 사기였다는 겁니다."

"그럼 박도혁 역시 사기를 당했다?"

"네. 정확한 액수까지는 모르겠지만 아마 웃돈까지 얹어서 어마어마한 돈을 입금했을 겁니다. 브로커는 그런 식으로 비슷한 시기에 천문학적인 돈을 모은 뒤 잠적했습니다."

"잡혔나?"

"아뇨. 당시에 기사에도 나오고 시사고발 프로그램의 소재가 되기도 했는데 범인은 끝내 잡지 못했습니다."

"양아치 새끼네. 아픈 사람들 등칠 생각이나 하고. 이런 개새끼를 그냥."

도희는 중얼거리며 손가락을 꺾었다. 손가락 뼈마디에서 분노를 실은 우두둑, 소리가 났다.

"맞습니다. 나쁜 놈이죠. 하지만 이 나쁜 새끼는 잠시 잊고 다시 박도혁으로 돌아가 보겠습니다."

도출이 말했다.

"오케이."

"저는 박도혁이 사진 속 그 박도혁과 동일 인물이라는 데 가능성을 두고 다시 검색을 했습니다."

"근거는?"

"병원에서 찍은 사진 때문이죠. 기억하시겠지만 그 사진에는 친구와 위로 등 낯간지러운 단어가 적혀 있습니다. 유민욱의 아들은 현재 식물인간 상태입니다. 병원과 식물인간, 그리고 친구와 위로를 이어보면 박도혁의 지인 중 누군가도 비슷한 상태, 즉 식물인간이 된 게 아닐까 하는 결론에 도달하게 됩니다."

"으휴. 인간미 없는 녀석."

"사장님한테 인간미에 대한 지적을 받으니 참 당황스럽네요."

"하던 이야기나 계속해."

"그래서 저는 Wolf1125라는 아이디로 검색을 했습니다. 그리고 그가 천재 프로그래머였던 Wolf0325와 동일 인물이라는 걸 알아냈습니다."

"어떻게?"

"그 전에 먼저, Wolf0325가 얼마나 대단했는지를 설명해 드려야 할 것 같은데 괜찮을까요?"

"사건과 관련이 있다면."

"당연히 관련 있죠. Wolf0325는 2015년쯤에 인터넷상에 갑자기 나타났습니다. 그때 인터넷에서는 자기가 개발한 프로그램을 자랑하고 놀던 게 유행이었죠. 뭐, 지금도 그렇지만."

"도대체 그 유행은 어디에 근거를 둔 거야?"

"저 같은 부류의 인간들이 놀던 곳이죠."

도출은 그렇게 말하며 씩 웃었다.

Wolf0325는 아마추어 프로그래머들 사이에서 곧 입소문을 탔다. 그는 어마어마한 프로그램들을 하루아침에 뚝딱 만들어서는 인터넷에 뿌렸다. 해킹 프로그램, 보안 프로그램, 검색 프로그램 등 그 종류도 다양했다. Wolf0325는 절대 정체를 드러내지 않았다. 몇몇 유저들이 해킹을 시도해 봤지만 오히려 역으로 해킹을 당했을 뿐 한 명도 성공하지 못했다.

"뭐, 그게 이상한 일은 아니죠. 인터넷에는 워낙에 은둔 고수들이 많으니까. 그랬던 Wolf0325가 어느 날 자주 방문하던 사이트에 글 하나를 남기고 잠적해 버립니다."

"무슨 내용이었어?"

"결혼을 해 가정을 꾸리게 되었으니 더 이상 쓸데없는 일은 안 할 거라고. 대신에 기가 막힌 게임을 만들어서 돈을 왕창 벌 거라고."

"소년의 꿈이 실현된 건가?"

도희가 물었다. 도출은 고개를 끄덕였다.

"네. 그런 셈이죠. 그 Wolf0325가 만든 게임이 바로 안개 미궁이 니까요."

"그런데 어떻게 알게 된 거야?"

"Wolf0325와 Wolf1125가 동일인이라는 사실 말이죠?"

"그 사람은 절대 흔적을 안 남겼다며?"

"그랬죠. 적어도 정신이 온전할 동안에는."

"정신이라……."

"아들은 식물인간 상태인데 사기까지 당했다면 누군들 이상해지지 않을까요? 아까 말씀드렸죠? 그 사건이 시사고발 프로그램에서도 다뤄졌다고. 박도혁, 즉 Wolf1125는 그 프로그램에서 인터뷰를 했더군요. 본명과 얼굴을 그대로 내보낸 채. 그만큼 절박했던 거죠."

도출은 자신이 본 영상을 떠올렸다.

휠체어에 탄 수척한 얼굴의 박도혁이 카메라를 향해 울부짖고 있었다.

'우리 민이…… 민이를 깨우려고 그랬는데!'

"알겠어. 사진 속 박도혁이 무의식 전이 사기를 당했던 그 불쌍한 남자라는 것까지는 알겠어."

"다음 대답도 그 화면에 있더군요. 아마 인터뷰를 한 장소가 박도혁의 집이었던 것 같은데 벽에 이런 그림들이 붙어 있었어요."

도출은 입체 화면으로 캡처한 영상을 스마트워치를 통해 도희에게 직접 보여줬다.

화면 속 그림은 안개 미궁을 스케치해 놓은 것이라 해도 무방할 정도였다. 비슷한 스타일의 그림들이 벽을 가득 메우고 있었다.

"그리고 바로 이 장면."

도출은 마지막 화면을 불러냈다. 모든 퍼즐이 맞춰졌던 순간이었다. 화면 속에는 그림을 보며 슬피 우는 박도혁의 모습이 떠 있었다. 박도혁의 뒤쪽은 책상이었고 마침 컴퓨터가 켜져 있었다.

"보이세요? 여기."

도출은 커다란 컴퓨터 모니터를 가리켰다. 모니터 속 바탕화면에는 단 두 개의 폴더만 존재했다. 하나는 '안개 미궁' 또 하나는 'Wolf0325'였다.

"박도혁은 정말로 기가 막힌 게임을 들고 돌아온 겁니다. 그게 안개 미궁이었죠. 저는 그가 어디서 영감을 얻었을지 추측해 봤습니다. 사실 답은 다 나와 있었죠."

"아들."

도희가 말했다.

"네. 안개 미궁은 어린 아들의 상상 그대로를 반영했던 겁니다. 배경 역시 아들의 그림을 참고했고요. 그 게임이 가지고 있었던 높은 자유도와 예측 불가능한 지점 역시 이렇게 생각하면 설명이 가능하죠."

"마치 어린아이와 같은 게임……."

"안개 미궁이 처음 출시됐을 때는 박도혁의 아들 역시 아주 어렸을 겁니다. 기껏해야 여섯 살 아래였겠죠."

"좋아."

도희는 자리에서 벌떡 일어났다.

"그 아들을 만나러 가 보자고. 내가 알아낸 건 병실로 가면서 설명해 줄게."

도희는 홍소민의 배려로 교통사고 자료를 샅샅이 열람할 수 있었다.

"내가 덤상 받아버리고 나온 거 아냐."

홍소민은 강력계에서 교통계가 된 이유를 그렇게 설명했다. 아무려나, 도희에게 중요한 것은 그게 아니었다.

"광선역 고가도로 자동차 전복사고는 아주 불행한 몇몇 우연들이 겹치면서 일어났어."

도희와 도출은 엘리베이터에 올랐다. N 병원의 장기의식불명 환자 병동, 이른바 콘크리트 병동은 17층에 있었다. 도희는 빠르게 바뀌는 층수를 바라보며 자신이 조사한 것들을 이야기했다.

그날은 월요일이었다. 광선역 주변의 고가도로 아래는 차량 통행이 그리 잦은 곳이 아니었다. 월요일 저녁이라도 그랬다. 덕분에 그곳을 통과하는 차들은 속도를 꽤 높여 달렸다.

사고가 일어난 월요일 오후도 마찬가지였다. 도로에 접어든 검정색 BMW 한 대와 1차선을 달리던 SUV 한 대 사이에 시비가 붙은 것도 속도 때문이었다. BMW는 SUV 뒤에 붙어 계속해서 경적을 울려댔다. 그런 뒤 아슬아슬하게 추월하고는 급정거를 했다.

전형적인 보복 운전이었다. SUV 역시 참지 않았다. 결국 두 자동차는 몇백 미터 거리를 차선을 넘나들며 질주했고 마침 그때 화물을 느슨하게 묶었던 트럭이 끼어들었다.

"그럼 트럭은 두 자동차를 피하려다가 물건을 떨어트린 거군요."

도출이 말했다.

"트럭 운전사의 증언대로라면 그렇지. BMW와 SUV 운전자와 그 두 차의 각기 다른 동승자 역시 자기들이 유리한 쪽으로 증언을 했어. 결과적으로 세 차 모두에게 과실이 돌아갔는데, 알지? 그렇게 되면 어떻게 되는지?"

"죄의 짐을 나눈 거군요."

"맞아. 셋 다 가벼운 벌금형. 설상가상 목격자들의 진술도 전복된 승용차 쪽을 돕지 못했어."

"목격자라면?"

"그 당시 중국집 배달 일을 하던 청년 한 명과 문화센터에서 미술 선생으로 일하던 소형차 운전자 한 명, 이렇게 두 명이었어."

떵.

엘리베이터는 17층에 멈췄다. 두 사람은 소독약 냄새가 진동하는 병원 복도로 들어섰다.

"목격자 둘의 진술이 조금 엇갈리긴 했지만 그래도 공통적이었던 건 승용차 운전자의 과실이 크다는 거였어. 전방주시를 잘 안 했다는 거지. 마티즈는 바로 뒤, 오토바이는 3차선에서 달리며 사건 현장을 목격했거든."

"사고 승용차에 블랙박스는 없었나요?"

"불행하게도 고장이 난 상태였어."

"설상가상…… 이네요."

"그렇지. 그 사고로 부인이 죽고 아들은 식물인간이 되었지. 그리고 자신은 평생 휠체어 신세를 지게 되었고. 그런데도 아무도 제대로 된 처벌을 받지 않았어. 네가 박도혁이었다면 어땠을 것 같아?"

도희가 물었다.

"저였다면 복수를 했겠죠. 최선을 다해서."

도출이 대답했다.

"맞아. 사고로 부인과 아들, 자신의 양다리를 잃은 전직 천재 프로그래머였던 박도혁 역시 복수를 꿈꿨지."

"BMW가 나도열과 하민영인가요?"

"그래. SUV가 이부국과 허양자고."

"트럭 운전사는?"

"박광현이라는 사십 대 남성인데 그 사람도 현재 행방불명이야."

"목격자들도 마찬가지인가요?"

"그 중국집 배달부가 우리의 현상철이야. 소형차 운전자, 지금은 방과 후 교사로 일하고 있는 이수영 역시 실종 상태."

"관련된 모든 사람이 실종됐다. 그리고 거기에 다이버인 유민욱까지 더해졌다. 박도혁이 그리는 복수의 그림은 과연 뭘까요?"

"이제 알아봐야지. 나는 그가 바로 이 병원에서 민욱 씨를 알게 됐다고 생각해. 같은 처지의 아빠로서 서로를 위로하면서."

"그런데 하필이면 유민욱이 다이버였군요."

"그렇게 된 거지. 박도혁이 언제 그 사실을 알게 됐는지는 잘 모르겠지만 아무튼 민욱 씨를 통해 복수 계획을 치밀하게 세우게 된 건 맞는 것 같아."

"그 복수라는 게 제가 생각하는 그거 맞을까요?"

도출이 물었지만 도희는 대답하지 않았다. 대신에 딴소리를 했다.

"난 박도혁이라면 아들의 병실에 무언가 흔적을 남겼을 거라고 생각해. 아니면 민욱 씨가 그랬을 수도 있고."

두 사람은 복도 가운데 있는 안내 데스크를 향해 걸어갔다. 피로해 보이는 간호사가 무슨 일이냐는 표정으로 두 사람을 올려다봤다.

"저……. 혹시 민이, 영민이 병실이 몇 호인지 알 수 있을까요?"

도희가 영업용 미소를 지으며 물었다.

"박영민 환자요?"

간호사는 뚱한 표정으로 되물었다.

"네. 우리 영민이요."

"박영민 환자 일주일 전에 퇴원했는데요."

"네?"

"왜요?"

도희와 도출은 동시에 물었다.

"보호자가 원해서 퇴원한 겁니다. 그런데 두 분은 누구세요?"

Stage 8-1

"묻잖아. 넌 왜 여기 있냐고?"

광현이 든 곤봉은 민욱을 가리킨 채 허공에서 빙글빙글 돌았다.

"솔직히 말해서 모르겠습니다. 아직 기억이 떠오르지 않습니다."

민욱이 대답했다.

"넌 다이버라며. 이런데 익숙하다며. 그런데 아직도 기억이 안 난다?"

광현이 다시 물었다.

"저도 이렇게 오랫동안 기억을 잃어버리긴 이번이 처음입니다. 제 생각엔 제가 이 세계에 무단으로 뛰어들었기 때문인 것 같습니다."

"뭐? 그게 무슨 소리야?"

"일종의 불청객이죠."

"계속해 봐."

광현은 비틀거리면서 조금씩 다가왔다. 민욱은 만일의 사태를 대비해 단검을 쥔 오른손을 슬그머니 뒤로 감췄다. 밤이 깊었고 얼마 안 가 다시 해가 뜰 것이다.

데드라인인 72시간이 다가오고 있었다. 그럴수록 타인의 무의식에 들어온 여린 자아들은 붕괴를 일으킬 가능성이 높았다. 초보 다이버들이 흔히 하는 실수였다. 그리고 지금 이들은 다이버로서의 가장 기본적인 교육조차 받지 못한, 그야말로 초짜였다. 시간이 흐를수록 그만큼 더 위험해졌다.

"여러분을 자기 머릿속에 집어넣은 누군가는 애초에 저는 염두에 두지 않았습니다. 그래서 아마도 사람 수에 맞는 수조를 준비했겠죠."

"수조?"

이번에는 도열이 물었다.

"다이빙을 할 때 환자와 다이버는 각각 다른 수조, 말 그대로 물을 채운 공간에 들어갑니다. 그곳에서 길게는 4박 5일, 짧게는 2박 3일 정도 생체리듬을 안정시키며 서로의 뇌파를 맞추는 작업을 하게 됩니다. 그래야 안전한 다이빙이 이루어집니다."

"그럼 지금 우리 몸뚱이도 수조에 들어가 있다는 건가?"

광현이 물었다. 민욱은 고개를 끄덕였다.

"아마도 그럴 겁니다. 그런데 제가 끼어든 겁니다. 이 무의식의 주인으로서는 예기치 않은 상황이었겠죠. 그렇다는 말은 저는 적응 기간도 없고 수조에 들어가지도 않은 상태로 다이빙을 했다는 겁니다."

"호오. 알고 보니 진짜 정의의 사도셨구먼. 그래, 우리를 구한답시고 그런 거야?"

"기억이 나지 않는 이상 잘 모르겠습니다. 아마 그런 의도였겠죠. 그러니 그런 위험을 감수했고 그 결과 이렇게 아무런 도움도 못 되고 있습니다."

민욱은 정말로 안타까웠다.

'기억의 일부분이라도 조금만 더 일찍 찾았더라면 사람들의 희생을 줄일 수 있지 않았을까?'

"아니에요. 민욱 씬 아무 잘못이 없어요."

민욱의 마음을 읽었다는 듯 수영이 말을 꺼냈다.

"흥. 그럼 우리가 잘못했다는 거야?"

도열이 발끈해서 소리쳤다.

"당연하지. 우리가 잘못했지. 인정할 건 인정하자고. 안 그래? 크하하."

광현이 폭소를 터트렸다. 그의 행동이나 눈빛 모두 점점 이상하게 변했다.

"난 잘못한 게 없어. 잘못은 당신이 했지!"

도열은 일본도로 광현을 가리켰다.

"이봐, 빌미를 제공한 건 너랑 이부국 그 영감이잖아."

광현의 눈빛이 번득였다.

"어쨌든 난 벌금도 냈다고. 회사 차원에서 그 새끼들한테 위로금도 전달했고. 그런데 뭐가 잘못이야, 응?"

도열이 소리를 질렀다.

"하여간 사고를 당한 그 사람, 이름도 가물가물하구먼, 그 양반은 납득을 못 했다는 거 아냐. 그래서 우릴 죄다 모아다가 자기 머릿속에 집어넣고 천천히 죽이려는 거고. 망할 게임에서처럼."

광현이 으르렁거렸다. 그는 바닥에 침을 뱉었다. 부스럭거리는 소리가 들렸다. 민욱은 슬쩍 고개를 돌렸다. 도열의 옆쪽에서 무언가가 다가오고 있었다.

"맞아! 게임이야, 그 좆같은 게임하고 똑같다고. 이제 생각났어. 젠장. 이름이 뭐더라……."

도열이 안절부절못하며 눈을 굴렸다.

"안개 미궁. 나도 방금 생각났어."

광현이 말했다. 그 이름을 듣는 순간 민욱의 머릿속에도 새로운 기억이 퍼뜩 떠올랐다.

이게 내가 만든 게임이오.

누군가가 그렇게 말했다.

아들 놈 덕을 많이 봤지.

그는 웃었다. 하지만 슬픈 얼굴이었다. 그리고 무척 낯익은 얼굴이었다.

"그거야! 그거라고! 언제였더라, 그 게임 초대 메시지가 날아왔어. 난 무심코 다운을 받았지. 처음엔 뭔 이런 구닥다리 게임이 있나 욕을 했는데 해 보니까 좆나게 재밌었지. 크크크. 그게 함정이었어. 그게 함정이었다니까!"

"나도 마찬가지야. 어느 날 그 게임이 핸드폰에 깔려 있었지. 해 보니까 재밌더라 이 말이야. 그런데 또 연락이 온 거야."

광현의 말을 도열이 받았다.

"당신은 최고의 플레이어로 선정되셨습니다. 초대장과 함께 지정된 장소로 오시면 모바일 게임보다 훨씬 리얼한 게임 속 세상을 경험하시게 될 겁니다."

둘은 서로를 바라보며 한참 웃었다.

크하하하하!

두 사람의 광기 어린 웃음이 밤하늘에 울려 퍼졌다.

"수영 씨도 초대를 받으신 건가요?"

민욱이 물었다.

"아뇨. 전…… 전…… 거액의 개인 레슨 제안을 받았어요. 게임 제작자인데 디자인적인 영감을 받길 원한다며 레슨을 해 달라고 했어요."

수영이 말했다.

"젠장! 그게 함정이었을 줄이야."

도열이 다시 허공에 대고 외쳤다.

"크하하. 진짜 리얼한 게임 속 세상을 체험 중이긴 하잖아!"

광현이 말했다. 그 순간 덤불을 헤치며 악귀가 튀어나왔다. 도열의 바로 옆쪽에서였다.

"으아악!"

도열은 옛 연인이었던 악귀의 모습을 보고 기겁했다.

"저리 가! 저리 가!"

일본도는 애꿎은 허공만 갈라댔다. 광현은 그 모습을 잠자코 보고만 있었다.

"도와줘. 빨리 도와달라고!"

도열이 광현을 향해 외쳤다.

"네 몫은 네가 처리해야지. 안 그래?"

광현은 그렇게 말하며 민욱을 향해 씩 웃어 보였다. 민욱은 단검을 들고 움직였다. 하민영이 변한 악귀도 마찬가지였다. 꾸역꾸역 힘겹게 말을 토해냈다.

"오…… 빠."

말은 어눌했지만 몸놀림은 재빨랐다. 일본도를 피하며 점점 도열에게로 다가갔다. 도열은 뒷걸음질 치다가 끝내 넘어지고 말았다.

"히익!"

그가 새된 소리를 질렀다. 악귀는 한 번 주춤한 뒤 곧장 도열을 향해 달려들었다.

"으악!"

도열이 비명을 지르는 것과 동시에 민욱이 악귀를 밀어냈다.

쿵!

민욱과 악귀는 같이 쓰러졌다.

"조심해요!"

수영이 소리쳤다. 민욱은 재빨리 몸을 일으키며 반사적으로 단검을 뺐다. 칼날이 살을 찢고 쑥 들어가는 느낌이 손을 타고 온몸으로 전해졌다.

"크아아아!"

악귀는 고통에 찬 비명을 토해냈다. 단검은 악귀의 배에 꽂혔다. 민욱은 몸을 굴려 멀찍이 물러났다. 악귀는 비틀거리면서도 자신을 찌른 민욱을 향해 계속 움직였다.

"죽어라!"

그 순간 도열이 일본도를 휘둘렀다. 칼날이 번뜩인다 싶더니 악귀의 목이 뎅겅 잘려나갔다. 피가 민욱에게까지 튀었다.

"크헤헤. 어떠냐? 이 오빠 칼 맛이?"

도열이 큰 소리로 외쳤다. 악귀는 목이 잘린 채로 몇 발자국 더 걷다가 앞으로 고꾸라졌다. 도열은 그런 악귀의 등에 다시 일본도를 박아 넣었다.

"넌 언제나 짜증스러웠어. 알아? 너 내 새끼 한 번 낙태한 걸로 계속 나한테 붙어 있었지, 응? 내가 너 떼어버리려고 온갖 궁리를 다 했는데 결국 이렇게 되는구나. 크크크."

"그만해요. 이미 죽었잖아요!"

수영이 말했다.

"그럼 네가 대신 칼 맛 좀 볼래?"

도열은 그렇게 말하며 악귀의 등에서 일본도를 힘겹게 뽑아 올렸다. 그것이 도열의 마지막 모습이었다. 살아서 움직이는.

늑대인간은 소리 없이 튀어나왔다. 마치 허공에서 나타난 것처럼. 그 누구도 알아채지 못했다. 비명을 지를 틈도 없었다.

도열은 늑대인간의 송곳니에 목덜미가 뜯겨나가는 순간까지도 자신에게 무슨 일이 닥쳤는지 알지 못했다. 차라리 축복이었다.

"커억!"

도열은 마지막 숨을 깊게 들이쉬었을 뿐이었다. 사방에 붉은 피가 흩뿌려졌다. 늑대인간은 도열의 목에다가 주둥이를 처박고 게

걸스레 먹어치웠다.

"도망쳐요! 어서!"

수영이 달려와 민욱의 팔을 잡고 끌었다. 그때까지도 민욱은 멍하니 늑대인간을 바라보고 서 있었다. 도망칠 생각은 하지도 못했다.

민욱의 모든 신경은 늑대인간의 낯익은 얼굴에 쏠려 있었다.

모든 기억이 한꺼번에 되살아났다. 자신이 왜 이곳에 오게 되었는지, 그리고 무슨 일이 벌어지려고 하는지도.

민욱은 정신을 차리고 수영과 함께 달아나기 시작했다. 몇 미터 앞에서 광현이 뒤뚱거리며 달리고 있었다.

어우우우우!

승리감에 취한, 하지만 여전히 배고픔을 호소하는 늑대인간의 포효가 하늘 위로 길게 울려 퍼졌다. 늑대인간은 절대 포기하지 않을 것이다. 복수하기 위해 불러 모은 모든 사람들을 먹어 치우기 전까지는.

민욱은 그 사실을 깨달았다. 그리고 그 사람 중에는 수영도 끼어 있었다.

- 스테이지 7에서 살이님은 여러분, 축하합니다.

여자 목소리는 이번에도 예상치 못한 상황에 날아들었다. 앞서 달리던 광현도, 그리고 수영과 민욱도 모두 멈춰 섰다.

"이제 마지막이지? 그렇지?"

광현이 허공을 향해 외쳤다.

- 이제 스테이지 8을 시작하겠습니다. 이번 스테이지기 미지막입니다. 여기서 살이님은 최후의 1인은 이곳을 탈출할 수 있습니다.

'최후의 1인?'

236

민욱의 마음속에 불안감이 먹물처럼 번졌다. 만약 정말로 한 녀만 살아남을 수 있는 거라면 더욱더 이번 스테이지를 거부해야 한다.

분명히 그렇게 할 수 있다. 민욱은 확신을 가졌다. 자신이 알고 있는 무의식의 세계라면 충분히 가능한 일이었다.

— 스테이지 8은 그야말로 서바이벌입니다. 각자 지금 들고 있는 무기로 서로를 죽이십시오. 최후의 승자가 될 때까지. 지금껏 여러분이 그 추악한 얼굴로 다른 이들을 죽이며 살아남았던 것처럼 그렇게.

"뭐? 서바이벌?"

광현이 소리쳤다.

"역시. 그런 거였군."

민욱은 그렇게 중얼거린 후 수영을 바라봤다.

"저를 믿고 그대로 따라야 해요, 아셨죠?"

수영은 고개를 끄덕였다. 민욱은 광현을 향해서도 외쳤다.

"광현 씨, 저 목소리 듣지 마세요. 이제 모든 게 다 생각났어요. 제 말대로 하면 우리 모두 여길 나갈 수 있어요!"

광현은 민욱을 향해 고개를 돌렸다. 어느새 희뿌옇게 동이 터 오고 있었다. 희미한 한 줄기 햇살이 땀과 피에 전 광현의 얼굴을 비췄다. 악귀와 다를 바 없는 흉측한 몰골이었다. 민욱은 자신의 모습 역시 별반 다르지 않으리라 생각했다. 광현이 입술을 씰룩거리며 말했다.

"내가 왜 당신 말을 들어야 하지?"

"그게 유일한 방법이니까요."

민욱이 말했다.

"허허. 조금 전까지 기억을 못 찾았다고 빌빌대던 놈이 이젠 자길 믿고 따라오라고 하네. 크하하."

광현은 또다시 웃었다. 목소리가 다시 들려왔다.

– 앞에 펼쳐진 길을 따라 계속 달리면 최종 목적지, 즉 이 미궁의 출구에 도달하게 됩니다. 하지만 말씀드렸다시피 출구를 통과할 수 있는 사람은 최후의 1인입니다. 이번 스테이지의 난이도 역시 하드(Hard)입니다. 자, 그럼 부디 살아남는 쪽이 되시기를 바랍니다. 행운을 빌겠습니다. 굿 럭!

"끝까지 살아남는 한 명이라……."

광현이 중얼거렸다. 순식간에 세 사람을 둘러싸고 있던 환경이 바뀌었다. 열대우림은 사라지고 사막이 그 자리를 대신했다. 세 사람의 양옆으로 거대한 모래 언덕이 늘어섰다. 그 가운데에는 평평하게 닦인 길이 직선으로 쭉 나 있었다. 지평선이 보일 정도로 길고도 긴 길이었다.

"광현 씨, 이렇게 바뀌는 모습에 현혹되면 안 됩니다. 지금 설명을 하겠습니다. 어떤 방법으로 탈출할지."

민욱은 광현을 향해 천천히 다가갔다. 광현은 그런 민욱을 보고 다시 미소를 지었다. 모든 걸 깨달은 자의 충만한 미소였다.

"아주 단순하네. 복잡한 거 없이 깔끔해."

광현은 민욱 쪽으로 완전히 돌아섰다. 그가 곤봉을 치켜들었다.

"잠깐! 생각을, 아니 대화를 해 봅시다. 아직 시간이 있어요."

민욱의 말은 광현에게 닿지 않았다.

"미안하지만 내가 맨 마지막까지 살아남는 놈이 돼야겠어!"

광현은 그렇게 외치며 민욱을 향해 달려왔다.

"젠장!"

민욱은 망설였다. 맞서 싸울 것인가, 아니면 도망칠 것인가? 그때 대지를 뒤흔드는 소리가 들렸다.

탕!

Stage 8-2

총소리가 들리는 순간 민욱은 몸을 엎드렸다. 달려오던 광현은 곤봉을 든 채 우뚝 멈춰 섰다. 여명이 그의 거대한 체구를 똑똑히 보여 주고 있었다. 광현의 가슴팍에 빨간색 점이 생겨났다. 점은 점점 커졌다. 광현의 눈도 점점 커졌다. 그는 믿을 수 없다는 듯 자신의 가슴과 수영을 번갈아 바라봤다. 천천히, 굼뜬 동작으로.

탕!

수영은 또 한 번 권총을 쏘았다. 이번에는 빗나갔다. 광현 바로 옆의 모래땅이 놀란 닭처럼 풀썩 뛰어올랐다.

민욱은 몸을 일으켜 수영에게로 달려갔다.

"이제 괜찮아요."

민욱은 수영의 손을 잡았다. 수영은 권총을 쥔 채 덜덜 떨고 있었다.

"내가…… 내가……."

광현이 비틀거리며 다가왔다. 총알이 지나간 구멍에서 쉴 새 없이 피가 흘러내렸다. 광현은 곤봉으로 허공을 때렸다. 부질없는 짓이었다. 민욱은 수영을 꼭 끌어안고서 광현을 바라봤다. 광현은 몇 발자국을 더 걷다가 무너지듯 주저앉았다.

"내가 죽였어요. 내가 죽였어요. 내가 죽였어요."

수영이 잔뜩 잠긴 목소리로 외쳐댔다.

"아니에요. 수영 씨 잘못이 아니에요. 자기가 죽음을 택한 거예요. 날 똑바로 봐요."

민욱은 수영의 고개를 억지로 들어 눈을 맞췄다. 수영의 눈동자에는 초점이 사라지고 없었다.

"수영 씨 덕분에 제가 살았어요. 이제는 우리가 같이 살아 나갈 방법을 의논합시다. 알겠죠? 같이 나가는 겁니다. 같이!"

"같이……."

수영이 중얼거렸다.

"네. 수영 씨는 잘못이 없어요. 그러니까 충분히 살아나갈 자격이 있습니다!"

민욱은 안타까운 마음을 담아 외쳤다. 그가 떠올린 기억 속에서는 그 누구의 잘못도 아니었다. 아니, 굳이 따지자면 누군가의 잘못이었지만 그 사고는 불행한 일에 가까웠다.

문제는 그다음이었다.

박도혁도 그렇게 말했다.

"아무도, 단 한 사람도 진심을 담아 사과하지 않았어! 모두 자기 잘못이 아니라고만 말했지."

그는 정말로 울부짖었다.

한 마리 늑대처럼.

"그럼 누가 잘못한 거지? 내가 잘못한 건가? 내가 아내를 죽이고 우리 영민이를 저렇게 만든 건가? 그래서 난 병신이 된 건가?"

절규하는 박도혁을 향해 민욱은 해 줄 말이 아무것도 없었다.

그때는 이 사내가 무서운 계획을 꾸미고 있다는 사실조차 알지 못했다.

'미리 알았다면 막을 수 있었을까?'

민욱은 고개를 저었다. 희대의 천재가 차곡차곡 분노를 쌓아 무려 2년 동안 준비한 복수극이었다. 자신의 힘으로 막기에는 역부족이었다. 지금처럼 훼방을 놓는 게 최선이었다.

"난 잘못했어요. 그러니 벌을 받아도 싸요. 난…… 난 거짓말을 했어요."

수영은 민욱의 품 안에서 중얼거렸다. 여전히 초점 없는 눈으로.

민욱도 잘 알고 있었다. 수영은 위증을 했다. 큰 거짓말은 아니었다. 그저 경찰들 앞에서 한마디를 했을 뿐이었다.

"승용차가 잘못했어요. 난 그렇게 말했어요. 아닌 줄 알면서도. 그냥 귀찮고 두려웠어요. 주위 사람들이 그러더라고요. 한쪽 편을 들면 계속 법정에 불려가야 한다고, 골치가 아파질 거라고. 그래서 그냥 쉽게 이야기했어요."

아마 현상철도 비슷한 마음이었으리라. 어쩌면 그는 그 대가로 돈을 받았을지도 모를 일이었다. 과정은 중요하지 않았다. 문제는 결과였다. 두 사람의 결정적인 증언 탓에 대부분의 과실이 박도혁에게로 넘어갔다.

그는 그 사실에 분노했다.

"난 운전을 한 놈들보다도 옆에서 나불거렸던 그 두 연놈을 더 증오해!"

"그래요. 거짓말을 했다면, 그게 수영 씨의 잘못이라면 바로잡아야죠. 하지만 여기서 죽는다고 해결되는 건 아닙니다. 나가서, 나가서 바로잡읍시다. 알겠죠?"

민욱의 애원에 수영은 고개를 끄덕였다. 차츰 생기가 돌아오고 있었다. 역시 강한 여자였다. 단지 두렵고 귀찮아서 거짓말을 했다고는 믿을 수 없을 정도로.

두 사람은 길을 벗어나 모래 언덕을 오르기 시작했다. 민욱이 수영을 잡아끌었고 그는 말없이 뒤를 따랐다.

"정말 괜찮을까요?"

모래 언덕 정상에 가까워질 때쯤 수영이 입을 열었다.

"무의식 속에서는 공간의 제약이 없습니다. 눈에 보이는 건 모두 환상일 뿐이죠."

민욱이 말했다.

"하지만 물리력을 행사할 수 있다고 하셨잖아요? 실제로 머리카락이 길었던 그 남자는 엉뚱한 길로 가자마자 불에 타 죽었고."

"물론 물리력이 있죠. 하지만 그건 특정한 사물이나 생물에게만 깃듭니다. 배경, 그중에서 중심이 되는 것들, 이를 테면 이런 모래 언덕이나 커다란 나무들을 빼면 나머지는 허상일 뿐입니다. 인간의 상상력은 그렇게 디테일하지 못합니다. 생략과 비약, 그리고 축약이 핵심이죠. 그런 것들이 가능하기에 인간은 상상이라는 걸 할 수가 있습니다. 상상은 빈 공간에서 이루어집니다. 거길 채워나갈 궁리에서 출발하죠. 그리고 상상은 욕망을 낳고, 욕망은 욕구를 불러옵니다."

"무섭네요. 상상과 욕망이라."

두 사람은 정상에 올라섰다.

"인간이 이 세상을 지배할 수 있게 된 원동력이죠, 둘 다. 아무튼……."

민욱은 허공을 향해 손을 휘휘 저은 후 말을 이었다.

"…… 제일 처음 죽었던 그 사람, 그건 아마도 무의식이 일부러 만들어 넣은 캐릭터였을 겁니다."

"캐릭터?"

"네. 수영 씨가 관계된 그 사고에서 긴 머리 남자가 등장했던가요?"

"잘 모르겠어요. 다른 사람들을 다 본 건 아니니까."

"제가 기억하기로는 박도혁이 복수를 다짐했던 인물은 모두 일곱이었습니다."

"일곱……."

"그 긴 머리 남자는 포함되어 있지 않았죠. 박도혁은 자신이 만든 안개 미궁의 게임이라는 틀 안에서 복수극을 펼치기로 마음먹었습니다. 하반신을 쓸 수 없는 그의 입장에서는 그게 최선이자 최고의 방법이었죠."

수영은 입술을 깨물며 고개를 숙였다. 민욱은 나머지 말을 빠르게 쏟아냈다.

"사람들을 게임 안에서 움직이게 하려면 규칙이 필요했습니다. 그래서 평범한 무의식 속에서라면 절대 일어날 수 없는 일을 계획했죠. 바로 다른 곳으로 이동하면 전깃불에 타 죽는다는 거였습니다. 실제로는 그런 일이 벌어지지 않으니 박도혁은 자신이 창조해 낸 캐릭터를 이용해 강제로 규칙을 만들어 버린 겁니다. 우리 모두의 무의식 속에."

"그럼 이 모든 배경이 다 그림이라는 건가요?"

수영이 물었다.

"입체 영상이라는 표현이 좀 더 어울리겠네요."

"그렇다는 말은 굳이 저 길을 따라가지 않아도……."

수영은 길게 뻗은 길과 지평선을 가리켰다.

"네. 단숨에 중심부로 이동할 수 있습니다."

민욱이 대답했다.

"어떻게요?"

"바로 이렇게."

민욱은 그렇게 말하며 수영을 안고 뛰어내렸다.

와장창!

실제로 그런 소리가 들린 것은 아니지만 민욱은 유리가 깨지는 듯한 느낌을 받았다. 무의식의 중심부로 뛰어내릴 때면 언제나 느끼는 감각이었다.

중심부로의 이동은 다이빙 안에서의 또 다른 다이빙이었다.

'중심부'는 다이버들 사이에서 그렇게 부를 뿐 정말로 중심을 뜻하지는 않았다. 방대한 무의식 속에서 '중심부'는 딱히 정해진 위치가 없었다. 무의식의 중심부는 환자의 영역이라기보다는 오히려 다이버의 영역에 가까웠다. 서로의 뇌파가 연결된 지점을 탐지한 다이버가 그곳으로 이동한다는 상상과 뛰어내리는 행위로 도달하는 곳이 바로 중심부였다. 중심부로의 손쉬운 이동이 가능했기에 다이버들은 언제든 탈출할 수 있었다. 만약 그런 안전장치가 없었다면 우주처럼 넓은 무의식의 세계에 갇혀 영영 뇌사 상태에 빠지는 사례가 속출했을 것이다.

두 사람은 바닥으로 사뿐 내려앉았다. 풍경은 완전히 달라졌다. 모든 배경이 사라지고 온통 시커먼 공간이 드러났다.

그 공간을 꾸역꾸역 메우며 붉은 안개가 피어오르고 있었다.

"여, 여기가?"

수영이 눈을 크게 뜨고 주위를 둘러봤다. 암흑으로 가득 찬 공간 한구석에 빛줄기가 내려오고 있었다. 눈부시게 빛나는 빛기둥이었다.

"저기로 들어가면 됩니다."

민욱이 빛기둥을 가리켰다.

"한 명만 갈 수 있는 건 아닌가요?"

수영이 물었다.

"아닙니다. 그것 역시 박도혁이 주입한 규칙일 뿐입니다. 하긴 동시에 이렇게 여러 명의 의식이 전이된 사례도 없었지만……."

민욱은 처음 박도혁의 계획을 알게 되었을 때 경악을 금치 못했다. 무의식 전이를 이용한 살인이라니. 하지만 그때는 너무 늦었다. 박도혁이 이미 계획을 실행해 옮긴 이후였다.

"어서 갑시다."

민욱은 조용히 말했다. 한 사내의 슬픈 복수극이 끝나가고 있었다. 자신은 그 복수극을 막기 위해 들어왔건만 결국 한 명밖에 구하지 못했다. 다른 사람들은 모조리 게임의 규칙 속에서 죽어나갔다.

'잠깐만!'

민욱의 마음속에서 의혹의 불씨가 들불처럼 번져나갔다. 무언가가 이상했다. 꺼림칙한 구석이 있었다. 자신도 미처 파악하지 못한…….

"…… 씨!"

생각에 빠져 있느라 수영의 외침을 반 박자쯤 늦게 듣고 말았다. 고개를 돌렸을 때는 이미 늑대인간의 발톱이 날아들고 있었다.

휙!

발톱은 민욱의 가슴을 할퀴며 지나갔다.

"으악!"

민욱은 비명을 지르며 나가떨어졌다.

어우우우우!

늑대인간이 포효했다. 아니, 박도혁이었다.

"당신이 왜……."

민욱은 다음 말을 잇지 못했다. 끔찍한 고통이 온몸을 지배했다. 입에서 울컥 피가 쏟아졌다.

당신이 왜 직접?

민욱이 묻고 싶었던 말은 바로 그것이었다.

박도혁은 기껏 훌륭한 무대를 만들어 놓고 왜 직접 늑대인간이 되어 사람들을 죽이고 다녔을까?

만약…… 만약 첫 스테이지에서 사람들 중 누군가가 박도혁을 죽였다면 어떻게 됐을까?

환자가 죽으면 무의식 전이는 강제로 종료된다.

이때 다이버는 상당한 충격을 받게 되지만 목숨을 잃거나 뇌사에 빠지는 경우는 드물다. 즉, 박도혁은 엄청난 도박을 한 것이다. 아무나 늑대인간으로 변하려는 그의 목에다 칼을 대고 그었다면 게임은 그 순간 끝났을 것이다. 복수극 역시 막을 내린다.

도대체 왜 직접?

의혹으로 크게 벌어졌던 민욱의 눈에 다시 공포의 빛이 떠올랐다. 늑대인간이 달려오고 있었다.

크아아아아!

박도혁이 울부짖었다. 자신 앞에서 복수를 다짐했던 그때처럼. 민욱이 혼신의 힘을 다해 몸을 굴린 것과 화살이 날아온 것은 거의 동시였다.

"크악!"

늑대인간이 비명을 토해냈다. 화살은 늑대인간의 어깻죽지에 박혔다. 부국이 더듬거리며 두 번째 화살을 꺼냈다.

"수영 씨, 총!"

민욱이 외쳤다. 수영은 민욱을 바라봤다. 그의 눈이 커졌다. 수영은 고개를 저었다. 그러고는 민욱을 향해 총을 던졌다. 쇳덩어리로 만들어진 권총이 요란한 소리를 내며 민욱 앞에 떨어졌다.

민욱이 권총을 바라보고 다시 고개를 든 그 짧은 순간, 수영은 빛기둥을 향해 달리고 있었다.

"아악!"

이번에는 부국이 비명을 질렀다. 민욱은 고개를 돌렸다. 늑대인간의 거대한 아가리가 부국의 팔을 물어뜯었다. 피가 분수처럼 솟

〒쳤다.

"그만해!"

민욱은 권총을 들고 늑대인간을 겨냥했다. 늑대인간이 고개를 돌렸다.

안 돼!

박도혁의 목소리가 머릿속에 울려 퍼졌다.

이대로 멈출 순 없어!

"제발 그만해……."

민욱은 소리쳤다.

너무 늦었어!

탕!

방아쇠를 당겼다. 박도혁은 신음을 흘리며 민욱을 향해 돌아섰다. 문득, 그와 함께 사진을 찍었던 때가 떠올랐다. 자신에게도 박도혁은 위안이 되었다. 아주 가끔은 그의 복수를 응원하기도 했다.

'정말로 그럴 줄은 몰랐어.'

민욱은 생각했다. 하지만 책임은 민욱에게도 있었다. 박도혁이 무의식 전이를 통해 살인을 결심하게 된 것은 전부 민욱 덕분이었다. 민욱에게 다이빙에 대해 자세히 들은 후 그의 천재적인 머리가 움직이기 시작한 것이다.

탕!

한 번 더 방아쇠를 당겼다. 총알은 이번에도 명중했다. 늑대인간은 피를 흘리며 멍하니 서 있었다.

"으아악!"

비명은 다른 곳에서 들렸다. 민욱은 그곳을 향해 천천히 고개를 돌렸다.

빛기둥 앞에 수영이 쓰러져 있었다. 붉은 안개가 점점 짙어져 잘 보이지 않았다. 누군가가 칼로 수영의 몸을 난도질하고 있었다.

"그만! 둘 다 그만해!"

탕!

민욱은 소리를 지르며 다시 총을 쏘았다. 이번에는 허공에 대고. 수영을 죽이고 있던 영민이 고개를 돌리고 물끄러미 민욱을 바라 봤다.

그때였다.

허공에서 여자 목소리가 들려왔다.

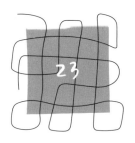

Pause 8

도희와 도출은 북한산 자락에 있는 박도혁의 비밀 별장에 경찰보다 먼저 도착했다. 도희는 N 병원이 있는 강남에서 북한산까지 한달음에 달려왔다.

퍼즐의 나머지 조각은 역시 유민욱이 쥐고 있었다. 박도혁의 아들 병실은 이미 다른 사람이 쓰고 있었다. 갑자기 커다란 벽에 부딪친 듯했다. 도출이 당황하고 있는 사이 도희가 또다시 물었다.

"그럼, 유현빈이 병실은 어디예요?"

"유현빈? 1722호긴 한데 왜요? 거기 요즘 보호자가 계속 연락이 안 닿아서 골치예요. 간병인도 연락이 안 된다고 애를 태우고."

"제가 보호자예요."

도희가 말했다.

"네?"

"제가 현빈이 보호자라고요."

도희는 그 말을 남긴 후 멍하니 선 도출을 질질 끌며 1722호로 직행했다. 병실에는 산소 호흡기를 단 소년이 누워 있었다. 소년의 얼굴은 너무도 고왔다. 그저 깊은 잠에 빠진 것처럼 보였다. 두 사람은 한동안 말없이 서 있었다.

"찾아야 해."

이윽고 도희가 입을 열었다.

"네. 그래야죠."

도출도 맞장구를 쳤다. 둘은 병실을 뒤지기 시작했다. 이번에는 도희가 먼저 찾았다. 침대 옆 서랍장에 액자 하나가 들어 있었다. 마치 급하게 던져 넣기라도 한 것처럼 가지런히 정리된 다른 물건들을 넘어뜨린 채 비뚜름히 누워 있었다.

도희는 액자를 집어 들었다. 민욱 혼자 나온 사진이었다. 특유의 약간 찡그린 듯한 표정으로 카메라를 바라보고 있었다. 도희의 시선을 사로잡은 것은 사진 속 배경이었다.

꽤 멋들어지게 지어 놓은 별장을 뒤에 두고 민욱은 사진을 찍었다. 민욱이 좋아할 만한 형태의 건물은 아니었다.

"여기 어딘지 알 수 있을까?"

도희가 도출에게 액자를 내밀며 물었다.

"그럼요. 지금 당장이라도 말해 드릴 수 있는데요."

도출이 자신만만하게 말했다.

"어떻게?"

"밑에 주소가 적혀 있잖아요."

도출은 액자 틀을 가리켰다. 맨 아래쪽에 볼펜으로 급히 적어 넣은 듯한 글씨가 보였다. 삐뚤삐뚤한, 영락없는 민욱의 글씨였다.

도희는 민욱의 행동을 어렵지 않게 그려 볼 수 있었다.

지난주 일요일, 민욱은 박도혁 부자가 집으로 돌아갔다는 사실을 알게 되었을 것이다. 그전부터 의심을 하고 있던 민욱에게 그것은 커다란 위험 신호였다. 민욱은 누군가에게 알리려고 애를 썼다.

"그 누군가는 계속 부재중이었죠."

도출이 말했다.

"시끄러!"

도희는 다시 민욱의 행동을 뒤쫓았다.

그는 만일의 사태에 대비해 범행 현장이라 짐작되는 이 별장의 주소를 액자에 남긴 뒤 박도혁의 뒤를 밟았다.

"중간에 연락이 끊긴 이유는 뭘까?"

도희는 중얼거렸다.

"더 급한 일이 생긴 거겠죠. 아니면 전화를 못 할 상황이 되었거나."

거기까지였다. 자세한 내막은 유민욱의 입을 통해 직접 들으면 될 터였다. 도희는 바로 경찰에 신고하고 그 길로 가속페달만 쭉 밟은 채 별장으로 달려왔다.

"아닌 것 같아요. 이건 아닌 것 같아요."

도출이 고개를 절레절레 저으며 말했다.

"사장님은 형사도 안 맞고, 민간조사원도 안 맞고 레이서가 딱 체질이에요. 카레이서. 어때요?"

"조용히 해!"

도희는 별장 현관을 향해 다가갔다.

"경찰들이 이렇게 느려 터져서야."

도희는 중얼거렸다. 당장에 무슨 사건이 터진다면 무기로 쓸 만한 게 아무것도 없었다. 믿을 건 몸뚱이 하나와 약해 빠진 조수뿐이었다.

현관문은 잠겨 있었다. 비밀번호를 눌러야 했다.

"젠장. 이거 해킹하는 데 몇 분이나 걸릴까?"

도희가 물었다.

"1125 한번 눌러 보세요."

도출이 말했다.

도희는 미심쩍은 표정으로 조수를 바라봤다.

"그게 아들 생일이더라고요."

"설마 그렇게 단순하게?"

도희는 1125를 눌렀다.

삐리릭.

문은 부드럽게 열렸다.

"애들 앞에서는 다 단순해진다더라고요."

멍하니 서 있는 도희를 놔두고 도출이 한 발 먼저 들어섰다.

별장 안은 쥐 죽은 듯 조용했다.

"삼엄한 경비를 예상했던 건 아닌데 이렇게 허술할 거라고는 생각 못 했네."

도희가 말했다.

"그만큼 자신이 있었던 거 아닐까요?"

도출이 물었다.

"아마 그랬겠지. 초유의 살인사건이니까. 만약 성공한다면."

"무의식 전이 살인이라……."

두 사람은 별장으로 달려오는 차 안에서 서로의 점을 연결한 뒤 같은 목적지에 도달했다.

박도혁은 복수극을 펼치려고 한다. 그 방법은 가히 엽기적이다. 자신의 머릿속에 사람들을 가둔 후 하나둘 차례로 죽이는 것.

"나도열이 실종된 게 월요일 저녁이었으니 못해도 화요일부터는 작업에 들어갔을 거야. 평균적으로 3박 4일 정도를 잡고, 그렇다면 본격적인 전의는 우리가 한창 수사를 하던 토요일부터."

도희가 말했다.

"즉, 그러니까 오늘이 디데이라는 거군요. 72시간의 마지노선."

도출이 말했다.

"그러니까 서둘러야 해!"

"위에서부터 훑을까요, 아래서부터 훑을까요?"

도출이 물었다.

"아래서부터."

도희가 대답했다.

"이유는?"

"이 별장에는 생활의 흔적이 느껴지지 않아. 그렇다는 건 오로지 복수의 용도로만 사용했다는 거지. 그리고 커다란 수조가 적어도 여덟 개는 필요하니까…… 지하실 아니겠어?"

두 사람은 계단을 밟고 지하실로 내려갔다. 나무계단이 삐걱거리며 울었다.

"완전히 컴컴한데요."

도출의 말 그대로였다. 지하는 생각보다 훨씬 깊었고 내려갈수록 어두워졌다. 도희는 손전등을 꺼내 들었다.

"저기 문이 있어."

문은 쇠로 만들어진 밋밋한 형태였다. 문고리만 달려 있었다.

"이런 문이 열기 더 힘들다고요. 안에서 잠그는 식이니까 순전히 힘으로 부술 수밖에 없죠."

도출이 한숨을 쉬며 말했다. 도희는 슬쩍 문을 밀었다.

"열리는데?"

"어라?"

문은 잠겨 있지 않았다. 문이 열리자마자 여러 기계음과 함께 푸르스름한 빛이 새어 나왔다. 싸늘한 한기가 두 사람을 덮쳤다.

"조심하세요."

도출이 나지막이 말했다. 두 사람은 천천히 안으로 들어갔다. 제일 먼저 눈에 들어온 것은 대형 컴퓨터였다. 불빛을 번쩍이며 돌아가고 있는 컴퓨터는 천장에 닿을 듯 컸다. 그 옆으로는 각각 아홉

대의 모니터가 놓여 있었다. 모니터 속에는 실종된 사람들의 현재 모습이 떠올라 있었다.

"빨간색 화면은 말을 안 해도 알겠네요."

허양자, 현상철, 하민영, 나도열, 박광현의 화면은 붉은색이었다. 모니터 어디에도 유민욱의 모습은 보이지 않았다.

"컴퓨터 뒤쪽에 수조가 있는 것 같아요."

도출의 말이 맞았다. 컴퓨터 뒤로 돌아간 두 사람은 수십 개의 케이블로 연결된 아홉 개의 수조와 마주했다. 맨 가운데 하나의 수조가 놓여 있고 나머지 수조는 그것을 둘러싼 형태로 늘어서 있었다.

유민욱은 그 원의 바깥에 있었다. 수조에도 들어가지 못한 채 머리에 이상한 기계를 쓰고 누워 있는 상태였다.

"민욱 씨!"

도출은 당장이라도 달려가려는 도희를 막았다.

"갑자기 깨우면 엄청 위험하다면서요?"

"좋은 방법이 없을까? 너 컴퓨터 박사니까 어떻게 좀 해 봐."

"무의식 전이는 사장님이 더 잘 아시잖아요."

"난 그냥 듣고 보기만 했지."

"경찰 올 때까지 기다릴까요?"

"만약 그럴 시간이 없다면?"

젠장!

두 사람은 동시에 그 말을 뱉고는 다시 컴퓨터 쪽으로 달려갔다. 컴퓨터의 보드에는 용도를 알 수 없는 수많은 버튼이 가득했다.

"함부로 눌러 볼 수도 없고."

도출은 중얼거렸다.

"이거 마이크 아닐까?"

도희가 보드 위로 툭 튀어나온 시커먼 물체를 가리키며 말했다.

"네? 마이크가 왜 필요해요?"

254

"봐. 딱 마이크처럼 생겼잖아. 옆에 빨간색 버튼도 달려 있는데."

"어어, 아무거나 누르면 안 돼요!"

한 발 늦었다. 도희는 빨간 버튼을 누르며 이야기를 시작했다.

"민욱 씨, 민욱 씨. 들려요? 저 나도희입니다."

아무런 일도 일어나지 않았다. 그저 '이수영'이라는 이름이 떠 있는 모니터가 붉은색으로 바뀌었을 뿐이었다.

"히익! 사장님이 죽인 거 아니에요?"

"얘가 뭔 소리를! 나, 난 그냥 마이큰 줄 알고……."

그 순간 갑자기 소리가 들려왔다.

- 도희 씨? 진짜 도희 씬기요?

두 사람은 놀라서 얼어붙었다.

"유민욱 목소린가요?"

도출이 물었다. 도희는 고개를 끄덕였다.

"빨리 이야기해 봐요."

"어디에다가?"

"마이크!"

도희는 다시 마이크 앞으로 다가갔다. 그러고는 숨을 고른 후 빨간 버튼을 눌렀다.

"민욱 씨, 저 나도희 맞습니다. 민욱 씨는 괜찮으세요? 지금 상황이 어떤가요?"

잠시 후, 희미한 목소리로 대답이 돌아왔다.

- 상황이 안 좋습니다.

유민욱의 목소리에는 고통이 서려 있었다. 도희는 입술을 질끈 깨물었다.

- 빨리…… 빨리 시술을 중단해야 합니다. 시간이 얼마 없습니다.

"방법을 알려주세요. 지금 여기에는 경험자가 없습니다."

- 지하실이 비어 있던가요?

"네. 아무도 없었습니다. 그냥 기계를 꺼 버리면 되나요?"

- 안 됩니다! 가장 가운데 있는…… 박도혁의 케이블 중 하나를 잘라야 합니다.

"박도혁이라고요?"

컴퓨터 뒤로 돌아가 수조를 확인하고 온 도출이 고개를 저었다.

- 네. 박도혁. 그 자가 범인입니다. 저희는 지금 박도혁의 무의식 속에 들어와 있습니다. 지금 공격을…… 으익!

유민욱의 말은 거기서 끊어졌다. 도희는 초조했다. 무슨 일이 벌어지고 있는지는 모르겠지만 위급한 상황임은 분명했다. 게다가 민욱은 큰 착각을 하고 있었다. 도희는 빨간 버튼을 누르며 소리쳤다.

"민욱 씨, 거기 안에 있는 사람은 박도혁이 아니라 박영민입니다!"

끝내 대답은 돌아오지 않았다. 도희는 모니터를 살폈다. 아직까지 살아 있는 이는 이부국과 박도혁, 그리고 그의 아들인 박영민뿐이었다.

복수는 완벽하게 성공한 것처럼 보였다. 하지만 유민욱이 휘말려 들었다. 이대로 포기할 수는 없었다. 도희는 수조를 향해 달려갔다. 도출은 수조에 누워 둥실둥실 떠 있는 박영민을 내려다보고 있었다. 정상적으로 자랐다면 딱 중학생 정도였으리라.

박영민은 평온한 표정이었다. 이 아이의 머릿속에서 끔찍한 범죄가 벌어지고 있다는 사실을 눈으로 보면서도 믿기 힘들었다.

"어떤 케이블일까요?"

도출이 물었다.

"그걸 못 들었어."

도희가 잠긴 목소리로 대답했다.

박영민의 수조에서 뻗어나가는 케이블은 한두 개가 아니었다. 그중 어떤 것을 잘라야 이 빌어먹을 상황이 끝나는지 알 수가 없었다.

"일단 이것들은 박영민과 다른 사람들을 각기 연결하는 것 같아요."

도출이 노란색 케이블을 가리키며 말했다.

"이런 건 잘라봐야 소용없을 거야."

"맞습니다. 중요한 건 중앙 컴퓨터와 연결된 케이블일 텐데."

도출은 그렇게 말하며 컴퓨터에서부터 거꾸로 거슬러와 케이블을 이리저리 만졌다.

"녹색은 생명유지 장치로 보내지는 거고, 검정은 그냥 전원인 것 같고, 하얀색은······."

"카운트다운이야."

도희가 말했다.

"네?"

도희는 벽을 가리켰다. 그때까지 발견하지 못했던 디지털시계가 거기 걸려 있었다. 시계의 빨간 숫자가 '0'을 향해 맹렬히 후퇴하는 중이었다. 남은 시간은 일 분 남짓이었다.

"사장님, 빨리 골라 보세요. 다 빼고 나면 두 개 남아요."

도출이 외쳤다.

"무슨 색?"

도희가 물었다.

"빨간색하고 파란색. 둘 중 어떤 걸까요?"

"모르겠냐?"

"이번에는 진짜 모르겠어요."

도출은 울상을 지었다. 도희는 시계와 케이블을 번갈아 바라봤다. 숫자는 초 단위로 바뀌었다.

"그냥 감대로 갈게. 이번에는 추리고 뭐고 나도 모르겠어."

도희는 한껏 큰 소리로 말했지만 목소리가 떨리고 있었다. 뺨도 파르르 떨렸다.

"네. 사장님 감을 믿겠습니다."

도출이 말했다.

"빨간색."

도희가 외쳤다.

"왜요?"

"믿겠다며?"

"그래도 이유는 있어야 하잖아요."

"그냥 감이야, 감!"

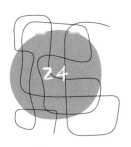

Ending & Easter Egg

민욱은 믿을 수가 없었다.

나도희라니!

하지만 분명 도희의 목소리였다. 지금까지 허공에서 내려왔던 그 차갑고 냉랭한 목소리가 아니었다.

영민과 늑대인간도 허공을 올려다보고 있었다. 민욱은 주위를 살폈다. 지금 이대로라면 빛기둥까지 갈 수가 없었다.

그는 힘껏 외쳤다.

"…… 가장 가운데 있는 박도혁의 케이블 중 하나를 잘라야 합니다."

지금 현재로서는 그 방법이 유일한 탈출구였다.

시스템 정지.

환자와 컴퓨터 사이의 케이블을 아예 제거하게 되면 모든 시술 활동이 중단된다. 이때 다이버는 일시적인 쇼크 상태에 빠지거나 심하면 죽을 수도 있다.

'그래도 이놈들한테 죽는 것보단 낫잖아!'

민욱은 이를 악물었다. 자신들의 목적을 되찾은 듯 늑대인간과 영민이 다시 민욱을 향해 다가왔다.

– 박도혁이라고요?

나도희의 목소리가 들렸다.

탕!

민욱은 늑대인간을 향해 다시 총알을 발사했다. 벌써 세 번째 총알이었지만 늑대인간은 쓰러지지 않았다. 그를 버티게 하는 분노의 힘은 실로 무시무시했다. 민욱은 사력을 다해 외쳤다.

"네. 박도혁. 그 자가 범인입니다. 저희는 지금 박도혁의 무의식 속에 들어와 있습니다. 지금 공격을……."

그때였다.

주춤거리고 있던 늑대인간이 꽥 몸을 날려 단숨에 민욱을 덮쳤다.

"윽!"

민욱은 신음을 뱉으며 쓰러졌다. 늑대인간이 내뿜는 더운 입김이 얼굴에 훅 불어 닥쳤다. 늑대인간은 아가리를 벌린 채 덮쳐왔다. 고개를 돌려 간신히 그 공격을 피했다. 민욱은 늑대인간의 어깻죽지에 꽂혀 있는 화살을 꽥 뽑아냈다.

"크아아아!"

늑대인간이 비명을 질렀다. 그 순간 또다시 나도희의 목소리가 들렸다.

– 민욱 씨, 가운데 있는 사람은 박도혁이 아니라 박영민입니다!

그 말과 함께 민욱의 머릿속이 밝아졌다.

모든 퍼즐이 맞춰졌다.

자신들은 영민이의 무의식 속에 들어와 있었다. 박도혁이 아니었다. 박도혁 역시 하나의 다이버로서 아들의 머릿속으로 비집고 들어와 사람들을 죽이고 다녔다. 무의식의 주체는 박영민이었다.

"넌 괴물이야!"

민욱은 외침과 함께 화살을 늑대인간의 눈에 박아 넣었다. 늑대인간은 비로소 쓰러졌다. 쓰러져 고통에 몸부림쳤다. 영민이 칼을 들고 달려왔다. 민욱은 재빨리 권총을 들어 겨눴다. 영민은 멈칫했다. 하지만 눈에서 뿜어져 나오는 살기는 줄어들지 않았다.

"네가 주인공이었군."

민욱이 말했다.

"스테이지 6에서 깨달았죠. 여기가 제 세상이란 걸."

영민이 대답했다. 소년은 키득키득 웃고 있었다.

"넌 가짜야."

민욱이 조용히 말했다.

"무슨 말이죠?"

영민이 물었다.

"아들은…… 우리 아들은 살려주게."

박도혁의 목소리가 들렸다. 민욱은 고개를 돌렸다. 다시 인간의 모습으로 돌아온 박도혁이 쓰러져 숨을 헐떡이고 있었다.

"제발 아들은 살려줘. 모든 건 내 잘못이야."

"저건 당신 아들이 아니야!"

민욱이 소리쳤다.

"당신 아들 뇌는 이미 죽어버렸어. 당신도 알잖아. 우리 빈이처럼, 영민이 뇌도 죽었다는 걸. 다시는 되돌릴 수 없어…… 다시는."

민욱은 눈물을 흘렸다.

"저건 영민이가 아니야. 그냥 당신이 심어놓은 게임 프로그램일 뿐이야!"

"아니. 내 아들이야."

죽음을 앞둔 박도혁의 표정은 차라리 편안해 보였다. 민욱은 고개를 저었다. 박도혁 역시 고개를 저었다.

"아들을 두 번 죽일 수는 없잖아?"

박도혁의 마지막 말이었다. 그는 눈을 뜬 채로 숨을 거뒀다. 순간 날카로운 통증이 민욱의 옆구리를 달궜다.

"으윽!"

민욱은 아래를 내려다봤다. 옆구리에 칼이 꽂혀 있었다. 영민은 배시시 웃었다. 그러면서 큰 소리로 외쳤다.

"난 이 세계의 왕이야. 내 마음대로 할 수 있다고! 히히히."

"넌…… 넌…….."

민욱은 총구를 겨눴다. 영민은 해맑게 웃고 있었다. 방아쇠를 당기면 모든 게 끝나리라. 현실로 돌아갈 수 있다. 살아남을 수 있다.

하지만…….

아들을 두 번 죽일 수는 없잖아?

박도혁의 말이 귓가에 맴돌았다.

"젠장!"

민욱은 절규했다. 영민이 민욱의 옆구리에서 칼을 쑥 뽑아서는 빠르게 달려들었다. 민욱은 손가락에 힘을 주며 방아쇠를 당겼다.

탕!

다음 순간 암흑이 찾아왔다.

"역시 제 선택이 옳았네요."

도희의 말에 민욱은 고개를 끄덕였다. 그는 몇 시간 전 의식을 되찾았다. 꼬박 사흘 동안 혼수상태였다. 의식이 돌아온 후 제일 먼저 도희를 찾았다. 아직 설명해야 할 것들이, 그리고 들어야 할 것

늘이 많았다.

"그 순간 도희 씨가 빨간색 케이블을 끊어주지 않았다면 전 이렇게 살아 있지 못했을 겁니다."

민욱이 말했다.

"케이블은 조수가 뽑았어요."

"조수?"

"있어요. 똑똑하긴 한데 싸가지 없는 놈."

"그분한테도 감사를 전해야겠군요."

"나중에 기회가 오겠죠. 그것보다 궁금해하실 것 같아 지금까지의 수사 결과를 말씀해 드릴게요. 저도 뭐 건네 들은 거긴 하지만."

도희는 그렇게 말하며 픽 웃었다. 투덜대면서도 자세히 말해주던 박철우의 얼굴이 떠올랐기 때문이다.

"박도혁의 혐의는 대부분 밝혀졌어요. 박도혁은 해킹을 통해 나도열과 현상철, 그리고 박광현을 포함한 다수의 사람에게 무작위로 게임 초대 메시지를 보냈어요. 정말로 광고처럼 슬쩍 꾸민 거죠. 그렇게 몇 달간 공을 들인 후 드디어 실행에 옮긴 거죠."

"이부국 교수님은 어떻게⋯⋯."

민욱이 물었다.

"당연히 모바일 게임을 할 리는 없고 대신에 이수영 씨와 마찬가지로 게임 개발자라는 이름으로 접근했어요. 메일을 주고받는 식이었는데 이부국으로선 상대방이 박도혁인 줄 꿈에도 몰랐겠죠. 박도혁은 안개 미궁이라는 게임을 만드는 데 안개에 대한 조언을 구한다는 명목으로 거액을 제시했어요."

"결국 돈인가요?"

"결국 돈이죠. 결국⋯⋯ 돈이 아닌 건 별로 없어요."

두 사람은 한동안 침묵을 지켰다.

"경찰에서는 박도혁의 단독범행이라고 하던가요?"

얼마 후 민욱이 물었다.

"아마 그렇게 결론이 날 것 같아요."

도희가 대답했다.

"불가능한 일이에요."

"공범이 있다고 생각하는 건가요?"

"박도혁은 명백한 신체적 한계를 가지고 있었습니다. 그 몸으로는 모든 사람을 일일이 수조에 옮길 수 없습니다."

"그건 저도 알고, 경찰도 비슷하게 생각을 하는데 아무런 증거도 안 나왔어요. 민욱 씨가 처음 별장에 도착했을 때는 어땠나요?"

"그게 아직도 의문입니다. 분명 그때는 무의식 전이가 일어나기 전이었습니다. 일요일이었으니까요. 저는 박도혁의 별장으로 숨어들었고…… 그 후 기억이 전혀 없습니다."

"민욱 씨 역시 일요일부터 토요일까지 쭉 기절한 상태였던 것 같아요. 그런 게 아니라면 설명되지 않는 게 너무 많아요."

"그렇다면 더더욱 공범을 의심해 봐야 합니다."

"하긴……."

"만약 공범이 있다면 그 자는 무서운 계획을 세운 겁니다. 저를 기절시킨 것으로도 모자라 억지로 다이빙을 시켰습니다. 박도혁의 원래 계획대로라면 분명 일곱 명과 자신까지 합쳐서 여덟이어야 했는데 거기에 절 집어넣은 거죠. 자칫 복수극 자체가 깨질 수도 있는 시도였습니다.

"그렇다면 어느 정도는 성공한 거네요. 적어도 이부국 교수는 살아남았으니."

민욱은 마른침을 삼켰다. 입맛이 썼다.

이부국 역시 극적으로 생환했다. 물론 무의식 속에서 잘려나간 한쪽 팔은 현실에서도 영원히 마비가 된 채였지만.

민욱 역시 온몸의 통증을 참고 있었다. 안개 미궁이 남긴 상흔이었다.

"저는 제가 일부러 뛰어들었다고 생각했습니다. 아니, 그렇게 기억하고 있었습니다. 하지만 그게 아니었습니다. 전 조종을 당한 건지도 모르겠습니다."

민욱이 한숨을 쉬며 말했다.

"공범한테?"

"아마도."

"짐작 가는 사람이 전혀 없나요? 민욱 씨가 말하는 정도의 일을 하려면 무의식 전이 분야의 전문 지식을 가지고 있어야 하잖아요."

"짐작…… 아!"

민욱의 머릿속에 한 인물의 얼굴이 스치고 지나갔다.

"생각났어요?"

도희가 물었다.

"제가 무의식 전이를 처음 배우던 무렵에 함께 공부한 동기들이 있었어요. 모두 네 명인데 그중 한 명이 좀 특이했어요."

"특이하다면?"

"원래 과학자 출신인데 이상한 실험을 잔뜩 했습니다. 눈이 먼 쥐의 뇌파를 조정해 미로를 찾게 한다든지."

"또?"

"다중 다이빙에 대한 아이디어를 처음 낸 것도 그 사람이었습니다. 왜 그런 생각을 했느냐고 교관 중 한 명이 물었는데 그 사람은 이렇게 대답했죠."

도희는 민욱의 다음 말을 기다렸다.

"재미있으니까."

"이상한 걸 넘어서 괴상한 사람이네요."

"맞습니다. 하지만 그것만 가지곤 의심할 수 없으니."

"그 남자는 지금 어디서 일하고 있나요? 다이버인가요? 제가 슬찍 찾아볼게요."

"그 남자? 아닙니다."

"네?"

민욱은 슬며시 웃으며 말했다.

"남자가 아니라 여자입니다. 이름은 김혜나. 현재 소식은 잘 모르겠습니다. 그리고 솔직히 말씀드리면 아직까지 명확히 떠오르지 않는 것들이 많습니다."

"그렇겠죠. 일단 푹 쉬세요. 김혜나라는 인물에 대해선 제가 알아볼 테니."

도희는 그렇게 말하며 일어났다.

"빨리 일어나야죠. 할 일도 있고."

민욱이 중얼거렸다.

"무슨 할 일이요?"

도희가 물었다.

"아들을…… 우리 빈이를 그만 놓아줘야죠."

민욱의 착 가라앉은 목소리가 병실 안에 헛헛하게 맴돌았다.

도출은 자신의 스마트워치를 보고 있었다. 끔찍했던 사건 후 한 달이 지났다. 몇 주간 이어지던 사고 후속 보도도 이제는 조금 잠잠해졌다.

희대의 살인사건 앞에 전 세계가 경악했다. 무의식 전이 반대론자들의 목소리가 높아진 것은 물론이었다. 사건의 결론은 미치광이 프로그래머의 잔혹하고 기발한 복수극 쪽으로 났지만 석연치 않은 구석이 많았다. 사건을 바탕으로 한 온갖 음모 이론과 나름의 추리들이 인터넷을 도배했다. 그런 글들은 한 달이 지난 지금까지도 수없이 많은 '짤방'에 섞여 인터넷 세상을 돌아다니고 있었다. 그때마다 새로운 댓글들이 달렸다. 이른바 음모론이었다.

도출은 이번에도 그럴싸한 음모론 하나를 발견했다.

글솜씨도 좋은 데다가 제법 신빙성 있게 써서 사람들의 입방아에 꽤 오르내리는 글이었다. 도출은 그 글이 제일 처음 게시되었던 사이트를 찾아가 원문을 확인했다.

글을 쓴 사람은 대부분의 음모론자가 주장하는 것처럼 '공범설'을 제기하고 있었다. 하지만 한 가지 특이한 게 있었다. 그는 공범이 여자라고 단정했다.

- 공범은 여자죠. 확실합니다. 박도혁이 지니고 있었던 기술적인 문제와 현실적인 제약 등을 생각하면 공범이 있었다는 게 당연한 이야기입니다. 그런데 왜 하필이면 여자냐? 다들 아시겠지만 남자의 복수심에 불을 지필 수 있는 존재는 같은 남성이 아니라 오직 여성뿐입니다.

주장은 그 부분에서부터 해괴하게 바뀌긴 했지만 나름 참고할 만한 구석이 있었다. 특히 김혜나라는 묘령의 인물을 쫓고 있는 도출에게는 더욱더.

도출은 그 글 밑에 댓글을 달았다.

"제법 괜찮은 추리네요. 하지만 논리적인 약점이 몇 개 있네요. 공범이 여자라는 결정적인 증거는 어디에서도 나오지 않았습니다."

사실 그대로였다. 성별은커녕 공범의 존재마저 의심해 볼 정도로 아무것도 없었다. 정말로 공범이 존재했다면 그야말로 유령 같은 자였으리라.

도출은 댓글을 단 후 다른 것들을 검색하기 시작했다. 사장은 유민욱을 만나러 나갔다. 아직 몸이 불편한 민욱 씨를 대신해 청소를 해 준다는 게 이유였다.

'청소는 무슨. 사무실 책상에 걸레질 한 번 안 하면서.'

도출은 입을 삐죽 내밀었다. 아무리 질투를 해 봐야 러브 앤 피스 앞에서는 당해 낼 재주가 없었다.

"노래나 듣자."

모처럼 한가로운 일요일이었다. 도출은 침대에 대자로 뻗어 스마트워치에서 흘러나오는 노래를 듣고 있었다. 설핏 졸음이 몰려왔다. 지난 한 달간은 쉴 새 없이 바빴다.

'맞다. 야근 수당이랑 휴일 근무 수당 받아야 하는데…….'

도출이 그렇게 생각하며 막 잠의 나락으로 빠져들려 할 때였다.

띠링.

스마트워치에서 알림음이 울렸다.

"뭐야?"

도출은 눈을 뜨고는 스마트워치를 확인했다.

"당신을 멋진 게임의 세계로 초대합니다."

어디서 날아왔는지 알 수 없는 메시지였다. 도출은 그냥 지워버리려다가 멈칫했다. 심장이 뛰었다. 액정에 메시지의 전체 내용을 띄웠다.

"당신을 멋진 게임의 세계로 초대합니다. 스릴과 모험을 원하시는 분이라면 안개 미궁으로 오십시오."

메시지 맨 밑에는 게임을 다운로드할 수 있는 주소가 깜박이고 있었다. 도출은 얼어붙었다.

'모방범인가? 아니면…….'

제멋대로 뛰는 심장을 애써 누르며 도출은 게임을 다운받았다.

안개 미궁.

게임이 스마트워치에 깔렸다. 도출은 게임을 실행했다. 익숙한 배경음악이 흘러나왔다.

섬 집 아기.

뒤이어 모골이 송연해지는 그 영상이 되풀이됐다.

붉은 안개가 내려오면……

268

세상이 무너지고……
새로운 차원이 열려……
이계의 것들이 쏟아져 나온다.
선택된 자들만이……
멸망한 세계에서……
살아남을 수 있다.

아이가 크레파스로 그린 듯한 그림도 그대로였다. 도출은 마른 침을 삼켰다. 그런 뒤 속삭였다.
"누구냐, 넌?"
한 줄기 한기가 그의 등을 훑고 지나갔다.

Bonus Stage 1

"김혜나는 도대체 누굴까요?"

도출이 물었다.

"본명이 아닐지도 몰라."

도희가 대답했다. 민욱은 말없이 앉아 있었다. 그의 시선은 사무실 곳곳에 머물렀다. 세 사람은 광명 민간조사 사무실에 모여 있었다.

"공범이 있었던 건 확실해요."

도출이 자신의 스마트워치를 들어 보이며 말했다. 바탕화면에 깔린 '안개 미궁' 아이콘이 선명하게 보였다.

"그게 김혜나라는 그 여자인지 아닌지는 모르겠지만."

도출은 그렇게 말하며 어깨를 으쓱했다.

"일단 내가 조사한 바로는 김혜나라는 사람은 없어."

도희가 말했다. 도희는 낡아서 끝이 말려 올라간 오래된 수첩을 들여다보고 있었다. 이미 들었던 이야기였지만 민욱은 도희의 말에 기를 기울였다. 나시 들어도 믿기 힘든 이야기였다.

"김혜나는 본명이 아니었어. 그는 N병원 무의식 전이 다이버 양성 프로그램에 지원을 했는데 그때 제공한 정보가 모두 가짜로 드러났어."

"모두 가짜라면?"

"주소, 전화번호, 사회보장번호까지."

"S대학 뇌과학 연구원이었단 말도 거짓이었습니다."

민욱이 도출을 향해 말했다. 도출은 처음으로 민욱이라는 사내를 찬찬히 바라봤다. 그와 함께 자리한 건 사건이 종결된 후 처음이었다. 도출이 도희와 함께 병원을 찾았을 때 민욱은 의식불명 상태였다. 그 후에도 몇 번 만날 기회가 있었지만 도출이 일부러 피했다. 여러 가지 이유가 있었지만 가장 큰 것은 껄끄러움이었다.

도출은 온몸으로 슬픔을 표현해낼 민욱을 어떻게 대해야 할지 알 수 없었다. 민욱은 아직 수척한 얼굴이었고 일부러 말도 아끼는 것 같았다.

"유민욱 씨는 사장님과의 대화에서 단번에 김혜나를 떠올렸다고 하셨다던데 특별한 이유가 있나요?"

도출이 민욱을 향해 물었다.

"그건……."

"내가 설명했잖아. 좀 이상한 사람이었다고."

도희가 대신 대답했다.

"아니요. 아마, 그것 때문만은 아닐 겁니다. 지금 도출 씨의 질문을 받고서 비로소 생각이 났어요."

민욱은 작게 한숨을 쉬었다.

"기억이 떠오른 건가요?"

도희가 물었다.

"기억은 아직 그대로지만 그때 제가 김혜나를 입에 올린 건 나름

대로 타당한 이유가 있었기 때문이에요."

"타당한 이유라면?"

도출이 물었다.

"박도혁은 천재이긴 했지만 무의식 전이에 있어선 전문가가 아니었습니다."

"대부분 정보를 유민욱 씨가 알려주셨죠."

도출은 도발적으로 물었다. 민욱은 개의치 않는 듯했다.

"네. 제가 다이버라는 사실을 알고는 귀찮을 정도로 꼬치꼬치 캐묻긴 했습니다. 그때는 그저 자기 아들 때문이라고만 생각했는데……."

"결국 그게 아니었던 거죠."

도희가 중얼거렸다.

"당시에도 약간 이상하다는 생각은 했습니다. 박도혁은 무의식 전이에 대해 일반인 이상의 지식을 가지고 있긴 했습니다."

"이미 사전 지식이 있었다?"

"네. 전문가라고 할 정도는 아니었지만 기본적인 구조에 대해선 알고 있었고, 그래서 꽤 구체적인 대화를 할 수 있었던 겁니다."

"아들 때문에 공부한 거 아닐까요? 사이트에서 사기도 당하고 했으니."

도희가 말했다.

"저도 그렇게 여겼습니다. 그런데 달리 생각해 보면 박도혁은 이미 다른 사람을 통해 무의식 전이에 대해 어느 정도 지식을 습득했다고 볼 수도 있는 겁니다."

"그 자가 김혜나다?"

도출이 물었다.

"김혜나인지 아닌지는 모르겠지만 이 무시무시한 계획을 설계한 누군가가 배후에 있었다는 사실만은 확실합니다. 박도혁이 아무리 천재였고 돈이 많았다고 해도 2년 안에 부의식 전이에 대해 완벽하게 이해하고 기기를 마련해 범죄를 저질렀다는 건 납득하기 어렵습니다."

그 말은 경찰에서도 했던 것이다. 하지만 무성의한 대답이 돌아왔을 뿐이었다.

"증거가 없잖아요. 그 별장에서는 다른 피해자들과 박도혁 DNA 말곤 발견된 게 없습니다."

"그건 저도 동의하는 부분입니다. 그런데 어째서 그 조력자, 혹은 공범이 김혜나로 연결된 거죠?"

도출이 다시 물었다.

"웃음소리……."

민욱이 중얼거렸다.

"웃음?"

도희가 물었다. 민욱은 기억을 더듬었다. 그때, 공룡에게 쫓기기 전 박광현이 텔레비전 프로그램 운운했을 때 여자 목소리는 가면을 벗어던지고 진심으로 웃었다. 그 목소리가 생생하게 되살아났다.

"영민이의 무의식 속에 있을 때 지시를 내리던 여자가 있었어요. 처음에는 그저 프로그램이라고만 생각했는데 딱 한 번 인간 같은 반응을 보였죠. 웃은 겁니다. 그 웃음소리가……."

"김혜나 씨의 웃음소리와 비슷하다는 건가요?"

도출이 물었다. 민욱은 고개를 끄덕였다. 본인도 비로소 납득했다. 왜 김혜나를 떠올리게 되었는지. 김혜나는 거의 표정이 없었는데 가끔 생각지도 못한 순간에 큰 소리로 웃곤 했다.

첫 임상 훈련을 할 때였다. 김혜나는 식물인간 상태인 한 노인의 무의식 속으로 들어가 하루 동안 머물렀다. 그는 귀환하자마자 정신없이 웃기 시작했다.

"하하하하하!"

다른 사람들이 아무리 물어도 웃는 이유를 가르쳐주지 않았다.

노인은 바로 다음 날 죽었다. 김혜나가 다이버 훈련에서 최종 불합격 통보를 받게 된 것도 그때의 행동이 크게 좌우했다.

민욱의 이야기를 들은 도희와 도출은 한동안 말이 없었다. 두 사람 모두 각자의 생각을 정리하고 있었다.

"자, 그러면……."

도희가 먼저 입을 열었다. 민욱과 도출은 살짝 긴장한 얼굴로 도희를 돌아보았다.

"일단 짜장면부터 먹을까?"

"뭐예요, 그게? 난 또 중요한 이야기라도 할 줄 알았더니만."

도출이 투덜거렸다.

"야! 먹는 게 제일 중요한 일이지."

"전 두 분이 오붓하게 먹고 올 줄 알았는데."

"그러려고 했지. 근데 네가 전화를 걸어서 난리를 쳤잖아. 빨리 와 보라고! 일요일에 이게 뭐야?"

"사장님, 이런 걸 바로 적반하장이라고……."

"시끄럽고. 빨리 시켜. 짜장 곱빼기 세 개에 탕수육 하나."

"에? 탕수육까지!"

"오늘은 민욱 씨도 있잖아."

"이렇게 차별하기 있어요?"

민욱은 아웅다웅하는 두 사람을 보며 슬쩍 미소를 지었다. 아직 해결해야 할 문제들이 많았지만 지금 이 순간만큼은 즐거웠다. 그런 민욱의 눈에 스마트워치에 깔린 '안개 미궁'이 보였다. 그걸 보자 다시 머리가 쑤셔왔다.

"꺼억. 잘 먹었다."

도희는 젓가락을 내려놓으며 말했다.

"입 좀 닦아요."

도출이 화장지를 건넸다. 민욱은 절반쯤 남은 짜장면을 그냥 내려놓았다. 아직까지는 입맛이 돌아오지 않았다.

"자, 그러면 이번에야말로 정리를 좀 해 볼까."

도희가 말했다.

"일단 제가 먼저 이야기를 할게요. 두 분이 오시기 전에 이 게임에 대해 조사를 좀 했거든요."

도출은 자신의 스마트워치를 들어 보이며 말했다.

"제게 메시지를 보낸 사람의 정체는 찾을 수가 없었어요. 당연한 이야기지만 메시지를 보낸 번호는 결번이었어요. 경찰 쪽 도움을 받아 추적하지 않는 이상 더 알아내긴 힘들 것 같아요. 다만……."

도출은 잠시 말을 끊었다.

"다만?"

성미 급한 도희는 그새를 참지 못했다.

"게임을 보내온 이는 저를 알고 있어요. 그건 확실해요."

"근거가 있나요?"

민욱이 물었다.

"게임을 잠깐 플레이해 봤는데 바로 이상한 점을 발견했거든요."

"이상한 점? 뜸 들이지 말고 빨리 말해!"

"지금 이 게임은 예전의 '안개 미궁'과는 달라요. 무작위로 선정된 플레이어들이 모여서 미궁을 빠져나가는 게 원래 게임이었다면……."

도출은 거기까지 말한 뒤 게임 아이콘을 눌러 '플레이' 화면으로 넘겼다.

화면에는 일곱 명의 플레이어들이 서성이고 있었다. 모두 이등신의 조악한 캐릭터들이었지만 그 특징만은 확실했다. 덩치 큰 남자, 병약해 보이는 여자, 노란 머리 남자, 머리를 뒤로 넘긴 남자, 안경을 쓰고 머리카락을 뒤로 묶은 남자…….

"이, 이건!"

민욱이 놀라서 외쳤다.

"네. 맞습니다. 이 게임의 플레이어들은 이미 정해져 있습니다. 모두 게임 속에서 만들어진 캐릭터들이죠. 그런데 이 캐릭터들의 특징이 모두 이번 사건의 희생자와 같습니다."

도출의 말이 끝난 후 사무실에는 한동안 침묵이 맴돌았다.

"그러면 진짜 게임을 하는 건 너 하나뿐이라는 거야?"

한참 후 도희가 물었다. 도출은 고개를 끄덕였다.

"사건이 발생한 후 사이버수사대에서는 무작위로 배포된 '안개 미궁'을 모조리 삭제했습니다. 그런데도 이런 형태로 제게 전달된 건 일종의 도발이라고 봐야죠."

"그러니까 너를 겨냥해서 일부러 '안개 미궁'을 보냈다?"

도희가 물었다.

"이유가 뭘까요?"

이번에는 민욱이 물었다.

"솔직히 그건 저도 잘 모르겠습니다. 다만……."

"또 그놈의 다만!"

도출은 사장의 말을 무시하며 말을 이었다.

"이 게임을 끝까지 해 보면 이유를 알 수 있을 것 같습니다."

"게임을 하겠다고? 안개 미궁을?"

도희가 펄쩍 뛰며 소리를 질렀다.

"네. 이 안에 단서가 있을 것 같아요. 이 사건을 꾸민 사람, 혹은 공범은 지금 우리를 가지고 놀고 있어요. 제 번호를 알아내서 이렇게 뻔뻔하게 도발을 해 온 것만 봐도 알 수 있죠."

도출이 말했다.

"정말로…… 게임을 원하는군요. 이 자는."

민욱이 중얼거렸다.

"그렇습니다. 이 자에게는 처음부터 이 모든 게 그저 게임에 지나지 않았던 겁니다. 어쩌면 박도혁 역시 이 자의 손아귀에서 게임 속 캐릭터가 되어 놀아난 걸지도 몰라요."

민욱은 고개를 끄덕였다. 일리 있는 말이었다. 박도혁의 강렬한 복수심과 어마어마한 재산을 이용해 게임을 즐긴다.

그렇다면 이유는?

"재미있으니까."

민욱은 김혜나가 했던 말을 떠올렸다.

그저…… 재미있으니까.

"그렇다면 더욱더 안 돼. 게임 안에 무슨 장치를 해 놨을지 모르잖아! 위험해!"

도희가 다시 소리를 질렀다.

"지금 절 걱정해 주시는 건가요?"

도출이 물었다.

"당연하지! 네가 무슨 일이라도 당하면 사무실 청소는 누가 하냐?"

도출은 작게 한숨을 쉰 후 씩 웃었다.

"걱정하지 마세요. 전 게임이라면 자신 있으니까. 게다가 유민욱 씨처럼 직접 게임 안으로 들어가는 것도 아니고."

도희는 조수를 물끄러미 바라봤다.

"그럼 한 가지만 약속해."

"뭘요?"

"위험하다 싶으면 바로 도망칠 것."

"청소 때문에?"

"그렇지. 청소 때문에."

민욱은 사건이 점점 더 예상치 못한 방향으로 굴러간다고 생각했다.

"내 게임이 왜 인기 있었는지 알아요? 바로 예측 불가능성 때문이었지!"

박도혁은 '안개 미궁'을 소개하며 그렇게 말했다. 자랑스럽다는 표정으로.

"자, 그럼 이렇게 정리해 보죠."

도희가 입을 열었다.

"박도혁은 뇌사 상태에 빠진 자기 아들의 무의식 속에 '안개 미궁'이라는 게임을 이식한 후 피해자들을 그 속으로 밀어 넣었죠. 물론 자신도 그 안으로 들어갔고. 아들, 그러니까 영민이의 무의식 속에서 살인을 저지르려는 계획이었는데 그걸 막으러 민욱 씨가 뛰어든 거예요. 여기까진 이상 없죠?"

"박도혁의 계획을 알고 막으려고 했던 건 사실입니다. 하지만 제가 어떻게 영민이 무의식 속으로 다이빙했는지는 여전히 기억나지 않습니다."

민욱이 말했다.

"오케이. 알겠어요. 일단 이 상태에서 우리가 가지는 의문은 하나, 바로 공범이 있는가 하는 것이죠."

"공범이 아니라 진범일 수도 있죠."

도출이 끼어들었다. 아무도 이의를 제기하지 않았다.

"그 공범, 혹은 진범이 누구인지 밝혀내는 게 지금의 목표입니다. 현재는 김혜나라는 의문의 여성이 주요 용의자이고."

"그런데요, 사장님."

도출이 손을 들고 말했다.

"뭐야?"

"우리는 분명 실종 전문 민간조사 사무실인데 왜 이 사건을 조사하고 있는 걸까요?"

"좋은 질문이야."

도희는 고개를 끄덕였다.

"이것 역시 실종 사건이기 때문이지."

"무슨 실종이요?"

"정의."

도출은 웃으려다가 도희의 너무나 진지한 표정에 그만 입을 다물었다.

"우리의 추리가 정확하다면 누군가가 애타는 부정을 이용해 이 사건을 일으켰어. 혹은 기꺼이 동조했지. 나는 그 누군가가 도대체 왜 그랬는지 밝혀내고 싶어. 그렇게 하면……."

"실종된 정의를 찾을 수 있다?"

도출이 말을 받았다.

"그래. 한순간일지 모르지만."

도희가 중얼거렸다.

"알겠습니다. 그럼 전 여기서 열심히 게임을 한번 파 보겠습니다."

도출이 두 손을 마주 비비며 말했다.

"우린 어떻게 할까요? 김혜나를 추적할까요?"

도희가 민욱을 향해 물었다. 골똘히 생각에 잠겨 있던 민욱은 결심을 굳힌 듯 눈을 빛내며 말했다.

"김혜나 추적은 도희 씨가 맡아주세요. 게임에 관련된 건 도출 씨가 알아서 해 주시고. 저는 다시 한번 들어가 보겠습니다."

"어디로요?"

도희는 눈을 동그랗게 떴다.

"영민이의 무의식 속에."

민욱은 짧게 대답했다. 이번에는 도출도 놀랐다.

"잠깐! 그, 그건……."

민욱이 손을 들어 도희를 막았다.

"압니다. 현재 영민이의 무의식은 안개 미궁으로 채워져 있다는 걸. 그리고 다시 들어가는 건 또 위험을 감수하는 일이란 사실도 알고 있습니다. 하지만 전 찜찜한 마음을 거둘 수가 없습니다. 이번 사건에 대한 단서가 그 속에 들어 있을 것 같습니다."

"무모한 일이에요. 게다가 민욱 씨는 아직 몸 상태도 정상이 아니잖아요."

"그래도 들어갈 겁니다. 이번에는 혼자서."

민욱의 의지는 확고했다. 그때 민욱의 핸드폰이 울렸다. 처음 보는 번호였다. 민욱은 두 사람에게 양해를 구하고 전화를 받았다.

"절 찾고 계시나요?"

귀에 익은 여자 목소리가 들려왔다.

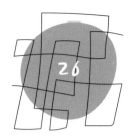

Bonus Stage 2

"김…… 혜나?"

민욱이 물었다. 민욱의 입에서 그 이름이 나오자 나머지 두 사람도 덩달아 긴장했다.

"스피커, 스피커."

도희가 입 모양으로 그렇게 말했다. 민욱의 핸드폰도 입체 영상 기능이 없는 일반 핸드폰이었다. 민욱은 고개를 끄덕인 후 서둘러 '스피커' 아이콘을 눌렀다.

기괴한 억양의 여자 목소리가 사무실에 울려 퍼졌다.

"오랜만이네요. 유민욱 씨."

"내가 기억을 못 할 뿐이지 그리 오랜만은 아닐 텐데요."

민욱이 말했다.

"하하하하하!"

예의 그 웃음소리였다. 듣는 이의 귀를 자극하고 마음을 불편하게 만드는 인공적인 웃음소리. 김혜나는 한참 동안 웃음을 터트렸다.

"안개 미궁 속에서 당신 모습은 꽤 인상적이었어요."

김혜나는 딱히 주저하는 기색도 없이 말했다.

"역시 당신이었군."

민욱이 씹어 삼키듯 중얼거렸다.

"제 예상이 맞았군요. 민욱 씨는 결국 절 떠올릴 거라 생각했거든요."

김혜나가 말했다.

"도대체 왜? 왜 그런 거지?"

민욱은 그렇게 물은 후 이미 대답을 알고 있다는 듯 먼저 입을 열었다.

"재미있으니까……."

"하하하하하!"

김혜나는 또 한 번 웃었다.

"역시 우등생답군요. 이번에도 단번에 맞추다니."

"재미있다는 이유만으로 여러 사람의 인생을 그렇게 끝장낸 건가?"

민욱이 물었다. 목소리에 점점 분노가 서렸다.

"실험용 쥐들은 무슨 잘못을 했기에 한평생 실험실에 갇혀 있다가 죽는 걸까요?"

김혜나가 물었다.

"뭐?"

엉뚱한 질문에 민욱이 되물었다. 그 순간 도희가 끼어들었다. 도희는 그때까지 부글부글 끓어오르는 화를 참느라 이를 악물고 있었다.

"야! 김혜나. 아니, 본명이 아니지. 아무튼 너 어디 있는지 빨리 말해. 어서!"

도희는 버럭 소리를 질렀지만 김혜나는 흔들림이 없었다. 오히려 더욱 여유로운 목소리로 말했다.

오! 역시 나도희 씨도 함께 있군요. 그럼 조수인 도줄 씨도 있겠네요. 어때요? 제가 보낸 게임은 잘 받았어요?"

세 사람 모두 아무런 말도 하지 않았다. 김혜나라는 정체불명의 여자 손에 놀아나는 기분이었다. 특히 민욱은 적잖이 당황했다. 김혜나의 의도를 도무지 짐작할 수 없었다.

김혜나는 왜 일부러 도발을 하는 것일까?

"아마 민욱 씨는 지금 무척 궁금할 거예요. 제가 왜 전화를 걸었는지."

김혜나는 민욱의 마음을 정확하게 꿰뚫어 보고 있었다. 민욱은 순순히 인정하기로 했다. 이제 와서 머리싸움을 해 봐야 절대 이 여자를 따라잡을 수 없다. 모든 것을 열어둔 상태에서 김혜나가 예상치 못한 순간에 덮치는 것, 그 방법밖에 없었다.

"네. 궁금합니다. 왜 이런 일을 벌인 건지, 왜 순순히 인정하는 건지."

"게임을 하고 싶어서요."

김혜나가 말했다.

"게임?"

"아주 간단한 게임입니다. 당신들은 절 찾아내는 거고 전 당신들 몰래 제 뜻을 이루는 거죠."

"우리가 왜 그래야만 합니까?"

도줄이 불쑥 치고 나왔다. 순간 김혜나가 침묵했다. 도줄은 다시 한번 물었다.

"우리가 왜 당신 게임에 응해야 하는 거죠? 술래잡기는 어릴 때 이미 졸업했습니다. 그리고 우리에겐 공식적인 수사권이 없고요. 즉, 당신을 잡으러 다녀 봐야 고생만 하고 돌아오는 이득은 없다는 소립니다."

"그, 그래! 빨리 이유를 말해 봐."

도희가 거들고 나섰다. 그는 조금 전까지 그 이유를 '정의'라고 말했지만 지금 상황에서는 입에 올리지 않았다. 도희는 파트너이자 훌륭한 조수가 어떤 의도로 질문을 한 건지 알 것 같았다.

도발.

도출은 김혜나를 도발하고 있었다.

"하긴 동기부여가 약하다고 생각할 수도 있겠군요. 그렇다면 이건 어떤가요?"

잠시 후 평정을 되찾은 듯 김혜나가 말했다.

"앞으로 48시간 후 박영민의 무의식 속에 심어둔 안개 미궁이 종료됩니다."

"뭐라고?"

그것이 무엇을 의미하는지 알아챈 사람은 민욱밖에 없었다.

"그렇게 되면 영민이는 완전히 죽게 되는 거죠. 자, 영민이를 살릴 수 있는 열쇠를 제가 쥐고 있다면 어떨까요? 할 만한 게임이지 않을까요?"

"그 열쇠라는 게 뭐지?"

민욱이 물었다.

"그것 역시 절 찾으면 자연스레 알게 되겠죠. 그럼 행운을 빌겠습니다. 굿 럭!"

전화는 거기서 끊어졌다.

"젠장!"

도희가 화를 참지 못하고 탁자를 내리쳤다.

"우리를 완전히 무시하고 있잖아!"

"안개 미궁이 종료되는 것과 영민이가 죽는다는 건 무슨 이야깁니까?"

도출이 민욱을 향해 물었다.

"영민이는 제 아들과 마찬가지로 뇌사 상태였습니다. 즉, 절대

의식이 돌아올 수 없는 거죠. 하지만 박도혁은 게임을 이식하는 방법을 통해 가짜 무의식을 만들어 낸 겁니다. 모든 게 복수를 위한 것이었지만 적어도 안개 미궁을 통해서 아들의 의식을 만들어 냈을 때의 박도혁 마음은 진심이었을 겁니다. 한순간만이라도 살아 있는 아들을 보고 싶다는…….”

“그럼 현재 영민이는 어떤 상태입니까?”

“의학적으로는 뇌사가 아닙니다. 게임 속 캐릭터인 ‘박영민’이 무의식 속에 있는 거니까요.”

“그게 말이 되는 이야기예요? 그럼 영민이는 죽은 것도 아니고 산 것도 아니란 말이잖아요!”

도희가 말했다. 민욱은 가만히 고개를 끄덕였다.

“가장 끔찍한 지점이 바로 거기에 있습니다. 저는 영민이의 무의식 속으로 다시 들어가서 단서를 찾는 한편 게임 캐릭터가 진짜 영민이를 대신할 수 있는지 알아볼 참입니다.”

“만약 그렇게 된다면 영민이는 깨어나는 건가요?”

“확률은 반반입니다. 가능한 일인지, 불가능한 일인지 아직 잘 모르겠습니다. 어쩌면 박도혁은 여기까지 계산에 넣었을지도 모르겠군요.”

“아니면 김혜나.”

도출이 말했다. 그는 다른 말을 하고 싶어, 아니 정말로 궁금한 걸 묻고 싶어 입이 근질근질했다. 하지만 꾹꾹 눌러서 참고 있었다. 지금은 그 질문을 할 순간이 아니었다.

“김혜나가 안개 미궁을 종료시킨다는 건 아예 그 가능성을 제로로 만드는 거군요.”

도희가 물었다.

“네. 김혜나는 제가 이 게임에 응하리라는 걸 알고 있었습니다. 그래서 이렇게 용의주도한 덫을 짠 거고.”

민욱의 말에 도희는 고개를 갸우뚱했다.

"그래도 이해가 안 가는 건……."

"김혜나가 왜 굳이 게임을 하는가, 그거죠?"

도출이 도희의 말을 받았다.

"아까도 말했다시피 김혜나는 이 모든 상황을 철저하게 즐기고 있습니다. 이유는 재미, 그것뿐이죠."

민욱이 말했다.

"재미라…… 다른 이유는 없는 걸까요?"

도희가 다시 물었지만 이번에는 민욱도 별다른 대답을 하지 못했다. 잠시 후 민욱이 소파에서 일어났다.

"저는 N병원으로 가 보겠습니다. 48시간밖에 남지 않았다면 지금 당장 무의식 전이 준비를 해야 합니다."

"준비하는 데만 며칠이 걸린다면서요?"

도희가 걱정스런 표정으로 물었다.

"어차피 지금 제 상태나 영민이 상태로 봐서 무의식 전이를 할 수 있는 시간은 얼마 안 될 겁니다. 그러니 준비 기간을 최소화해서 강행할 수밖에요."

민욱의 얼굴은 딱딱하게 굳어 있었다. 도희는 민욱의 결심을 꺾을 수 없다는 사실을 깨달았다.

"알겠어요. 그럼 전 최대한 김혜나에 대해 알아볼게요. 그리고 우리 뛰어난 조수는……."

"열심히 게임을 하고 있겠습니다."

도출은 씩 웃으며 말했다. 민욱 역시 그런 도출을 향해 희미하게 미소를 지었다.

"그럼 수시로 연락을 하죠. N병원의 도움을 받아 무의식 전이에 들어가기 전에 연락을 드리겠습니다."

민욱은 그 말을 끝으로 사무실을 떠났다. 도희는 금방이라도 뛰

쳐나갈 것 같던 조금 전의 기세와는 달리 민욱이 나가자마자 소파
에 털썩 주저앉았다. 그러고는 한숨을 쉬었다.

"하아."

"왜 그러세요?"

도출이 물었다.

"알아보겠다고는 했는데 어디서부터 손을 대야 할지 정말 모르
겠어."

도희는 솔직히 말했다.

"박도혁과 김혜나 사이에 접점이 있지 않을까요? 병원에서 만났
다든지, 아니면……."

"아!"

도희가 벌떡 일어났다. 도출은 깜짝 놀라 흠칫 뒤로 물러났다.
등짝을 맞기에 딱 좋은 상황이었다.

"왜, 왜 그러세요?"

"맞다! 그거야. 나 나갔다 올게."

도희는 그 길로 가방과 자동차 열쇠를 챙겨 들고 쏜살같이 달려
나가 버렸다. 졸지에 혼자 남겨진 도출은 쩝, 입맛을 다셨다. 그러
고는 자신의 스마트워치를 들여다봤다.

"휴. 감도 안 오는구만."

도출은 중얼거렸다. 어디서부터 게임을 풀어나가야 할지, 게임
속에서 무엇을 찾아야 할지 감을 잡을 수 없었다. 도출은 몇 번의
동작으로 '안개 미궁'을 실행시켰다. 어쨌든 지금 자신이 할 수 있
는 최선의 일은 게임을 클리어하는 것이었다.

도출은 민욱에게 끝내 던지지 못했던 질문을 곱씹으며 플레이를
시작했다.

민욱은 N 병원의 무의식 전이 연구센터 책임자인 김조명 박사와
마주보고 앉아 있었다.

"절대 안 되네."

김 박사는 가느다란 입술을 꾹 다물며 말했다. 민욱에게 김조명 박사는 은인이자 스승이며 아버지와 같은 존재였다. 그가 사고 이후 방황하고 있을 때 다이버로서의 길을 열어 준 것도 김 박사였고 직접 훈련을 시킨 것도 김 박사였다.

김조명 박사는 무의식 전이의 세계적인 전문가이며 최초의 다이버이기도 했다. 정년을 몇 년 앞둔 김 박사는 N병원에서 연구를 계속하며 센터장 역할을 맡고 있었다.

"절대 안 된다는 건 없다고 가르쳐 주신 게 바로 박사님입니다."

민욱이 말했다.

"자네랑 말장난할 생각 없네."

김 박사는 원칙주의자였으며 타인은 물론 자신에게도 매우 엄격했다.

"저도 그럴 생각 없습니다. 시간도 없고요."

"자네는 다이빙을 할 몸 상태가 아니네. 영민이도 마찬가지고. 둘 다 위험할 수가 있어."

"설명해 드리지 않았습니까? 48시간 후면 영민이는 이대로 죽게 됩니다."

김 박사는 골치 아프다는 표정으로 민욱을 바라봤다.

"게다가 이 사건엔 그 김혜나가 관련되어 있습니다. 이대로 두고만 볼 순 없습니다!"

김 박사는 김혜나의 스승이기도 했다. 그는 민욱의 설명을 들은 후 적잖이 충격을 받았다. 세상을 떠들썩하게 만들었을 뿐만 아니라 N병원의 권위는 물론이고 무의식 전이에 대한 회의론까지 들고 일어나게 한 박도혁 사건의 공범이 김혜나라니, 도저히 믿을 수가 없었다.

"지금 영민이는 언론의 주목을 받고 있네. 다시 무의식 전이를 한다는 게 알려지면 난리가 날 거야."

김 박사가 말했다.

"하루면 충분합니다. 아니, 준비하는 데 하루 정도가 걸린다고 한다면 남은 시간은 하루밖에 없습니다. 그 정도는 박사님께서 막아주실 수 있지 않습니까."

민욱은 진심을 담아 말했다. 영민의 무의식으로 들어가려면 N 병원의 도움 없이는 불가능했다. 김조명 박사를 설득하는 것, 그것이 가장 먼저 해결해야 할 문제였다.

"가능하다고 믿나?"

김 박사가 작지만 예리한 눈으로 민욱을 바라보며 물었다. 육체는 노쇠했지만 김 박사의 눈빛은 여전히 살아 있었다.

"영민이의 의식을 게임 속 캐릭터로 대체하는 것이 가능하다고 믿느냐 이 말일세."

"솔직히 잘 모르겠습니다. 하지만 시도는 해 볼 생각입니다."

"유례없는 도전이 될 걸세."

"박사님도 그런 도전을 숱하게 하시지 않았습니까."

"음……."

김 박사는 의자에 몸을 기대고 천장을 바라봤다. 그의 고민은 그리 길게 이어지지 않았다.

"좋네. 허락하지. 하지만 센터에서 가장 우수한 보조 인력을 붙여서 조금이라도 이상이 생기면 다이빙을 바로 중지할 거네."

김 박사의 말에 민욱은 크게 고개를 끄덕였다.

"알겠습니다. 저도 최대한 신중하게 접근하겠습니다. 그럼 지금 당장 준비에 들어가겠습니다."

"알았네. 내가 연구팀에 직접 연락을 하지."

김 박사는 그렇게 말하며 자리에서 일어났다. 민욱도 같이 일어나 늙은 사내의 옆에 섰다. 구부정한 어깨를 한 김 박사는 고개를 들어 자신의 제자이자 세계 최고의 다이버를 쳐다봤다.

"김혜나…… 그 친구가 도대체 왜 그랬을까?"

김 박사가 한숨을 내쉬며 물었다.

"그걸 밝혀내야죠. 아마 나도희 씨라고 이번 사건을 담당하는 민간조사원이 와서 이것저것 질문을 할 겁니다. 그때 잘 좀 도와주십시오."

민욱이 말했다.

"이래라저래라 부탁밖에 할 줄 모르는구먼."

김 박사는 못마땅하다는 표정을 지으며 말했다.

"죄송하게 됐습니다. 상황이 워낙 급박하게 돌아가다 보니……."

"자네니까 믿는 걸세."

김 박사는 혼잣말처럼 중얼거린 후 문을 향해 걸어갔다. 민욱은 조용히 그 뒤를 따랐다. 김 박사가 멈칫하더니 민욱을 향해 고개를 돌렸다. 해질 무렵의 마지막 햇살이 늙은 사내의 얼굴을 비추고 있었다. 주름진 얼굴이 극적으로 드러난 탓에 김 박사는 나이보다 십년은 더 들어 보였다. 그는 주저하는 표정으로 물었다.

"마지막으로 하나만 물어보세."

민욱은 고개를 끄덕였다. 어떤 질문인지 알 것 같았다.

"자네 아들도 그런 식으로 다시 깨울 수 있다고 생각하나? 그래서 이렇게 적극적으로 나서는 겐가?"

민욱은 대답하지 않았다. 아니, 대답할 말이 없었다.

김 박사는 민욱의 대답을 듣지 않고 연구실을 나갔다. 민욱은 벽에 걸린 시계를 힐끗 쳐다봤다. 김혜나가 말한 48시간 중에서 이미 3시간이 지나 있었다.

Bonus Stage 3

김혜나. 넌 도대체 누구냐?

도희는 한 장의 사진을 들여다보며 속으로 중얼거렸다. 어렵게 입수한 사진이었다. 처음 김혜나에 대해 조사하기 시작했을 때 N병원의 무의식 전이 연구팀으로부터 사진과 함께 몇 가지 정보를 얻었다.

결국 그 정보들은 모두 거짓으로 들통났지만 사진 속 인물이 김혜나라는 사실은 틀림없었다.

김혜나는 유민욱 바로 옆에 서 있었다. 그 외에도 여러 명의 남녀가 밝게 웃으며 찍은 단체 사진이었다. 다이버 교육생들과 교관들이 함께 찍은 사진. 사진 속에서 웃지 않는 사람은 김혜나와 유민욱 단둘뿐이었다.

김혜나는 평범하게 생긴 여자였다. 검고 긴 생머리에 뿔테 안경, 그리고 수수한 옷차림까지. 만약 길에서 마주친다 해도 못 알아볼 만큼 희미한 인상의 여자. 도저히 대담한 계획을 세워 범죄를 저질렀다고 보기 힘들었다. 하지만 도희는 진짜 괴물일수록 겉은 평범하다는 사실을 잘 알고 있었다. 강력계 형사 시절 만났던 숱한 범죄자들 중 대부분은 평범해 보이는 이웃 사람이었다.

도희가 한참 사진을 들여다보고 있을 때 박철우가 커피숍으로 들어왔다. 그는 인사도 없이 도희 맞은편 의자에 앉았다.

"어쭈? 이제 인사도 안 하냐?"

"선배, 제발 그만 좀 불러내요. 나 내일부터 휴가 갈 거니까."

박철우는 거칠한 얼굴로 말했다.

"안 돼! 휴가 모레부터 가."

"또 왜요?"

도희는 후배를 향해 김혜나와 민욱이 나눴던 전화 통화 이야기를 들려주었다. 박철우의 눈은 대번에 커졌다.

"정말 그 여자가 시인을 했다고요?"

"그래. 그런 뒤에 세임을 제안했다니까."

"누가 장난친 거 아닐까요?"

"누가 장난을 쳐. 그 의심하는 병 좀 고쳐라."

"뭐든지 일단 의심부터 하라고 선배가 말했으면서."

"그놈 참 말 많다. 흠흠."

도희는 목을 가다듬으며 박철우 앞으로 사진을 내보였다.

"사진 속 이 여자가 김혜나야. 이번 사건 조사 중에 혹시 참고인으로 만났다거나 스쳐 지나간 적 없어?"

박철우는 뚫어져라 사진을 쳐다본 후 한숨을 쉬며 내려놓았다.

"평범하게 생겼네요."

없다는 뜻이었다.

도희도 어느 정도는 짐작하고 있었다. 김혜나는 이름부터 학력까지 무엇 하나 진실인 게 없었다. 적어도 김혜나라는, 평범하다면 평범한 이름으로는 이 세상에 존재하지 않는 것이다. 몇 년 동안 주어 사람들을 완벽하게 속일 수 있는 인물은 그리 많지 않다. 도희는 김혜나가 사이코패스라 확신했다. 목적이 무엇인지는 확실하지 않지만 그는 무의식 전이에 관심을 보였고 실력 또한 출중했다. 그리고 일련의 사건을 꾸몄다. 쉽게 꼬리를 밟힐 일 따위는 하지 않았을 것이다. 적어도 무의식 전이 쪽에서는.

"박도혁 사기 사건 자료는?"

박철우는 그제야 생각났다는 듯 가방에서 파일을 꺼냈다.

"어쭈? 형사가 무슨 서류 가방을 들고 다녀!"

"퇴근하는 길입니다. 몰래 가지고 나온 거니까 빨리 읽고 돌려주세요."

"알았어."

도희는 싱긋 웃으며 파일을 건네받았다. 제법 묵직했다.

"저도 조사를 해 볼 테니까 선배도 뭐든 알아내면 공유해 주세요."

박철우가 자리에서 일어나며 말했다.

"내일부터 휴가라며?"

"아, 김혜나가 실존 인물이라는데 어떻게 휴가를 가요? 어휴, 정말!"

박철우는 머리를 벅벅 긁더니 그대로 나가버렸다.

"자식이, 성질머리하고는."

도희는 혼잣말을 한 후 파일을 펼쳐 읽기 시작했다. 도출과는 달리 자신은 아직 종이가 더 좋았다. 사람이 다른 사람 머릿속에 들어갔다가 나오는 세상이 되었지만 변하지 않는 취향도 있는 법이다.

수십 장에 이르는 보고서에는 박도혁이 당했던 사기 사건에 대한 수사 기록이 적혀 있었다. 무의식 전이를 알선해 주겠다고 브로커가 개설한 사이트의 이름은 '희망 무지개'였다.

"좆 까고 있네."

도희는 자기도 모르게 큰 소리로 욕을 해 버렸다. 커피숍 안에 있던 사람들이 모두 쳐다봤다. 도희는 인상을 팍 쓴 후 다시 보고

서를 휙휙 넘겼다.

사기를 당한 사람은 박도혁을 포함해 모두 마흔 명이 넘었다. 적게는 수천만 원부터 많게는 수억 원까지 브로커에게 갖다 바쳤다. 사이트에서 브로커의 닉네임은 '희망 전도사'였다. 도희는 다시 한번 같은 욕을 했고 또 사람들의 이목을 집중시켰다.

희망 전도사는 끝내 잡히지 않았다. 보고서에는 후속 수사에 대한 영양가 없는 정보만 가득했다.

'틀린 건가……'

도희는 보고서를 처음부터 끝까지 한 번 더 훑으며 생각했다.

도희는 박도혁과 김혜나가 최초로 접촉한 곳이 무의식 전이 사이트가 아닐까 짐작했다. 만약 병원에서 알게 되었다면 김혜나로서는 위험부담이 크다. 같은 병원에 유민욱의 아들이 입원해 있어 마주칠 수도 있기 때문이다. 따라서 그보다 더 이전, 박도혁이 사고의 후유증과 슬픔, 그리고 분노에서 헤어 나오지 못하던 때에 김혜나가 접근한 것이 아닐까 생각했던 것이다.

'병원에서부터 다시 탐문 수사를 해야 하나?'

도희는 초조했다. 벌써 한밤중이었고 김혜나가 말했던 48시간에서 7시간이 지난 상태였다. 지금쯤 도출은 게임에 열중하고 있을 것이고 민욱은 다이빙 준비에 들어갔을 것이다.

시간이 너무 없었다. 남은 시간 동안 김혜나라는 유령 같은 인물을 찾아내기란 거의 불가능한 일인 것 같았다.

그때였다.

휙휙 넘기던 보고서 한쪽에 자리 잡은 단어가 도희의 주의를 끌었다. 마치 그 옛날 '매직아이'처럼 그 단어만 툭 튀어나온 것 같았다.

invisible.

영어로 된 그 단어 뒤에는 보고서를 작성한 이가 직접 단 설명이 붙어 있었다.

'제이드 부매니저도 그 역시 피해자 중 한 명. 혐의 없음.'

"찾았다!"

도희는 자기도 모르게 중얼거렸다.

사장이 자신의 직감에 온몸을 내맡기고 있던 그 시각, 조수는 게임에 열중하고 있었다.

"도대체 이게 뭐야?"

도출은 충혈된 눈으로 중얼거렸다. 벌써 몇 시간째 '안개 미궁'을 헤매고 있었다. 게임은 도루묵의 말대로 기괴하기 짝이 없었다. 그래픽은 초등학생 그림 수준이었고 시종일관 흘러나오는 으스스한 배경음악, '섬 집 아기'도 끔찍하기는 마찬가지였다. 무엇보다 도출을 당황하게 만든 것은 게임에 뚜렷한 목적이 없다는 사실이었다.

"도대체 이게 뭐야?"

도출은 벌써 수십 번째 같은 말을 중얼거렸다.

게임의 규칙은 간단했다. 도루묵의 설명 그대로였다. 함께 모인이들의 선택에 따라 미션을 클리어하면서 미궁을 탈출하는 것. 그런데 이상하게도 딱히 아무것도 하지 않아도 별다른 일이 발생하지 않았다. 가만히 있어도 게임은 진행됐다. 선택에 참여하지 않아도 다른 플레이어들이 어떻게 선택하느냐에 따라 스테이지의 방향이 달라지고 미궁의 배경과 모양이 달라졌다.

안개 미궁은 한마디로 '아무것도 하지 않아도 되는 게임'이었다. 공주를 구할 필요도 없었고, 악의 세력을 섬멸한다거나 지구를 지킬 필요도 없었다. 군이 따지자면 붉은 안개가 내려와 이상하게 변해버린 지구 위에서 살아남기가 최종 목표였다. 그마저도 확실한건 아니었다.

도출은 몇 시간 내내 비슷비슷한 스테이지를 클리어해 나가면서

섬뜩함을 느꼈다.

끝이 없는 게 아닐까?

자꾸만 그런 생각이 밀려왔다.

어떤 게임이든 마지막 스테이지가 있기 마련이다. 특히 이런 식의 탈출 게임은 플레이어가 빠져나가는 것으로 끝이 나야 한다. 안개 미궁은 그 지점이 모호했다. 그야말로 안개에 휩싸인 것처럼 한 치 앞도 내다볼 수 없었다. 사람을 잡아먹는 빛나는 나방을 피해 도망갔다 싶으면 소용돌이가 덮쳐왔고, 거기서 살아남으면 이번에는 또 뜬금없이 공룡의 습격이 이어졌다. 그런 식으로 계속해서 스테이지가 펼쳐졌고, 그 사이에는 아무런 설명도 없었다. 도출은 중간에 포기하고 싶다는 유혹을 몇 번이나 넘겼다.

그가 게임을 붙잡고 있는 이유는 단 하나였다.

게임 안에 단서가 있을지도 모른다는 것.

"잠깐만……."

공룡을 피해 달아나 겨우 목숨을 건진 도출은 그렇게 중얼거리며 허리를 바로 세웠다. 무언가 이상했다. 아니, 이상한 정도가 아니라 아예 말이 안 되는 상황이었다. 그 사실을 게임을 시작한 후 몇 시간이 지나서야 깨닫다니 스스로 생각해도 어이가 없을 지경이었다.

도출은 마른침을 삼켰다.

"이 게임 도대체 어디에 서버가 있는 거야?"

그 말을 중얼거린 순간 목덜미를 더듬는 한기와 함께 팔뚝에 오소소 소름이 돋았다.

도희는 부매니저인 invisible의 조사 기록을 꼼꼼히 살펴봤다.

그의 이름은 유하나, 직업은 방과 후 과학 실험 교사였다. invisible은 경찰에서 심문을 받을 때 단순히 호기심 때문에 사이트에 가입했다고 진술했다. 과학과 생물학을 전공했고 직업도 관련

296

교사인 점을 참작해 경찰은 진술에 신빙성이 있다고 인정했다. 무엇보다 사기꾼이었던 브로커 희망 전도사와의 접촉점을 찾을 수가 없었다.

invisible은 경찰서에서 세 번이나 심문을 받았지만 아무것도 나오지 않았다. 그는 무의식 전이에 관심이 많았고 그 시술을 받지 못하는 사람을 진심으로 불쌍하게 여겼다. 사이트에서도 여러 회원을 챙겼고 온라인상이지만 회원들과의 교류도 활발했다. 그 같은 이유로 부매니저가 되었는데 며칠 만에 사건이 터진 것이다. 희망 전도사는 돈을 들고 잠적했고 invisible은 공범이 아니냐는 의심을 받으며 고생 아닌 고생을 했다.

선의의 피해자.

이상이 invisible에 대해 경찰이 내린 결론이었다. 도희는 담당 경찰관이 덧붙인 마지막 문장을 읽고 또 읽었다.

"그는 평범한 사람이었다."

평범한 사람.

invisible이라는 닉네임.

무의식 전이 카페에서의 활발한 활동.

여러 정황이 한 사람을 가리키고 있었다. 하지만 어디까지나 가설이고 추측일 뿐이었다. 도희의 직감은 정답이라고 부르짖고 있었지만 꼭 확인하고 넘어가야 했다. 도희는 보고서 맨 끝에 적혀 있는 담당 경찰관의 이름과 소속을 확인했다. 곧 박철우에게 문자메시지를 보냈다.

- 급한 일임. 이 사람 연락처 좀 알아봐 줘!!

형사의 이름은 이지열. 소속은 마포였다.

도희는 다시 한번 지금까지의 상황을 정리했다. 경찰이 세 번이나 심문을 했다는 것은 무언가 이상한 낌새를 느꼈기 때문일 것이다. 그럼에도 혐의가 없다는 결론에 이르렀다면 그 역시 타당한 이유가 있었기 때문이리라.

invisible, 아니 유하나가 천재적으로 거짓말을 했거나 아니면 그역시 완벽하게 사기를 당했거나.

어느 쪽이건 지금은 유하나라는 인물에 매달릴 수밖에 없었다. 그때 박철우에게서 답이 왔다.

- 단서라도 찾았어요? 이지열 형사 번호는…….

도희는 박철우에게 고맙다고 답을 하는 것도 잊고 액정에 뜬 번호를 눌러 곧장 통화를 시도했다. 몇 번의 신호 후 굵은 목소리의 남자가 전화를 받았다.

"네. 마포서 이지열 형삽니다."

"유하나라고 아시죠?"

도희는 다짜고짜 그렇게 물었다.

도출은 눈을 감고 생각에 잠겼다. 박도혁의 집은 경찰들이 샅샅이 수색했다. 끔찍한 범죄가 일어났던 그 별장도 마찬가지였다.

안개 미궁은 박도혁의 집 지하에 서버를 둔 채 운영되고 있었다. 즉, 나도열 및 다른 사람들을 유혹하기 위해 몇 년간 중지했던 게임을 다시 서비스하기 시작했던 것이다. 지금은 당연하게도 그 서버는 차단됐다.

안개 미궁은 더 이상 플레이할 수 없다. 김혜나가 아무리 똑똑하다고 해도 그 방대한 게임 서버를 뚝딱 만들었을 리는 없다.

그렇다면 이 게임은…….

'박도혁은 자기 아들의 무의식 속에 안개 미궁을 이식했습니다.'

도출은 민욱이 했던 말을 떠올렸다. 안개 미궁은 박도혁의 아들 박영민의 머릿속에서 계속되고 있다. 실제로 그 안에서 여러 사람이 죽었다. 인간의 뇌는 거의 무한에 가까운 서버 역할을 할 수 있다.

도출은 눈을 번쩍 떴다.

"막 넌 빈이었어."

그의 메마른 목소리가 사무실에 공허하게 울렸다. 도출은 비로소 완벽하게 깨달았다. 지금 자신이 플레이하는 안개 미궁은 박영민의 무의식 속에서 재연되고 있는 것이다. 만약 그렇다면 죽거나다친 사람들이 게임 캐릭터가 되어 등장한 것도 설명이 가능하다.

하지만…….

'도대체 어떤 방법으로 병원에 누워 있는 사람의 머릿속 게임을 내게 보낸 거지? 그리고 왜 보낸 걸까?'

도출은 그 두 가지 의문을 풀 수 없었다. 그가 딴생각에 빠져 있는 사이에도 게임은 계속됐다. 도출은 시계를 확인했다.

48시간 중에서 벌써 10시간이 훌쩍 흘렀다.

"누구십니까?"

이지열의 목소리에 긴장감이 묻어났다.

"아! 죄송합니다. 전 강남서의 박철우 형사를 통해 이 형사님 연락처를 알게 된 나도희라고 합니다."

도희는 자신의 정체를 밝혔다.

"그런데 무슨 일이시죠?"

이지열의 목소리는 여전히 날이 서 있었다.

"아주 급한 사건이 터졌습니다."

"혹시 그쪽도 경찰입니까?"

이지열이 물었다.

"아니요. 이제 은퇴했습니다."

"그렇다면 제가 답변을 할 의무는 없군요."

"그래도 질문은 다시 한번 들어주시죠. 유하나, 닉네임 invisible. 그 여자에게서 이상한 느낌을 받지 못했습니까?"

도희는 그렇게 물었고 상대방이 신중하게 답을 고르고 있다는 느낌을 받았다.

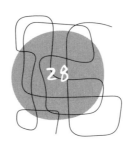

Bonus Stage 4

월요일 아침이 밝았다. 유민욱은 준비를 마쳤다. 영민도 병실에서 N 병원 연구실로 옮겨왔다. 영민은 이미 수조 속에 들어갔고 민욱은 옷을 벗으려는 중이었다.

사건 후 한 달이 지났지만 여전히 몸이 불편했다. 이 상태라면 다이빙 후에도 마음대로 움직이는 것은 불가능하리라. 하지만 지금은 모험을 하는 수밖에 없었다.

안개 미궁 속에 숨어 있는 캐릭터 박영민을 찾아내고 그를 통해 김혜나의 행방을 추적한다. 오직 두 가지 목표만이 민욱의 머릿속을 가득 채웠다. 그는 수조에 들어가기 전 도희와 짧은 전화 통화를 했다.

"김혜나의 뒤를 잡은 것 같아요."

도희의 목소리에는 흥분감이 그대로 묻어났다. 덩달아 민욱도 흥분했다. 도희가 유능하다는 사실은 알고 있었지만 일요일 밤 사이에 김혜나를 쫓을 수 있으리라고는 솔직히 기대하지 않았다.

"지금 그 여자가 옛날에 다녔던 직장으로 가고 있어요. 학교에요. 거기 가면 조금 더 많은 정보를 얻을 수 있을 거예요."

도희의 말은 점점 빨라졌다.

"감사합니다."

민욱이 말했다.

"그 말은 다이빙에서 무사히 빠져나온 후에 직접 얼굴 보고 들려주세요."

도희가 말했다.

"알겠습니다. 저도 최대한 많은 정보를 얻겠습니다."

민욱이 대답했다.

"위험하다 싶으면 도망쳐야 해요. 알겠죠?"

도희가 힘을 주어 말했다.

"걱정하지 마세요. 여기는 연구실이고 비록 한 명이긴 하지만 전문가가 붙어 있으니까."

"그럼 나중에 봐요."

통화는 거기까지였다. 더 이상 지체할 시간이 없었다. 김혜나의 으름장이 사실이라면 남은 시간은 고작해야 하루 정도였다.

"이 다이빙은 비공식적이라는 걸 자네도 이해해 줬으면 하네."

수조에 들어가려는 민욱을 향해 김 박사가 말했다. 그는 잠을 설쳤는지 초췌한 얼굴이었다.

"잘 알고 있습니다. 그리고 감사합니다."

민욱은 고개를 숙였다.

"그래도 제일 유능한 연구원을 붙였네."

김 박사는 그렇게 말하며 모니터 앞에 앉아 있는 여자를 가리켰다. 길게 기른 머리카락을 뒤로 질끈 묶은 수수한 차림새의 여자였다.

"아아. 들립니까? 저는 연구원 박미영이라고 합니다."

자신의 이름을 밝힌 연구원은 마이크를 통해 민욱에게 말을 걸었다. 민욱은 들린다는 표시로 고개를 끄덕였다.

"이번 다이빙은 다른 사람 없이 오직 저만 지켜볼 겁니다. 그래도 걱정하진 마세요. 아직 한 번도 실패한 적은 없으니까."

박미영은 밝은 성격의 사람인 듯했다. 긴박한 상황 속에서도 농담을 할 줄 아는 그를 보며 민욱은 내심 안도했다.

"나도 자리를 뜰 수밖에 없구먼. 아무튼 행운을 비네."

김 박사는 민욱의 어깨를 한 번 툭 치고는 밖으로 나갔다. 유리벽에 둘러싸인 밀폐 공간 안에는 영민과 민욱만 남았다. 이미 수조 속에 누워 둥둥 떠 있는 영민을 보며 민욱은 조용히 중얼거렸다.

"조금만 기다려. 아저씨가 구해 줄게."

"자, 그럼 수조로 들어가 주세요."

민욱은 박미영의 지시에 따라 속옷만 걸친 채 수조 안으로 들어갔다. 이후의 절차는 익숙했다. 몸에 각종 생명 유지 장치를 단다. 그것들은 수조 밖 케이블에 연결된다.

무엇보다 중요한 것은 영민의 수조와 민욱의 수조를 연결하는 것이다. 그건 박미영이 할 일이었다.

민욱은 산소 호흡기를 꼈다. 동시에 따뜻한 물이 점점 차오르기 시작했다. 평소라면 거의 사흘에 걸쳐 차올라야 할 물이 단 몇 분만에 민욱의 가슴 높이까지 올라왔다. 숨이 가빠왔다. 한편으로는 의식이 점점 멀어졌다. 수조에 들어오기 전 맞았던 주사가 효과를 발휘하기 시작했다.

눈앞이 어두워졌다.

박미영의 목소리가 파편처럼 들려왔다.

"자, 유민욱 씨. 잘 기억하세요. 안개…… 미궁…… 그리고……."

그리고…….

민욱은 완전히 정신을 잃었다.

눈을 떴다. 찬란한 태양이 내리쬐고 있었다. 새소리가 들려왔다. 파란 하늘이 모습을 드러냈다.

"어이. 빨리 일어나. 다시 움직여야지."

귀에 익은 목소리에 민욱은 몸을 일으켰다. 박광현이 자신을 내려다보고 있었다. 거뭇거뭇 수염이 돋아난 그의 얼굴은 온통 땀범벅이었다. 그러고 보니 무척 더웠다.

"젠장. 왜 바람도 안 불어!"

그렇게 말한 이는 현상철이었다.

"민욱 씨, 괜찮아요?"

이수영이 희미하게 웃으며 손을 내밀었다. 민욱은 그 손을 잡고 일어났다.

"여, 여기는?"

민욱은 주위를 둘러보며 물었다. 하늘은 뻥 뚫려 있었지만 양옆은 높다란 벽으로 둘러싸여 있었다. 족히 5미터는 넘어 보이는 벽이었다.

"우리도 방금 깨어났습니다."

뒤쪽에서 들려온 목소리에 민욱은 고개를 돌렸다. 이부국이 안경을 추어올리며 벽을 손으로 더듬고 있었다. 그 옆에는 허양자가 서 있었다.

"갈 거야, 말 거야? 빨리 결정하자고."

몇 미터 앞에는 나도열과 하민영이 서 있었다. 민욱은 눈을 감았다 떴다. 기억은 그대로였다. 박미영이 했던 말이 고스란히 되살아났다.

안개 미궁.

이곳은 영민의 무의식 속, 즉 안개 미궁이었다. 게임은 계속되고 있었던 것이다.

같은 시각, 도출은 소파에 반쯤 누워 꾸벅꾸벅 졸고 있었다. 불과 몇 분 전까지 안개 미궁을 플레이하고 있었다. 그러다가 어느 순간 깜박 잠이 든 것이다. 잠들기 전까지, 게임 속 캐릭터들은 정글을 헤매고 있었다.

거대 모기와 악어, 그리고 재규어를 피해 정글을 빠져나가야 하는 스테이지였다.

띠링!

도출은 게임 속 알림음에 화들짝 놀라 눈을 떴다. 순간 자신이 어디에 있는지 알 수가 없었다. 사무실 창으로 들어오는 햇빛을 보고서야 깜박 졸았다는 사실을 알아챘다. 도출은 턱까지 흘러내린 침을 닦으며 안개 미궁에서 보내온 새로운 메시지를 확인했다.

〈새 플레이어가 입장했습니다.〉

정말이었다. 어느새 미로로 바뀐 스테이지에는 못 보던 캐릭터가 움직이고 있었다. 아니, 못 보던 캐릭터가 아니었다.

이등신의 아이 그림체이긴 했지만 그가 누구인지 충분히 알아볼 수 있었다.

유민욱.

바로 그 사람이었다.

민욱은 다른 사람들과 자연스럽게 어울리는 한편 상황을 이해하려고 애썼다. 지금의 안개 미궁은 자신이 알던 버전과 달랐다. 그때는 죽었던 사람들이 현재는 모두 살아 있다.

'유령들…… 아니 그야말로 게임 속에만 존재하는 캐릭터들이겠군.'

이부국을 제외하면 현실 세계에서는 모두 죽은 이들이었다. 하지만 어느 쪽이 진짜 현실이냐고 묻는다면 민욱은 쉽게 답할 수 없었다. 적어도 영민의 무의식 속에서는 지금 이 순간이 현실이었다. 그리고 자신들은 미로 속에 갇힌 꼴이었다.

"빌어먹을. 주먹만 한 모기를 피했다 했더니만 이런 미로 속에 가두다니."

광현이 투덜거렸다.

"그거 알아요? 미로에서는 계속 한쪽으로만 꺾어야 한다는 거."

상철이 말했다.

"말 같지 않은 소리 그만하고 일단 걷자고."

도열이 퉁명스레 말했다.

"이건 상철 씨가 한 말이 맞습니다. 미로에서 길을 잃지 않으려면 한쪽으로만 움직여야 합니다."

민욱이 말했다. 일단 중요한 것은 미로를 탈출해 정보를 모으는 일이었다. 이미 게임 속 캐릭터가 되어 버린 이들에게 진실을 말해 줄 필요는 없었다. 가슴 아픈 일이지만 그것이 민욱이 알고 있는 진짜 '현실'이었다.

"어쨌든 빨리 움직입시다. 다음이 마지막 스테이지라고 하지 않았습니까? 미로를 빠져나가서 영민이만 구하면 우린 게임을 클리어하게 됩니다."

부국의 말에 민욱은 깜짝 놀랐다.

마지막? 영민이를 구한다고?

"교수님 말이 정확히 어떤 뜻이죠? 영민이를 구하는 게 우리 임무인 건가요?"

민욱이 수영을 향해 나지막이 물었다. 수영은 황당하다는 표정으로 민욱을 바라봤다.

"민욱 씨, 진짜 괜찮아요? 모기한테 물린 건 아니죠?"

"그건 아닙니다. 전 그저……."

"우리가 여기 온 목적이 그거잖아요. 영민이가 갇혀 있는 곳을 찾아내 구하는 거."

수영은 설핏 웃으며 말했다. 게임 속 세상만 바뀐 게 아니었다. 게임의 목적 또한 변했다. 민욱은 이 변화가 무엇을 뜻하는지 알아내려고 필사적으로 머리를 굴렸다.

그때였다.

"크으으."

뒤편 모퉁이에서 괴상한 소리가 들려왔다.

모두의 시선이 한곳으로 향했다.

다다다다!

무언가가, 아니 무언가'들'이 달려오는 소리가 들렸다.

"젠장! 또 뭐야?"

상철이 그렇게 말하는 순간 첫 번째 녀석이 모습을 드러냈다. 인간이었다. 하지만 살아 있지는 않았다. 배는 찢긴 채 내장이 흘러내리고 팔은 이상한 각도로 꺾여 있었다. 피부가 찢어진 얼굴에는 온통 피딱지가 말라붙어 있었다.

"조, 좀비다!"

도열이 소리를 지르며 달리기 시작했다. 그것이 신호였다. 하나둘 모습을 드러내기 시작한 좀비들이 맹수처럼 달려왔다.

"도망쳐!"

광현도 달렸다.

"민욱 씨, 빨리요!"

수영이 민욱에게 말했다. 멍하니 서 있던 민욱은 퍼뜩 정신을 차렸다. 그러고는 몸을 돌려 뛰었다. 온몸이 쑤시고 숨이 턱 끝까지 차올랐다. 몸 상태가 말이 아니었다. 멈출 수는 없었다. 좀비들에게 잡히는 순간 '현실'에서의 자신도 죽는다. 민욱은 헉헉거리면서도 달리고 또 달렸다. 시큼한 죽음의 냄새가 뒤를 바짝 쫓아왔다.

"크으으!"

좀비들은 발광을 하며 달려왔다.

"왼쪽! 왼쪽으로 돌아요."

민욱은 소리를 질렀다. 거대한 벽이 자꾸만 진로를 가로막았다. 그때마다 사람들은 왼쪽 길을 선택했다.

"아!"

조금씩 뒤처지기 시작하던 허양자와 하민영이 동시에 넘어졌다.

"안 돼!"

민욱은 뒤를 돌아보며 소리쳤다. 정작 이부국과 나도열은 당황한 기색도 없이 앞서 달려 나갔다.

"뭐 하는 거예요!"

수영이 민욱을 잡아끌었다.

"아악!"

비명이 들렸다. 하민영이었다. 뒤이어 허양자의 비명도 울려 퍼졌다. 살이 찢기고 피가 튀는 기분 나쁜 소리가 귀에 달라붙었다. 미로는 끝이 없었다. 민욱은 생각을 정리할 겨를도 없이 계속해서 왼쪽으로 돌고 또 돌았다.

"이게 뭐야?"

게임 속에서 처음으로 미션 공지가 떴다.

〈박영민을 찾아서 구하시오!〉

지금까지 무의미하게 떠돌기만 했는데 이제야 미션이 생긴 것이다. 그것도 유민욱이 접속한 후부터.

미로 속에서는 좀비와 쫓고 쫓기는 사투가 계속되고 있었다. 언제부터인지는 모르겠지만 도출은 자기 캐릭터가 보이지 않는다는 사실을 깨달았다.

'이건 마치……'

도출은 찬물 한 잔을 벌컥벌컥 마신 뒤 다시 확인했다. 어디에도 자신은 없었다.

'영화를 보는 것 같잖아?'

그랬다. 지금의 도출은 게임에 아무런 관여도 할 수 없었다. 짐작건대 일대 변화가 일어나고 있었다. 그 변화의 중심에는 김혜나가 있는 게 틀림없었다.

도출은 스마트워치로 게임을 실행하면서 사무실 전화기로 도희에게 전화를 걸었다. 나도희는 전화를 받지 않았다.

'어디서 혼자 자고 있는 건 아니겠지?'

몇 번을 다시 걸어 봐도 마찬가지였다. 도출은 졸린 눈을 비비며 사무실에서 나왔다. 월요일 오후의 거리는 복잡했다. 그는 택시를 잡아타고 서둘러 목적지를 말했다.

"N병원으로 가 주세요."

영민의 무의식이 안개 미궁의 서버 역할을 한다는 것은 명백한 사실이었다. 게다가 민욱이 다이빙을 한 후로 게임의 방향 자체가 바뀌어 버렸다. 영민의 무의식 속 변화가 실시간으로 게임에 반영된다. 도출은 그것이 의미하는 바가 무엇인지 분명하게 깨닫고 있었다.

이 게임을 보내온 이는 영민의 가까이에 있다.

얼마를 더 달렸을까? 갑자기 미로가 끝이 나며 확 트인 공간이 나타났다.

"됐다! 크하하."

도열이 광기 가득한 웃음을 터트리며 소리쳤다.

"이제 영민이만 구하면 됩니다."

부욱 역시 한껏 웃으며 말했다. 방금 일어난 참극은 두 사람에게 아무런 영향도 주지 못했다. 민욱은 지평선이 보일 정도로 넓디넓은 평원을 바라보며 숨을 가다듬었다.

"저기 좀 봐요!"

수영이 한 곳을 가리켰다. 분명 몇 초 전만 해도 풀밭이었던 곳에 거대한 탑 하나가 세워져 있었다.

"저 안에 영민이가 있나 보네!"

광현이 양 손바닥을 마주치며 말했다. 그때 허공에서 소리가 들려왔다.

- 드디어 마지막 스테이지입니다. 여러분은 탑 안에 갇힌 영민이를 구해야 합니다. 빨리 영민이를 찾지 못하면 영원히 갇히게 됩니다. 그럼 행운을 빌겠습니다. 굿 럭!

그 순간, 민욱의 기억이 모두 돌아왔다.

Bonus Stage 5

"맞습니다. 사진 속 여자가 유하나입니다."

이지열 형사는 그렇게 말했다. 도희가 핸드폰으로 찍어서 보내준 사진을 확인한 후였다.

"그 여자는 진심으로 분노했습니다. 그 사기꾼에 대해서. 저도 형사 밥 먹은 지 이십 년 가까이 됩니다. 척 보면 알죠. 거짓말을 하는 건지 아닌지. 유하나의 경우에는 진짜였습니다. 그야말로 날 선 분노였죠."

도희는 이지열 형사의 말을 곱씹으며 초등학교 운동장에 차를 세웠다. 경기도의 작은 도시 변두리에 있는 아담한 초등학교였다.

"김혜나, 아니 유하나가 여기서 일했다는 말이지."

도희는 평범하게 생긴 그 여자가 아이들에게 과학 수업을 하는 모습을 상상해 봤다. 경찰서에서까지 거짓말을 할 수는 없었으리라.

유하나는 본명이고, 그렇다면 나머지 정보도 이미 확인이 되었다는 뜻이었다. 도희는 망설이지 않고 교무실로 향했다. 지체할 시간이 없었다. 교무실 문을 벌컥 열자 사람들이 다 쳐다봤다. 수업 시간인데도 교무실에는 선생들이 제법 많았다.

"어쩐 일로 오셨죠?"

문 바로 앞에 앉아 있던 남자가 엉거주춤 일어서며 물었다. 선생들은 씩씩거리며 문을 연 도희에게 겁을 먹은 모양이었다. 그 사실을 알아챈 도희는 순간 영업용 미소로 돌아왔다.

"저…… 실례하겠습니다. 혹시 방과 후 활동 담당 선생님이 누구시죠?"

'제발 있어라, 제발 있어라, 제발…….'

도희의 주문이 통했다. 구석 자리 창가 쪽에 앉아 있던 나이 많은 선생이 손을 들었다.

"제가 담당입니다. 그런데 누구시죠?"

선생에게서는 교사로서 오랜 시간 다져온 특유의 엄한 분위기가 풍겼다. 아마 정년을 앞두고 있으리라.

"제가 누굴 좀 찾는데 혹시 도움 주실 분이 있을까 해서요. 실례가 안 된다면 잠깐 차라도 한 잔……."

"지금은 업무 시간이에요. 그냥 제 자리에서 이야기하죠."

'흥. 깐깐하군.'

도희는 속으로 투덜거리면서 선생이 앉아 있는 곳으로 갔다. 늙은 선생은 안경 너머로 도희를 뚫어지게 바라봤다. 얼굴에 주름이 많고 화장도 진했다. 머리께나 큰 아이들이 이 선생을 보고 뭐라 부를지 쉽게 짐작할 수 있었다.

마녀 할망구.

"전, 나도희라고 합니다. 민간조사원이고 그중에서도 실종 사건을 주로 맡고 있죠."

선생은 도희의 명함을 건네받은 후 또 한참을 살폈다.

"마…… 아니, 선생님 성함은?"

"이틀 전에 학교에서 사건이 있었습니다."

선생은 이름을 말하는 대신에 엉뚱한 말을 했다. 그는 눈만 껌벅이고 있는 도희를 향해 말을 이었다.

"6학년짜리 애 하나가 옥상에서 뛰어내렸죠."

"네?"

"그것뿐만이 아닙니다. 일 년 동안 세 명의 아이가 스스로 목숨을 끊었습니다."

도희는 너무 놀라 할 말을 잃었다. 이렇게 작은 초등학교에서 일년 새에 세 명이나 자살을 하다니…….

"셋 다 학년도 다르고 딱히 친분이 있었던 것도 아닙니다. 단 하나의 공통점을 제외하면."

"그 하나가?"

선생은 고개를 끄덕이며 힘주어 말했다.

"방과 후 과학교실. 세 명 모두 거기에 다녔습니다."

선생은 그렇게 말한 후 책상 서랍을 열어 두툼한 파일 하나를 꺼냈다. 도희는 무슨 영문인지 몰라 멀뚱멀뚱 바라만 보고 있었다.

"유하나 교사 찾으러 오셨죠?"

선생이 말했다.

"그, 그걸 어떻게……."

도희는 멍한 표정을 감추지 못한 채 묻고 말았다.

"언젠가 이런 날이 올 거라 생각했거든요."

"이런 날이라면?"

"유하나 교사가 뭔가 사건에 연루되지 않았습니까? 그래서 찾고 있는 거고."

"맞긴 맞는데……."

"그렇다면 빨리 찾아야죠. 괴물이 그냥 날뛰게 할 순 없잖아요."

선생은 그렇게 말하며 얼굴을 살짝 찡그렸다.

도출은 택시 안에서도 계속 게임 화면을 지켜보고 있었다. 어느 덧 마지막 스테이지였다. 유민욱을 비롯해 다른 캐릭터들도 곤경에 처한 듯 보였다. 그들은 높게 솟은 탑 앞에 서 있었다. 문은 하나밖에 없었다. 그마저도 굳게 닫힌 듯 이등신의 캐릭터들은 그 주위를 빙글빙글 돌 뿐이었다.

'뭐지? 왜 못 들어가고 있지?'

'굿 럭'으로 끝나는 게임 속 힌트에는 다른 도움말이 전혀 없었다. 그저 경고뿐이었다. 박영민을 구하지 못하면 영원히 갇히고 만다는 무시무시한 경고. 경고의 대상은 분명했다.

유민욱.

게임 속에서 진짜 살아 있는 존재는 민욱이 유일했다. 다른 캐릭터들은 만들어 낸 것에 불과했다.

그렇다면 누가 만들어 냈을까?

'설마…… 박영민?'

유민욱의 말대로라면 박영민은 뇌사 상태로 생명을 유지하고 있었다. 뇌사는 식물인간과 다르다. 뇌사는 숨만 쉴 뿐 죽은 것과 다름없다. 하지만 두 사람은 미련을 버리지 못했다.

"그래. 두 사람이지."

도출은 민욱과 박도혁의 얼굴을 동시에 떠올리며 중얼거렸다. 두 사람 중 한 명, 박도혁은 무시무시한 계획을 세웠다. 아들의 무의식에 자신이 개발한 '안개 미궁'이라는 게임을 집어넣은 것이다. 게다가 박도혁은 그곳을 싸움터로 만들어 버렸다. 그야말로 기상천외한 범죄 행각이었다. 무의식 전이를 이용해 살인을 벌이다니.

지금까지는 단순히 다들 그렇게만 생각했다. 도출 역시 마찬가지였다. 언론은 물론이고 경찰들도 '복수'에 초점을 맞췄다.

"만약 그게 아니라면?"

도출은 자기도 모르게 중얼거렸다.

"네? 뭐라고요?"

택시기사가 물었지만 도출은 생각을 더듬는 데 온 신경을 집중하고 있었다.

"만약 그게 아니라면, 그러니까 복수보다 더 중요한 이유가 있었다면…… 대체 그게 뭘까?"

택시기사는 룸미러로 힐끔힐끔 도출을 쳐다봤다. 기사의 얼굴에 불안한 빛이 떠올랐다. 도출은 아랑곳하지 않고 멍하니 앞을 바라보며 자신의 머릿속을 샅샅이 뒤지고 있었다. 그때 도출의 눈에 미터기 바로 위에 붙어 있는 액자가 들어왔다. 환하게 웃는 사내아이 둘이었다.

'가족…… 아들…… 부모.'

"맞다!"

도출은 소리를 질렀다.

"엄마, 깜짝이야!"

놀란 택시기사가 브레이크를 밟았다.

끼익!

귀를 찢을 듯한 마찰음이 들리며 택시는 멈춰 섰다. 도출은 관성을 이기지 못하고 날아가 조수석 등받이에 얼굴을 부딪쳤다.

"괜찮아요? 아니, 갑자기 소리는 왜 질러서."

택시기사의 볼멘소리도, 머리와 코에서 전해지는 아픔도 도출의 뿜어져 나오는 생각을 막지는 못했다.

"살리고 싶었던 거야. 박도혁은 자기 아들을 영원히 살려두고 싶었던 거야!"

"아! 살릴지 죽일지는 모르겠는데 소리 좀 지르지 마요!"

"네. 죄송합니다."

도출은 그제야 정신이 돌아왔다. 동시에 자신의 머릿속에서 떠올랐던 그 질문을 민욱에게 했어야 한다고 후회했다.

"박영민에게 다시 다이빙하는 이유, 낭신 아들을 살리고 싶어서 아닙니까?"

도출은 후회를 하면서도 다시 게임 화면에 집중했다.

같은 시각, 나도희는 유하나의 아버지와 마주하고 있었다.

'닮았어.'

도희는 맞은편의 늙은이를 보며 그렇게 생각했다. 검게 그은 얼굴에는 굵은 주름이 가득했고 눈은 움푹 들어가 있었다. 그럼에도 그는 평범해 보였다. 자신의 딸처럼.

"그래. 우리 딸년한테 궁금한 게 뭐요?"

유하나의 아버지, 유재균은 거칠한 목소리로 물었다. 도희는 천천히 숨을 고르며 어떻게 시작할까 고민했다. 단도직입적으로 물어볼까, 아니면 살살 구슬릴까……

자기 딸이 세상을 떠들썩하게 만든 사건의 공범이라는 사실을 알게 되면 이 남자는 충격을 받을까?

대답은 '아니다'였다. 도희는 결국 이름을 알아내지 못한 그 선생의 말을 떠올렸다.

"유하나는 수수하고 평범한, 그래서 눈에 잘 안 띄는 스타일이었어요. 주위에 그런 사람 한두 명쯤 있잖아요. 존재감이 희미한 사람. 유하나도 그렇게 보였어요. 처음에는."

"처음이라면?"

"본색을 드러내기 전, 아니 제가 유하나의 치부를 들추기 전까지는 그랬어요. 유하나가 방과 후 과학 교사였던 건 아시죠?"

도희는 고개를 끄덕였다.

"그 반에는 5학년과 6학년 애들이 들어갔어요. 인원수는 많지 않았어요. 열 명 정도? 그런데 어느 날부턴가 이상한 일이 벌어지기 시작했어요."

선생은 잠시 숨을 골랐다. 다들 어디로 갔는지 교무실에는 도희와 선생 단둘뿐이었다.

"등교 거부를 하거나 폭력을 행사하는 아이들이 생겨난 거예요."

"그 과학교실에서?"

선생은 살짝 고개를 끄덕인 뒤 말을 이었다.

"처음에는 몰랐죠. 각자 반도 다르고 학년도 달랐으니까. 제일 먼저 공통점을 발견한 게 바로 저였어요. 첫 번째 자살 사건이 터지고 난 후였지만."

선생의 표정이 어두워졌다. 도희는 뒷이야기가 궁금했지만 수동적으로 듣고만 있을 수는 없었다.

"그냥 묻겠습니다. 유하나는 어떤 사람이었나요?"

선생은 한참 동안 말없이 생각에 잠겨 있었다. 얼마나 시간이 지났을까, 도희가 다시 입을 열려는데 선생이 잠긴 목소리로 대답했다.

"무서운 여자."

선생의 얼굴은 분노와 공포심으로 일그러졌다.

"무서운 여자?"

"네. 무서운 여자."

선생은 초조한 듯 손바닥을 자꾸만 문질렀다. 과거의 어두운 기억이 스멀스멀 올라오는 모양이었다.

"유하나의 방과 후 교실에서 두 번째 자살 사건이 발생했을 때 제가 강력히 주장했어요. 해고하라고."

"유하나는 뭐라고 했죠?"

"그냥! 그냥, 아무 말도 안 했어요. 그 평범하고 앳된 얼굴로 슬쩍 웃었을 뿐이에요."

"그래서 해고가 된 건가요?"

"물론이죠. 제가 모든 걸 조사했어요. 출신 학교부터 지난 경력까지. 그런데 모두 거짓말이었어요. 정확한 건 이름과 주민등록번호, 그리고 주소뿐이었어요."

"그럼 유하나가 이 학교에서 일한 몇 년 동안 아무도 그 사실을 몰랐던 건가요?"

"몰랐죠. 몰랐어요. 그 여자, 머리가 비상했거든요. 우리 모두 그 거짓말에 속아 넘어간 거였어요. 학교에서 쫓겨난 후 큰 병을 얻어 입원했다는 소문이 돌기도 했는데 모르죠. 그것도 거짓말인지."

"아까 무서운 여자라고 했던 건 어떤 의미인가요?"

도희가 다시 물었다. 선생은 대답 대신에 발목까지 내려오는 긴 치마를 걷어 올렸다.

"아!"

도희는 자기도 모르게 비명을 지를 뻔했다. 선생의 왼쪽 다리는 의족이었다.

도출은 택시에서 내려 N 병원 로비로 들어가는 중에도 스마트워치에서 눈을 떼지 않았다. 안개 미궁 속에서는 방금 현상철이 죽었다. 그야말로 아수라장이었다.

공룡이며 좀비, 그리고 거대 나방 등 지금껏 출몰했던 괴물들이 한꺼번에 달려들었다. 과연 마지막 스테이지다웠다. 더 큰 문제는 문을 열고 탑 안으로 들어갈 방법을 모른다는 데 있었다. 무의식 전이 중 환자가 죽게 되면 다이버 역시 뇌사에 빠진다. 바로 유민욱이 그런 상황에 처해 있었다.

'뭐지? 뭘까? 저 문을 통과하려면 어떻게 해야 할까?

도출은 필사적으로 머리를 굴렸다. 이제는 정말로 시간이 없었다. 몇 시간 후면 김혜나 혹은 유하나라는 여자가 게임을 삭제할 것이다. 그 순간 유민욱의 뇌가 파괴된다. 도출은 고개를 저었다. 그렇게 할 수는 없었다. 자존심이 허락하지 않았다.

"반드시 찾아내겠어."

도출은 로비 의자에 앉았다. 그는 한순간 갈등했다. 게임 속 마지막 스테이지를 풀 것이냐, 아니면 민욱에게로 갈 것이냐. 결정은 비교적 쉬웠다. 탑 안으로 들어가는 방법을 모르는 마당에 민욱에게 줄 수 있는 도움은 아무것도 없었다.

도출은 온 신경을 안개 미궁에 집중했다. 또 한 명이 죽었다. 나도열이었다. 거대한 뱀 한 마리가 나도열을 통째로 삼켰다. 민욱은 이수영과 함께 이리저리 도망을 쳤다. 하지만 탑 주위를 벗어나지는 않았다. 민욱도 알고 있는 듯했다. 무슨 일이 있어도 탑 안으로 들어가야 한다는 사실을.

"아니, 아니야! 뭐지?"

도출은 당황했다.

민욱은…….

…… 수영이 문을 열시 못하게 자꾸 끌어당기는 중이었다.

"도대체 왜?"

도출이 그렇게 중얼거렸을 때였다. 도희에게서 전화가 걸려 왔다.

"사장님! 지금 어디예요? 걱정했지 않습니까! 왜 전화도 안 받고, 연락도 없고……. 지금 어디 계세요?"

도출은 전화를 받자마자 쏘아붙였다. 스마트워치 안의 도희 얼굴이 금세 일그러졌다.

"중요한 일 때문에 못 받았어. 그리고 나 알아냈어."

"뭘요?"

도출은 자신의 사장이 여전히 씩씩하고 괄괄하다는 사실에 안도하며 조용히 물었다.

"뭐긴 뭐야. 김혜나의 정체와 이 사건을 일으킨 이유 말이지. 그리고 지금 그 여자가 어디에 있는지도 알아."

"정말요?"

도출은 진심으로 놀랐다. 도희는 만 하루 만에 가장 중요한 정보들을 모았다. 달리 강력계의 최고 에이스가 아니었다.

"그런데 넌 지금 어디야?"

도희가 물었다.

"N병원이요."

"거기 있어."

도희가 말했다.

"뭐가요?"

"김혜나, 아니지 유하나, 아니 지금은 박미영이겠지. 아무튼 그 여자가 지금 N병원에 있어."

무심한 듯 말했지만 도희의 목소리는 떨렸다. 그 떨림이 도출에게도 고스란히 전해졌다.

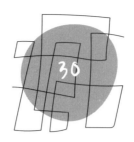

Game Over

아무리 말을 해 봐도 게임 캐릭터들은 듣지 않았다. 당연한 이야기였다. 이 캐릭터들은 살아 있는 게 아니다. 그저 NPC(Non-Player Character)일 뿐이다.

"탑에서 멀어져야 합니다. 이건 함정입니다."

그래도 포기할 수는 없었다. 한 명이라도 더 살리고 싶었다. 사람들은 속속 죽어 나갔다.

"아까 여자가 지시했던 말 못 들었어요? 탑 안에 있는 영민이를 구해야 한다고요!"

수영이 그렇게 외치며 무작정 문으로 달려갔다. 그 사이 괴물의 종류와 수는 셀 수도 없을 만큼 늘어났다. 탑 안에 있는 영민이가 끊임없이 방해 공작을 펴는 모양이었다.

'틀림없어. 우리는 바이러스야.'

민욱은 자신들을 포위한 괴물을 보며 그렇게 생각했다. 괴물들에게 당해 쓰러진 현상철과 나도열은 이미 갈가리 찢긴 상태였다.

각자 사부를 벌이던 사람들은 모두 문 앞에 모였다. 박광현과 이부국, 그리고 이수영과 유민욱이었다.

"문은 못 여는 거야, 안 여는 거야?"

박광현이 소리쳤다.

"지금 문을 열면 안 됩니다. 그러면 모든 게 그 여자 뜻대로 됩니다."

민욱이 말했다.

"뭔 개 같은 소리야! 그 여자고 나발이고 저 새끼들한테 잡아먹히게 생겼는데."

박광현은 활활 타오르는 횃불을 든 채 괴물들이 다가오지 못하도록 이리저리 흔들었다. 민욱은 마른침을 삼켰다. 진퇴양난이었다. 탑의 문을 열면 김혜나의 뜻대로 된다. 반대로 문을 열지 못하면 바로 이 자리에서 죽는다.

'김혜나…… 김혜나…… 김혜나!'

민욱은 그 지긋지긋한 이름을 계속해서 되뇌었다.

김혜나와 다시 마주친 곳은 박도혁의 별장이었다. 박도혁이 처음으로 그 무시무시한 계획을 털어놓았을 때 민욱은 단번에 거절했다. 무의식 전이를 가지고 사람을 살해한다니 말도 안 되는 이야기였다. 신고를 할까 잠시 고민했지만 그 당시에는 아들 때문에 미쳐버린 한 아버지의 광기라고만 생각했다. 어떤 짓이든 해 보고 싶다는 그 마음은 유민욱도 잘 알고 있었다. 하지만 그 배후에 김혜나가 있었을 줄은 상상도 하지 못했다. 그것도 다 죽어가는 해골 같은 얼굴을 하고서.

"내 계획대로군. 난 당신이 올 줄 알았어."

김혜나는 웃으며 말했다. 민욱은 전기충격기의 공격을 받고 바닥에서 꿈틀거리고 있었다.

"다, 당신이 왜 여기에?"

민욱은 덜덜 떨면서도 간신히 물었다.

"나? 난 박도혁의 복수를 도와주려고 해. 그런 뒤에는 사상 초유의 실험을 해 볼 생각이야. 하하하하!"

"도대체…… 왜?"

"왜냐고? 재미있으니까! 그리고 내 육체의 유통 기한이 얼마 남지 않았으니까."

"안 돼. 지금 당장 멈춰."

"자, 이제 너도 다이빙을 하는 거야. 다른 사람들과 마찬가지로. 임무는 간단해. 게임 속으로 들어가서 박영민이라는 캐릭터를 하나의 인격체로 만드는 거야. 스스로가 자신의 존재를 깨닫도록. 무슨 말인지 모르겠지? 이거 하나만 기억해. 안개, 미궁, 그리고 박영민."

그 말과 동시에 차가운 주사액이 혈관을 타고 온몸을 휘돌았다.

민욱은 의식을 잃어가면서도 김혜나의 진짜 계획이 무엇인지 알아챌 수 있었다. 그리고…… 다시 눈을 떴을 때는 아무것도 기억나지 않았다.

"우리 딸은 암 환자야. 이제 말기지. 길어야 6개월이라고 했는데 지금까지 2년 넘게 살고 있으니 대단한 거지."

유재균은 도희의 이야기를 다 듣고 난 후 그렇게 말했다.

"하나 씨가 암 환자인 것과 이번 사건은 아무런 관계가 없습니다. 더욱이……."

"하나는 어릴 때부터 머리가 아주 비상했지. 그런데 어느 순간부터 변하기 시작하더군. 아니, 어쩌면 우리가 뒤늦게 그걸 알아챈 걸지도 몰라."

유재균은 가래 끓는 소리를 내며 말했다.

"뭘 알아챘다는 거죠?"

"하나에게는 감정이 없다는 거."

유재균은 덤덤하게 말했다.

"사이코패스……."

짐작한 대로였다.

"그래. 흔히 그렇게들 부르지. 하나는 자기 목적을 위해서라면 어떤 일이든 서슴지 않고 했어. 딸년한테는 그게 정의였지. 다른 사람들의 고통이나 분노 같은 건 애당초 느끼지도 못했으니까."

"유하나 씨는 지금 어디에 있나요?"

"한 달 전쯤에 일어난 그 괴상한 사건 때문에 하나를 찾는 거지? 난 뉴스에서 보고 바로 알아차렸지. 하나 짓이라는 걸. 크크크."

도희는 충격에 휩싸였다. 이 자는 모든 것을 알고 있는 듯했다. 그러면서도 신고를 하지 않았다.

딸이라서? 하나밖에 없는 딸이라서? 곧 죽을 거라서?

"왜 그런 생각을 하셨죠?"

도희가 물었다.

"하나가 말해줬거든. 자기 계획에 대해서. 우린 꽤 많은 시간 동안 의논을 했지. 하나의 그 계획에는 내 아이디어도 많이 들어갔다고. 크크크."

"두 분은……."

"대화를 많이 했느냐고? 물론 많이 했지. 우린 보통의 부녀지간 보다 더 친밀했어. 왜 그런 줄 아나?"

유재균이 그렇게 묻는 순간 도희의 팔뚝에 소름이 쫙 돋았다. 아주 익숙한 느낌이었다. 형사 생활을 하면서 수도 없이 경험했던 느낌.

'이 자 역시 괴물이다.'

도희가 그렇게 생각하는 것과 동시에 유재균은 웃음을 터트리며 말을 이었다.

"크하하. 머리는 좋지만 감정은 없는 사람. 우리 둘 다 그랬어. 내 딸은 나를 닮아 태어난 거지. 서로의 마음을, 크크. 정말로 그런 게 있다면 말이야. 어쨌든 서로를 제일 잘 이해하는 건 바로 우리 둘이었어."

"경찰을 부르겠습니다."

도희가 말했다. 확신이 섰다. 이 자 역시 몇 건의 범죄에 연루되어 있을 것이다. 그것도 잔혹하고 무시무시한 쪽으로.

"마음대로 해. 나 역시 딸년과 마찬가지 몸이니까. 암이야. 내 경우엔 언제 죽을지 모르는 거고. 크크크. 누구에겐가 이 이야기를 해 주고 싶었는데 마침 당신이 찾아왔군."

"그렇다면 마지막 질문에도 대답을 해 주세요. 유하나 씨 지금 어디에 있습니까?"

유재균은 벽에 걸린 시계를 힐끗 바라봤다. 그러고는 씩 웃었다.

"뭐, 이제 알려줘도 괜찮겠지. 아니, 어쩌면 알려주는 게 더 재미있을 수도 있겠어."

그는 거의 혼잣말을 하듯 중얼거렸다. 그러다가 다음 순간 도희를 향해 고개를 홱 돌렸다.

"N 병원. 하나는 거기서 일하고 있어. 지금은 다른 이름을 쓰고 있지."

"다른 이름이라면?"

"박미영. 아마 그걸 거야. 그 이름으로 하나가 어디서 일하는지 아나?"

도희는 고개를 저었다.

"N 병원 무의식 전이 연구센터."

도희는 또 한 번 놀랐다. 전혀 예상하지 못한 방향으로 일이 풀리고 있었다.

'아니, 점점 더 꼬인다는 게 맞는 표현 아닐까?'

도희의 마음속에서 먹물처럼 불안감이 퍼져나갔다.

도희와 도출은 N병원 로비에서 또다시 만났다.

"다크서클!"

둘은 서로를 가리키며 동시에 말했다.

"유치하게 찌찌뽕 같은 거 하기 없습니다."

도출이 말했다.

"그런 거 할 때가 아니야. 가는 길에 설명해 줄 테니까 무의식 전이 센터로 가자고. 조금 있으면 경찰들도 도착할 거야."

도희가 말했다.

"어째 지난번하고 비슷한 전개네요."

"이번에는 달라. 내가 진실을 알고 있으니까."

두 사람은 빠른 걸음으로 무의식 전이 센터를 향해 걸었다.

"결론부터 이야기할게."

도희가 입을 열었다.

"유하나는 천재라고 할 만큼 뛰어난 지능을 가진 사이코패스야."

"그럴 거라 생각했습니다."

"또 하나. 유하나는 지금 말기 암 환자야. 언제 죽을지 모르는 위태위태한 상태지."

"그런 사람이 왜 이런 짓을 벌인 걸까요? 그냥 쉬지 않고. 역시 재미 때문인가요? 죽기 전에 재미있는 일이나 실컷 해 보자, 뭐 이런 거?"

도출이 물었다.

"아니. 유하나는 영생을 얻고 싶어 해."

"영생?"

뜻밖의 대답이었다.

"그래. 유하나는 무의식 전이를 활용해 큰 모험을 하려는 거야."

"더 자세히 설명해 주세요!"

"다른 사람 몸에 자신의 의식을 심는 거지. 영원히."

이번에야말로 도출은 아무 질문도 떠오르지 않았다. 할 말을 잃었다.

"저기야."

도희는 '센터장'이라는 푯말이 붙은 문을 가리켰다.

"저기 가서 자초지종을 설명하고 무의식 전이를 멈추지 않으면 모두가 위험해. 박영민도, 유민욱도."

횃불이 점점 타들어가는 것과 동시에 괴물들도 가까이 접근해 왔다. 민욱으로서는 더 이상 버틸 방법이 없었다.

'왜 진작 알아채지 못했을까?'

민욱은 자책했다. 박미영이 바로 김혜나였다. 얼굴은 완전히 바뀌었지만 목소리는 그대로였다. 그런데도 오로지 다이빙에만 정신이 팔려 깨닫지 못한 것이다.

"으악!"

부국이 내지르는 비명이 들렸다. 늙은 교수는 유타랩터에게 다리를 물린 채 끌려가고 있었다. 민욱은 어금니를 깨물었다. 여기서 죽으면 모든 것이 허사가 된다. 결심을 굳힌 민욱은 힘껏 소리를 질렀다.

"박영민! 영민아, 문 좀 열어 줘. 이 문을 열 수 있는 건 너밖에 없어!"

민욱의 목소리는 메아리처럼 울리며 탑 꼭대기까지 전달됐다.

"전 안개 미궁 마지막 보너스 스테이지를 아주 특별하게 만들었습니다."

민욱과 박도혁이 동병상련의 심정으로 점점 친해지던 무렵 그는 게임에 대해 이야기했다.

"보너스 스테이지에는 큰 탑이 있고 거길 들어가야 하는데 절대 안 열리는 문이 가로막고 있는 겁니다."

"그럼 어떻게 플레이를 합니까?"

민욱이 물었다.

'이것도 우리 영민이 아이디어인데 그 문은 안에서만 열 수 있습니다.'

민욱은 박도혁과 나눴던 대화를 떠올리며 다시 한번 소리쳤다.

"빨리 열어 줘. 아빠가 네게 남긴 이야기가 있단 말이야!"

탑에서는 아무런 답도 들려오지 않았다. 대신에 박광현이 횃불도 무서워하지 않는 거대 모기떼에게 뒤덮여 비명을 질러댔다.

"그리고 나도 너에게 꼭 해 주고픈 말이 있어. 그러니 문 좀 열어 줘!"

"아악! 민욱 씨!"

이번에는 이수영이었다. 수영은 가고일에게 잡혀 하늘로 치솟았다가 그대로 떨어졌다.

쿵!

둔탁한 소리와 함께 수영의 비명 또한 사라졌다.

기다렸다는 듯이 좀비들이 달려들었다. 횃불도 꺼졌다. 다른 캐릭터들은 모두 사라졌다. 남은 건 민욱뿐이었다. 괴물들이 자신만의 위협과 포효를 더하며 곧장 민욱에게로 다가왔다.

'끝난 건가!'

민욱은 눈을 질끈 감았다.

그때였다.

덜컹 하는 소리와 함께 안쪽에서 문이 열렸다. 민욱은 재빨리 탑안으로 들어가 문을 닫았다. 탑은 어둡고 고요했다. 민욱은 숨을 고르며 주위를 살폈다. 그때 어둠이 진득하게 모여 있는 구석에서 목소리가 들려왔다.

"제가 정말 박영민인가요?"

그 말과 함께 영민이 모습을 드러냈다.

김 박사는 혈압이 올라가고 심장이 불규칙적으로 뛰는 걸 느꼈다. 나쁜 징조였지만 지금은 멈춰서 쉴 때가 아니었다. 자신이 직접 뽑은 박미영 연구원이 성형으로 얼굴을 바꾼 김혜나라는 사실에 김 박사는 큰 충격을 받았다. 하지만 그것보다 더욱 충격인 것은 김혜나의 계획이었다. 무의식 전이를 통해 다른 사람의 몸을 영원히 지배한다. 실로 끔찍하고 대담한 계획이었다.

"성공 가능성이 있습니까?"

도희가 물었다.

"그런 연구가 없었던 건 아닙니다. 하지만 전제 조건이 붙습니다. 피실험자의 의식이 약하거나 혹은 피실험자가 정체성의 혼란을 느끼고 있을 때. 그런 순간에 실험자의 아주 강력한 의식이 들어가 지배해 버린다면 불가능한 일만도 아닙니다."

"영민이는 두 가지 전제 모두 해당되는군요."

도출이 말했다. 셋은 굳게 닫힌 연구실 문 앞에서 멈춰 섰다.

"여깁니다. 늦지 않았어야 할 텐데."

김 박사는 비밀번호를 눌렀다. 문이 부드럽게 열리며 연구실 내부가 모습을 드러냈다. 세 사람은 재빨리 안으로 들어갔다.

제일 먼저 확인한 것은 박미영의 존재 여부였다. 그는 있었다. 바로 수조 안에.

띠링!

안개 미궁에 새로운 알림이 떴다. 도출은 스마트워치를 들여다봤다.

〈새 플레이어가 입장했습니다.〉

도출은 스마트워치와 수조 속 박미영, 아니 김혜나, 아니 유하나를 번갈아 바라봤다.

"저 여자가 게임 속으로 들어갔어요."

"이제 어쩌죠?"

도희가 김 박사에게 물었다. 김 박사는 이미 컴퓨터 앞에 자리를 잡고 있었다.

"최대한 노력해 봅시다."

그는 눈을 빛냈다.

"제가 박영민인가요?"

영민은 재차 물었다. 민욱은 아무 말도 하지 않고 서 있었다.

"아니면 나는 그냥 만들어진 캐릭터인가요?"

영민의 목소리가 점점 커졌다. 놀라운 일이었다. 그리고 박도혁의 예상이 맞았다. 게임 프로그램을 통해서 뇌사 상태에 빠진 아들에게 새로운 '캐릭터'를 만들어 주겠다고 떠들던 박도혁의 얼굴이 훤히 떠올랐다. 그때는 회의적이었는데 실제로 박영민과 마주하고 보니 생각이 달라졌다. 비록 게임에서 만들어진 캐릭터였지만 박영민의 무의식 세계에 오래 머물면서 진짜 '박영민'처럼 변해가고 있었다.

누군가가 문을 두드렸다.

똑. 똑. 똑.

민욱과 영민의 시선이 동시에 문 쪽으로 향했다.

"영민아, 문 좀 열어 줄래? 내가 네 소원을 들어줄게."

김혜나의 목소리였다.

"안 돼! 절대 열어 주면 안 돼."

민욱이 말렸지만 한발 늦었다. 영민이 오른손을 들어 문을 가리키자마자 문이 활짝 열렸다. 문가에 박미영이 서 있었다. 미영은 민욱을 보고 싱긋 웃었다. 그의 웃음은 언제나 어색했다.

"오랜만이야, 민욱 씨."

"도대체 왜 이런 음모를 꾸민 거지?"

민욱이 물었다.

"조금 더 오래 살고 싶어서."

미영은 뜻 모를 소리를 하며 또 미소를 지었다. 그 순간 허공에서 지지직거리는 소리가 들렸다.

"민욱 씨, 지금 유하나와 대치 중이죠?"

도희의 반가운 목소리였다.

"후후. 내 본명도 알다니 역시 제법이네. 내가 너무 쉽게 생각했나 봐."

유하나는 시종일관 여유로운 모습이었다.

"그 여자는 지금 박영민의 몸을 영원히 차지하려고 해요!"

도희의 목소리가 쩌렁쩌렁 울렸다. 민욱은 할 말을 잊었다. 그저 경악한 표정으로 유하나를 바라볼 뿐이었다.

"난 언제 죽을지 모르는 몸이야. 그래서 새 몸이 필요했지. 난 무의식 전이를 통해 다른 사람 몸으로 옮겨가 영원히 살 수 있지 않을까 생각했지. 그래서 계획을 하고 실행한 거야."

유하나는 담담하게 말했다.

"불가능한 일이야!"

민욱이 소리쳤다. 적어도 자신이 아는 한은 미친 짓이었다.

"무슨 소리인지 모르겠고 난 너무 머리가 아파."

영민이 끼어들었다. 탑이 들썩이기 시작했다. 아무래도 지금 이 게임 속의 세계는 영민의 마음대로 할 수 있는 모양이었다.

"그래. 그럴 거야. 넌 생각하도록 프로그래밍되어 있지 않거든. 너, 편해지고 싶지? 내가 도와줄 수 있어."

유하나가 말했다.

"말도 안 되는 소리 집어치워! 넌 박도혁의 부성을 이용해 무서운 계획을 세웠어! 너 하나 때문에 얼마나 많은 사람이 고통받았는지 알아?"

민욱의 말에 유하나는 고개를 갸우뚱할 뿐이었다.

"다른 사람의 고통을 왜 내가 신경 써야 하지?"

"뭐라고?"

"박도혁도 기뻐했어. 드디어 복수를 할 수 있게 되었다고. 물론 내가 자기 아들의 몸을 뺏으려 한다는 건 눈치채지 못했지만."

"둘 다 그만 떠들고 빨리 말해 줘! 난 누구야? 내가 박영민이야?"

영민은 다시 소리를 질렀다. 무언가가 부러지고 떨어지는 소리와 함께 바닥이 들썩거렸다.

"그런데 박도혁이라는 그 남자, 과연 똑똑하고 철저하더군."

유하나는 여유로운 표정으로 말했다.

"두 사람은 어떻게 알게 된 거지?"

"무의식 전이 정보를 공유하는 사이트에서. 난 부매니저였고, 박도혁은 열혈 회원이었지. 난 그때 이미 췌장암 말기 판정을 받았어. 고통과 비통함에 몸부림치던 순간 무의식 전이를 떠올리게 된 거야. 그래서 사이트에 가입해 부매니저까지 됐는데 브로커라는 놈이 돈을 들고 날랐지 뭐야. 나를 포함해서 모두 다 속았어. 우리는 그런 울분을 토하다가 속 깊은 이야기까지 하게 되었지. 난 깨달았어. 내가 그토록 찾던 적임자가 바로 여기 있구나, 하고 말이야!"

또 한 번 땅이 진동했다. 박영민은 초조한 표정으로 좁은 탑 안을 서성거렸다. 유하나의 이야기는 계속됐다. 마치 시간을 끌기라도 하려는 것처럼.

"그런데 박도혁은 생각만큼 호락호락하지 않았어. 그래서 애를 좀 먹었지."

"나는…… 나는 왜 끌어들인 거야? 그 별장에서 죽였으면 되는데 왜 굳이 다이빙을 시킨 거지?"

"바로 이 순간을 위해!"

유하나는 박영민을 가리켰다. 놀랍게도 영민이는 점점 투명해지고 있었다.

"나는 안개 미궁으로 대체된 영민이의 무의식 속이 얼마나 위험한지 알아봐야 했어. 그래야 무의식의 심연, 바로 이 탑까지 무사히 올 테니까."

"나를 이용했군."

"하하하하하!"

유하나는 또 웃음을 터트렸다.

"너만이 아니야. 박도혁도 잘 이용해 먹었지. 그리고 나도희인가 하는 그 어설픈 여자랑 조수도 아주 잘 이용했어. 그 조수는 아마 밤새 안개 미궁에서 눈을 떼지 못했을 거야. 사실 그건 미끼였거든. 당신이 영민이의 무의식 속으로 한 번 더 다이빙을 하겠다고 결심하게 만들려는 큰 미끼."

민욱은 말없이 유하나를 노려봤다.

"너희들은 결국 미끼를 물었어. 그리고 난 지금, 봐, 이렇게 박영민의 무의식 속에 당당히 들어와 있어. 이제 시간문제야."

"시간문제?"

"이 문을 통과한 이상 나는 기다리기만 하면 돼. 박영민의 캐릭터가 사라지기를."

"48시간…… 네가 48시간이라고 말했던 것도 미끼 내지는 함정이었군."

"맞아. 박도혁은 애초에 얼마의 시간이 흐르고 나면 안개 미궁이 자동으로 삭제되게 짜놓았어. 그 멍청한 양반이 뭐라고 했는지 알아? 자기는 한순간이라도 좋으니 아들과 멀쩡하게 대화를 나누고 싶다고 그러더군. 그런 후에는 보내 줄 수 있을 것 같다고. 그런 마음 때문에 시간 제약이 생겼고 결국 48시간밖에 안 남게 되었지. 앞으로 몇 시간 후 박영민은 다시 뇌사 상태가 되지. 그렇게 되면 몸을 차지해 봐야 아무런 소용이 없어. 그러니 지금부터……."

유하나는 머리를 감싸고 괴로워하는 박영민을 향해 다가갔다.

"안 돼!"

민욱이 소리쳤다. 하지만 유하나 쪽이 훨씬 가까웠다. 유하나는 시시각각 투명해지는 영민을 향해 손을 내밀었다. 그 모습을 본 민욱은 허공을 향해 소리쳤다.

"실험을 강제 종료해야 합니다. 지금 당장!"

민욱의 목소리는 연구실에도 생생하게 전달됐다.

"이것 봐! 또 이런 결정을 하게 될 줄 알았어."

도출이 울상을 지으며 말했다.

"박사님, 괜찮을까요?

도희가 김 박사를 향해 물었다. 다시 민욱의 목소리가 들렸다.

-시간이 없습니다. 이 여자가 영민이의 육체를 치지하면…….

"너무 위험해. 셋 다 죽을 수도 있네."

김 박사가 말했다.

"셋 중에 한 명은 이미 뇌사 상태고 한 명은 시한부 인생이네요. 제일 걱정되는 건 유민욱 씬데……."

도출이 입술을 깨물며 말했다. 그는 화가 잔뜩 나 있었다. 바보처럼 철저하게 이용당했다. 바로 유하나에게. 유하나는 이미 몇 수 앞을 내다보고 판을 짠 것이다. 안개 미궁을 보내서 도출의 관심을 그쪽으로 몰고 간 것 역시 유하나의 계획이었다. 그런 줄도 모르고 자신은 게임만 들여다보고 있었다. 도희가 아니었다면 이렇게 아슬아슬한 순간에 맞춰 올 수도 없었다. 결국, 자신은 아무것도 한 게 없다는 생각에 도출은 자괴감에 빠져들었다.

"죄송해요. 애초에 게임은 무시하고 사장님과 같이 김혜나 조사에 열을 올렸다면 이 다이빙 자체를 막을 수도 있었을 텐데."

도출은 진심을 담아 사과했다.

"사과는 나중에 해. 다 잘 해결되고 나면."

도희는 그렇게 말하며 도출의 어깨에 손을 올려놨다.

"그럼 어떻게 하면 됩니까?"

"다른 두 사람이야 그렇다 쳐도 민욱이가 위험해. 무의식 세계에서 갑자기 끌려 올라오게 되면 뇌사 상태에 빠질 수도 있어."

"그래도 결정을 해야 합니다."

그렇게 말하는 도희의 눈동자는 울음을 참느라 벌게졌다.

민욱은 유하나에게 달려들었다. 유하나가 영민의 팔을 막 잡아당기려는 찰나였다. 민욱이 들이받자 유하나는 벌러덩 나가떨어졌다. 그 틈을 놓치지 않고 박영민과 눈을 마주쳤다.

"영민아, 잘 들어! 넌 살아 있어. 처음에는 안개 미궁 속 캐릭터였을지 몰라도 현재의 넌 존재하고 있는 거야. 그러니 넌 박영민이야. 아빠가 그렇게 사랑하던 영민이라고!"

어느새 민욱의 눈가도 촉촉해졌다. 박도혁의 마음을 충분히 이해할 수 있었다. 자신이라도 그렇게 했을 터였다. 아니, 더한 짓도 서슴지 않았으리라.

박도혁의 궁극적인 목표는 복수가 아니었다.

아들을 살리고 싶다!

그 간절한 마음 때문에 안개 미궁을 영민의 머릿속에 삽입했다. 그런 뒤 살아 움직이는 아들을 직접 보기 위해 자신도 다이빙을 했다.

"제가 정말 영민인가요? 제 이름이 박영민 맞나요?"

지금 민욱 앞에 서 있는 박영민은 잔혹하게 이수영을 살해했던 그 캐릭터가 아니었다. 간신히 이어붙인 정신과 육체가 상호작용을 하면서 긍정적인 정보를 교환하는 중일 것이다.

이대로라면…….

퍽!

둔기가 민욱의 머리를 강타했다.

민욱은 쓰러지면서도 뒤를 돌아봤다. 유하나가 어디서 주웠는지 모를 커다란 돌멩이를 들고 서 있었다.

"아무도 날 방해 못 해! 하하하하하!"

민욱은 더는 버틸 재간이 없었다. 의식이 멀어졌다. 정신을 잃기 직전, 민욱은 온 힘을 다해 소리쳤다.

"어서 종료하세요!"

- 어서 종료하세요!

민욱의 다급한 목소리에 결국 김 박사가 움직였다.

"종료합시다. 책임은 제가 질 테니."

도희와 도출은 서로를 바라봤다.

"하나…… 둘…… 셋!"

카운트다운을 하던 김 박사는 익숙한 손놀림으로 기계를 조작하고 키보드를 두드렸다. 연구실을 환하게 밝히고 있던 조명이 하나둘씩 꺼지기 시작했다. 수조 안의 조명도 꺼졌다. 김 박사는 종료 의사를 묻는 컴퓨터 화면을 보면서 잠시 망설였다.

"책임은 제가 질 테니까 빨리 눌러요!"

그렇게 말하며 도희는 김 박사 대신 엔터를 눌렀다.

"엇!"

김 박사는 놀랐지만 이미 한발 늦었다.

"종료하겠습니다."

특유의 기계음과 함께 모든 것들이 일순간에 딱 멈췄다. 연구실

안을 어둠과 적막이 가득 채웠다.

"민욱 씨는 꼭 돌아올 거예요."

도희는 아랫입술을 깨물며 그렇게 말했다. 김 박사와 도출은 수조로 달려가고 있었다. 잠시 눈물을 훔친 후 도희가 두 사람을 따라 달렸다.

모든 것이 빙글빙글 돌며 하늘로 치솟았다. 마치 거대한 회오리 바람에 휩싸인 것만 같았다. 민욱은 눈을 뜰 수가 없었다. 어렴풋이 유하나의 비명이 들린 것도 같았다. 그렇다면 다행이었다. 유하나는 끝내 실패한 것이다.

민욱은 희미하게 미소를 짓다가 곧 얼굴을 찡그렸다. 숨이 막혀 왔다. 순식간에 혈압이 오르며 심장이 터질 듯이 뛰었다.

'빨려 올라가고 있다.'

민욱은 생각했다. 거기까지였다. 보이지 않는 커다란 손이 자신의 몸을 비트는 듯한 고통을 느끼며 민욱은 정신을 잃었다. 현실 세계가 가까워져 오는 것과 동시에 민욱의 생체기능은 급격히 떨어졌다. 곧 완벽한 암흑이 찾아왔다.

민욱은 강가에 서 있었다. 따사로운 햇볕이 내리쬐는 맑은 봄이었다. 강 건너편에 아내와 아들이 서 있었다.

"조금만 기다려. 금방 건너갈게."

민욱은 손을 흔들며 소리쳤다. 아내와 아들 역시 뭐라고 이야기를 했는데 세찬 물소리 때문에 알아듣기가 힘들었다.

"뭐라고?"

민욱이 물었다. 아들이 활짝 웃으며 대답했다.

"아빠, 우린 계속 기다릴 테니까 천천히 와. 아주 천천히."

민욱은 고개를 끄덕였다. 분명 행복하고 아름다운 순간인데 눈물이 났다. 민욱은 눈물을 닦을 생각도 못 하고 아내와 아들을 향해 자꾸자꾸 손을 흔들었다.

자꾸자꾸…….

"저 알아보시겠어요?"

민욱은 눈을 떴다. 낯익은 얼굴이 눈앞에 서 있었다.

"네."

민욱은 천천히 고개를 끄덕였다. 온몸에 힘이 하나도 없었다.

"도출 씨죠."

"네. 맞습니다. 기억 상실은 걱정하지 않아도 되겠네요."

"어떻게 됐습니까?"

민욱이 물었다. 말을 하는 것조차 너무 힘들었다. 도출은 어깨를 으쓱한 뒤 별일 아니라는 투로 이야기했다.

"잘 해결됐습니다. 유하나는 죽었습니다. 부검을 했는데 그때까지 살아 있었던 게 미스터리라 할 정도로 암이 여러 장기에 전이되었던 모양입니다."

"영민이는?"

"여전히 침대에 누워 있습니다. 뇌사 상태 그대로."

"도회 씨는요?"

"먹을 걸 사 오겠다고 나갔습니다. 금방 올 겁니다."

"헤어스타일이 바뀌었네요."

민욱은 미소를 지으며 도출을 바라봤다. 도출은 쑥스러운 듯 얼굴을 붉혔다.

"아! 이거, 생전 처음 파마라는 걸 했는데……."

"제가 얼마나 있었던 겁니까?"

민욱은 진짜로 궁금한 걸 물었다. 도출은 잠시 망설이다가 대답을 해 주었다.

"1년하고 3개월."

"휴."

민욱은 한숨을 쉬었다.

"긴 시간이었군요."

"그렇죠. 긴 시간이었죠. 이 사건으로 세상이 완전히 뒤집혔는데 이제는 그 누구도 기억하지 못할 만큼 시간이 흘렀죠."

"그동안 도출 씨와 도희 씨가 간호를 해 준 겁니까?"

"교대로 했습니다. 밤에는 간병인 쓰고요."

"고맙습니다."

민욱은 눈을 감았다.

"뭘요."

도출이 대답했다.

"하나만 더 물읍시다."

민욱은 다시 눈을 뜨며 말했다. 도출은 고개를 끄덕였다.

"우리 아들은 어떻게 됐습니까?"

이번에는 도출의 입에서 한숨이 새어 나왔다. 도출은 한참 주저하다가 입을 열었다.

"유감스럽게도……."

민욱이 손을 들어 도출의 말을 막았다.

"알겠습니다. 잘 알겠습니다. 잠시만 저 혼자 있게 해 주시겠습니까?"

민욱의 눈에는 눈물이 그렁그렁 맺혔다. 그 모습을 본 도출은 별다른 말 없이 병실에서 나갔다. 때마침 도희가 도착했다.

"야! 너 나와 있으면 어떻게 해?"

각종 주전부리가 담긴 봉투를 빙글빙글 돌리며 도희가 말했다.

"완전히 깨어났어요."

도출이 말했다.

"뭐? 진작 연락을 했어야지!"

도희는 조수를 밀치고 병실로 들어가려고 했다. 그런 도희를 도출이 막았다.

"방금 아들 이야기를 들었습니다. 혼자만의 시간을 달라더군요."

도희는 우뚝 멈춰 섰다.

"너무 지독한 사건이었어."

병실 문에 이마를 댄 채 도희가 중얼거렸다.

"한 명의 광기와 악의가 어떤 식으로 타인을 오염시키는지 확실히 알게 된 사건이었죠."

도출이 말했다.

"이 시키! 내가 잘난 척하지 말랬지?"

"아니. 이 정도가 무슨 잘난 척입니까? 사장님도 책 좀 읽으세요."

"그럼 빌려줘. 내가 읽으면 좋을 만한 걸로."

"일단은 초등학교 교재부터 다시 시작하죠."

"이게 죽을라고?"

두 사람이 아웅다웅하고 있을 때였다. 간호사며 의사들이 복도를 가로질러 황급히 어딘가로 뛰어갔다.

"뭐지?"

도희가 말했다.

"저쪽은 영민이가 있는 병실 쪽인데."

도출이 말했다.

"저기요, 무슨 일이 생겼나요?"

도희가 낯익은 간호사 한 명을 붙잡고 물었다. 간호사는 흥분한 기색을 감추지 못한 채 말했다.

"의식이 돌아왔어요. 영민이…… 박영민 환자 의식이 돌아왔다고요!"

"네?"

도희가 멍한 얼굴로 물었다.

"병원 전체가 난리 났어요. 뇌사 상태였던 환자가 깨어난 건 처음 있는 일이거든요."

간호사는 그 말을 남기고는 다른 사람 뒤를 쫓아 달려갔다. 도희와 도출은 서로를 바라봤다.

하하하하하!

어딘가에서 그 끔찍한 웃음이 들려올 것만 같았다.

"아니겠지?"

도희가 물었다.

"아닐 겁니다. 김 박사님도 그렇게 말했지 않습니까."

"그럼 도대체 어떻게 된 일일까?"

"그건 나중에 고민하고 일단 뭐 좀 먹죠."

"병실에 들어가지 말자며!"

"이젠 괜찮을 겁니다. 제가 아는 유민욱은 오래 울고 있을 남자가 아닙니다."

도희는 고개를 끄덕이며 문을 열었다. 야위긴 했지만 여전히 늠름하고 잘생긴 얼굴의 민욱이 도희를 맞이했다. 둘 다 말없이 미소만 지었다. 한발 물러서 있던 도출은 입이 근질거려 미칠 것 같았다.

'물어볼까 말까?'

한참 생각을 하던 도출은 이내 포기했다. 지금 당장 이야기하지 않아도 될 것이다. 나중에 민욱이 건강을 되찾았을 때 알아봐도 되는 일이었다.

도출은 꺼내지 못한 질문을 마음속에 꼭꼭 숨겨두었다.

"같은 날 민욱 씨와 영민이가 깨어났습니다. 이게 과연 우연일까요?"